Eva Nordmann

Liebe Macchiato

Montlake
Romance

Das Buch

Freya ist glücklich. Ihre große Leidenschaft für Kaffee kann sie in einer italienischen Espressobar voll und ganz ausleben. Doch ihre Welt bricht zusammen, als das Café an eine große, internationale Kette verkauft wird. Sie fühlt sich von ihrem Chef Lorenzo, der eine Art Vater für sie ist, verraten und möchte alles hinschmeißen. Doch sie hat nicht mit dem unwiderstehlichen Charme ihres neuen Chefs gerechnet, der sie mit einer dicken Gehaltserhöhung und schicken Autos einzuwickeln versucht. Freya ist kurz davor, schwach zu werden und ihren großen Traum aufzugeben, die Deutsche Barista-Meisterschaft zu gewinnen. Doch als Freya den Grund für den Verkauf erfährt und der wahren Liebe begegnet, entdeckt sie, dass das Leben und perfekter Kaffee viel gemeinsam haben: süße Versprechen, leichte Bitternoten und dass erst die tragischen Momente dem Leben seinen eigentlichen Geschmack verleihen.

Die Autorin

Eva Nordmann wurde 1983 in Koblenz geboren und lebt seit einigen Jahren in München, wo sie die Liebe hinzog. Auf die Idee zu ihrem Debütroman kam sie, als sie während ihres Marketing-Studiums in einem kleinen italienischen Café gejobbt hat. Dabei hat sie nicht nur die Begeisterung für Kaffee entdeckt, sondern quasi über die Ladentheke hinweg den Traummann gefunden, mit dem sie mittlerweile eine Tochter und zwei Katzen hat. Nach abgebrochenem Studium widmet sie sich heute ausschließlich ihrer kleinen Familie und der Schriftstellerei.

EVA NORDMANN

LIEBE MACCHIATO

ROMAN

Montlake Romance

Deutsche Erstveröffentlichung bei
Montlake Romance, Amazon Media EU S.à r.l.
5 Rue Plaetis, L-2338, Luxembourg
Mai 2017

Umschlaggestaltung: semper smile, München, www.sempersmile.de
Umschlagmotiv: © secondcorner / Shutterstock; © Evannovostro / Shutterstock; © Antonov Roman / Shutterstock; © Julia Sudnitskaya / Shutterstock; © Evgeny Karandaev / Shutterstock
1. Lektorat: Marketa Görgen
2. Lektorat und Korrektorat: Verlag Lutz Garnies, Haar bei München
www.vlg.de
Printed in Germany
By Amazon Distribution GmbH
Amazonstraße 1
04347 Leipzig, Germany

ISBN 978-1-542-04559-9

www.amazon.de/montlakeromance

Kapitel 1

Eins …

Ich beginne zu zählen.

Es ist jedes Mal ein magischer Moment. Aber ich bin zu angespannt, um ihn genießen zu können.

Unter voller Konzentration widme ich mich der Anzeige. Was ich sehe, gefällt mir nicht. Der mühsam aufgebaute Druck: Er nimmt rapide ab. Das Zischen verändert sich, wird zu schrill, zu hoch.

drei …

Lorenzos Stimme, die mir so oft den perfekten Ton simuliert hat, erklingt in meinem Kopf. Doch dieser hier ist anders. Mein Blick hetzt panisch hin und her, mustert sämtliche Regler, Anzeigen, Einstellungen. Es ist alles so, wie es sein sollte. Aber der Ton stimmt nicht. Und auch die Konsistenz der Crema ist zu unsauber. Nicht dickflüssig genug. Zu dunkel.

Im Geiste haste ich die einzelnen Faktoren durch.

fünf …

Der Feinheitsgrad der gemahlenen Bohnen, den ich penibel auf die Sorte eingestellt und dabei die Luftfeuchtigkeit im Raum berücksichtigt habe.

sechs …

Die Wassertemperatur, die exakt bei 92 Grad Celsius liegt.

Dazu ein Druck von ganz genau neun Bar.

neun …

Das gefühlvolle Anpressen des Espressopulvers im Siebträger und die exakte Auslaufzeit von fünfundzwanzig Sekunden.

zehn …

Fünfundzwanzig wertvolle Sekunden, die mir gerade davonzulaufen drohen.

»Verdammt«, stoße ich einen leisen Fluch aus, als ich das Problem erkenne. Es braucht nur einen Blick auf den Siebträger, um zu sehen, dass die mühsam-akribischen Vorbereitungen beinahe umsonst gewesen wären. Für diesen Durchlauf hatte ich eine andere Bohnenmischung vorbereitet und vergessen, den Mahlgrad korrekt darauf einzustellen. Doch es bleiben mir weitere Millisekunden, um das Ergebnis zu retten.

elf …

Geübte Finger huschen über Regler und Schieber, als hätten sie ihr Leben lang nichts anderes gemacht.

Es funktioniert. Der Ton verändert sich, der mittlere Bereich wird präsenter – beinahe so, als würde man ihm die Schärfe nehmen. Die Stimme in meinem Kopf nähert sich Lorenzos Summen an.

dreizehn …

Die Crema schiebt sich sirupartig aus der Düse und breitet sich gleichmäßig in der Tasse aus.

fünfzehn, sechzehn, siebzehn …

Als ich gemeinsam mit dem Timer bis zur fünfundzwanzig gezählt habe – eine Uhr kann sich schließlich irren –, betrachte ich das flüssige Ergebnis.

Die goldene Fünfundzwanzig. Exakt so lang soll die Durchlaufzeit für eine perfekte Crema dauern. Und im Idealfall sollte diese dann aussehen wie ein Tigerfell.

Auf mein Ergebnis trifft das weitestgehend zu, aber hier

handelt es sich wohl eher um ein älteres Raubtier, das sein Winterfell abgelegt hat. Der Espresso verzeiht eben nichts.

Aber, versuche ich mich selbst zu beruhigen, *es ist nicht das schlechteste Ergebnis des Tages. Bei Weitem nicht.*

Demütig trete ich einen Schritt zur Seite und mache Platz für meinen Meister: Lorenzo.

Während er das Ergebnis betrachtet, halte ich den Atem an.

Er hebt die Tasse nicht an, sondern bewegt sich von links nach rechts, tänzelt beinahe um sie herum, um sie aus allen Winkeln zu betrachten. Ich versuche einen Blick auf seine Miene zu erhaschen, doch sie ist regungslos.

Das ist sie immer.

Sein Gesicht nähert sich der Tasse. Ich sehe, wie die Nasenflügel beben, als er den Duft mit tiefen Zügen einzieht.

Dann nimmt er den dicken Keramikhenkel in einer routinierten Bewegung in die Hand und setzt zu einem schlürfenden Schluck an. Jeder andere hätte sich bei den Temperaturen den Gaumen verbrannt. Doch Lorenzos Mund ist an Hitze gewöhnt. Ein kurzer, kleiner Schluck, dann kippt er meinen Espresso in den Eimer, zu den geschätzten zwei Dutzend anderen, die ich in der letzten Stunde zubereitet habe.

Er schaut mich an. Und als sich unsere Blicke treffen, geht es mir durch und durch. Diese eisgrauen Augen, aus denen die Erfahrung leuchtet.

Und dann, nach qualvollen Sekunden des intensiven Starrens tut er es – heute zum ersten Mal.

Er nickt. Nur einmal. Und das beinahe unmerklich.

Aber es ist ein Nicken.

Ich kann nicht anders, als ihn in meine Arme zu schließen. Also gehe ich auf die Zehenspitzen und drücke ihn, so fest ich kann. Lorenzo ist ein Bär von einem Mann. Er kann das ab.

»Hör auf«, bellt er dennoch. »Du erdrückst mich.«

Doch er denkt nicht im Traum daran, sich von mir zu lösen.

Dafür genießt er meine Umarmung zu sehr. Das weiß ich. Also bin ich es, die sich von dem Mann mit dem lichtgrauen Haar, das dringend mal wieder eine Friseurhand vertragen könnte, lösen muss. Sein Atem riecht nach Pistazien – er liebt diese grünen Nüsse, weil sie ihn an seine Heimat erinnern.

»Das war gut«, sagt er.

Wir beide wissen, dass er nicht meine Umarmung meint.

»Aber du kannst es noch besser.«

»Ich weiß.« Schuldbewusst senke ich den Kopf.

Mit der Hand dreht er mein Kinn in seine Richtung. Wieder ist da dieser durchdringende Blick. »Was eine gute Barista braucht, sind Fingerspitzengefühl und viel Erfahrung. Du, *mia Cuculo*, hast beides.«

Ich muss lächeln. Das muss ich jedes Mal, wenn er mich so nennt. Cuculo. Kuckuck. Kein anderer würde es wagen, das je zu mir zu sagen. Aber Lorenzo darf das. Sein Vögelchen bin ich gern.

Ich reinige die Maschine, eine *La Cimbali Dosatron Turbosteam,* und spüre seinen Blick im Nacken. Sanft und gutmütig.

»Das Mahlwerk«, ermahnt er mich.

Sanft, gutmütig und streng.

»Du bist gut, Cuculo. Aber für die Meisterschaft reicht es noch nicht. Ich will, dass du die Beste bist!«

»Das will ich doch auch!«

»Dann musst du dich mehr anstrengen. Du bist zu fahrig. Dir fehlt die *concentrazione*. Deshalb musst du weiter üben. Üben, üben, üben. Immer wieder.«

Ich werfe ihm einen zornigen Blick zu. Ich mag es nicht, kritisiert zu werden.

Er knickt meinen abgeschossenen Giftpfeil mit einem spitzbübischen Grinsen in der Mitte entzwei.

Knack.

»Hätte doch mein Sohn nur halbwegs dein Talent, dann

müsste ich mich nicht mit einer Diva wie dir herumschlagen.« Er sagt das zum Spaß. Doch ich weiß ganz genau, dass ich von Glück reden kann, dass sein Sohn, Tassilo, jegliches Interesse an Kaffee vermissen lässt.

Aber dafür hat Lorenzo mich. Und er wird mich nicht mehr los. Bis zum Tage seines Todes werde ich bei ihm sein. Ich, sein Cuculo. Oder besser, sein Kuckucksei. Denn das ist es, was er mir mit dem Spitznamen, den er für mich erkoren hat, sagen will.

Na, und. Er wollte es nicht anders. Er hätte sich meiner nicht annehmen müssen, als wir uns damals über den Weg gelaufen sind. Aber er hat es. Also muss er mit mir klarkommen, mit allen Konsequenzen.

»Jetzt noch ein Cappuccino-Durchgang«, befiehlt Lorenzo. »Dann ist Schluss und du kannst mit deiner Schicht beginnen, va bene?« Während er spricht, beobachte ich, wie ein Lichtstrahl auf seine hohe Stirn fällt.

»Was guckst du? Stimmt etwas nicht mit meinen Haaren?« Er greift sich an den Kopf und versucht sein Spiegelbild in der Chromarmatur der *La Cimbali* einzufangen.

»Du meinst, abgesehen davon, dass sie kaum mehr vorhanden sind?«, necke ich ihn.

»Vorsichtig, kleiner Cuculo!« Er sieht mich schräg von der Seite an und legt sich sein viel zu langes, ergrautes Resthaar zurecht. »Und jetzt will ich vier perfekte Cappuccini sehen, *capisce?*«

»*Sì, comandante!*« Mit einem ergebenen Seufzer schließe ich die Augen und gehe in Gedanken noch einmal alle Faktoren durch. Jeden einzelnen Schritt für die perfekte Zubereitung. So, wie Lorenzo es mir beigebracht hat. Erfahrungswerte, die man an keiner Uni lernen kann. Erfahrungen, die nur das Leben selbst uns schenkt. Die Faktoren. Ich habe sie so verinnerlicht, dass ich sie im Schlaf aufsagen könnte. Es sind sechs. Nicht mehr.

Aber sie zu kennen, heißt nicht, sie zu beherrschen. Während ich das Wasser aufheize und auf den richtigen Druck bringe, lasse ich die Mühle den Kaffee mahlen und fange die exakte Menge an Pulver mit dem Siebträger auf. Ein kräftiges, malzig-rauchiges Aroma steigt mir in die Nase. Anhaltend und intensiv.

Die kolumbianische Mischung ist eigentlich zu schade zum Üben. Aber das gehört zu Lorenzos Philosophie. Man schafft es nur dann, wirklich gut zu werden, wenn man unter realistischen Bedingungen trainiert.

Und ich will nicht nur gut werden. Ich will die Beste sein. Die Beste von allen. Nie habe ich etwas mehr gewollt.

Im Moment konzentriert sich mein ganzes Leben auf diesen Wettbewerb. Das Datum habe ich mir eingeprägt: Es ist der 30. Juni. Der Tag der Entscheidung. Der Tag des Finales der Deutschen Barista-Meisterschaft.

Für meine Ausbildung an sich ist es nicht wichtig, wie ich dort abschneiden werde. Aber ich weiß, dass es für Lorenzo wichtig ist. Auch, wenn er das niemals zugeben würde.

Mit einer geübten Drehung presse ich das Kaffeepulver. Nicht zu fest und nicht zu schwach. Exakt so, dass ich eine Dichte erreiche, mit der die kostbare Mahlung ihr perfektes Aroma verbreiten kann. Dies ist so eine Sache, die man in der Theorie nicht lernen kann. Den richtigen Druck beim sogenannten »Tampern« erzeugt man nur mit Erfahrung.

Ich bin noch jung, keine sechsundzwanzig. Eigentlich zu jung für eine gute Barista. Aber weiß Gott, ich habe Talent und dazu den besten Lehrmeister, den man sich wünschen kann. Ihm zu Ehren werde ich nicht nur an der Meisterschaft teilnehmen, ich werde sie gewinnen. In seinem Namen. Also mache ich mich an den Cappuccino. Meine Spezialität. Vier Stück. Viermal Perfektion, eingebettet in dickwandige Keramiktassen. So wollen es die Wettkampfregeln. Hierzu erhöhe ich die

Grammatur leicht, um ein volleres Aroma und ein noch cremigeres Ergebnis in der Tasse zu erzielen.

Lorenzo stellt sich vor die Theke und schaut mir zu.

Seine Anwesenheit stört mich nicht. Im Gegenteil, sie beruhigt mich.

Als die *La Cimbali* den gewünschten Druck aufgebaut hat, betätige ich den Kippschalter. Die Maschine ächzt kurz auf und stößt eine Dampffontäne aus, die mich immer wieder an eine alte Lok erinnert.

Ein Blick auf die Stoppuhr sagt mir, dass ich mich sputen muss. Ungeduldig warte ich darauf, dass das Wasser die perfekte Temperatur erreicht hat.

»Freyaaaaa!«

Vor Schreck reißt es meinen Arm herum und das kostbare Pulver wird ertränkt in lauwarmem, drucklosem Leitungswasser. Die beiden Tassen laufen über, während ich versuche meine Nerven zu beruhigen.

Ich höre Lorenzo laut auflachen. »Gegen die Kleinen bist du einfach machtlos.«

Valentino umschlingt meine Beine und drückt fest zu. Ich bin immer wieder überrascht, wie viel Kraft und Lebendigkeit in diesem kleinen Jungen stecken.

»Freyaaaaa!«, schreit er noch einmal. Diesmal aber wird seine süßschrille Stimme davon gedämpft, dass er seinen Mund fest in meinen Rücken gepresst hat. »Ich will einen Kakao!«, erklingt es dumpf. »Machst du mir einen Kakao?«

Behutsam drehe ich mich um und erwidere die heftige Umarmung. Ich drücke den kleinen Racker ganz fest an mich, schließe die Augen ebenso fest und atme den Pfirsichduft seiner Haare ein.

»Na, mein Großer, wie war's im Kindergarten? Hast du wieder viele Mädchenherzen gebrochen?«

Valentino lacht so herrlich unbefangen, wie es nur ein fünfjähriges Kind kann und rückt die Karten seines Autoquartetts in seiner Hand zurecht. Ohne dieses verlässt er nie das Haus. Valentino liebt Autos.

»Alle!«, sagt er entschlossen.

»Da hat er recht«, stimmt Tassilo zu, der völlig außer Atem das Café betritt.

»Tassilo, dannato!«, flucht Lorenzo seinen Sohn an. »Du musst besser aufpassen. Es ist eine sehr lebhafte Kreuzung hier. Du kannst Valentino nicht alleine hier rumlaufen lassen.« Lorenzo deutet einen Schlag gegen Tassilos Stirn an, belässt es aber bei der Geste.

»Du hast gut reden, Babbo«, verteidigt sich Tassilo. »Du kennst ihn doch. Wenn er sich was in den Kopf gesetzt hat, ist er nicht mehr zu bremsen.« Tassilo wischt sich über die Stirn und kommt auf mich zu. Hinter Lorenzos Rücken lässt er ein leises »Ganz wie der Opa« heraus.

»Das habe ich gehört!«, schimpft Lorenzo, was mich zum Grinsen bringt.

Immer wieder frage ich mich, womit ich so viel Glück verdient habe. Dass ich meinen Traum leben darf, umgeben von diesen drei wundervollen Männern.

Tassilo reißt seinen Sohn sanft aber bestimmt von mir los und nimmt seinen Platz ein. Er drückt mich nun ebenfalls. Nicht ganz so stürmisch und intensiv wie Valentino, aber nicht weniger liebevoll. Als er mir zwei Küsschen auf die Wangen verpasst, erkenne ich, dass Tassilos Haar ebenfalls nach Pfirsich riecht. Selbst sein anziehend-würziges Aftershave vermag diesen fruchtigen Kindershampooduft nicht zu überdecken. Wieder muss ich grinsen. Es gibt durchaus unangenehmere Geruchsverbindungen als diese.

»Tut mir wirklich leid, dass Valentino dich so überfallen hat.« Tassilo sieht mich intensiv an. Ich erwidere seinen Blick und sehe in die Augen, die ich schon so oft betrachtet habe, die mich aber immer noch faszinieren: diese braune Dunkelheit, aus der so viel Tiefgründigkeit blitzt, Freundlichkeit und Neugierde.

»Nicht nur die Mädchenherzen«, greift Tassilo das Gespräch von eben auf. »Sogar seine Kindergärtnerin hat er bereits um den Finger gewickelt.«

»So, hat er das?«, echauffiert sich Lorenzo, der sich kopfschüttelnd hinter seinem Sohn aufgebaut hat. »Dann hat er sogar das besser raus als du.«

Tassilo schenkt dem Einwand seines Vaters keine Beachtung. Aber mir: »Wie geht das Training voran?«

Ich löse mich von seinen Augen und schaue resigniert auf den Espresso-Eimer. »Noch ein paar von diesen Tagen und dein Vater kann das Café schließen. Es will mir einfach nicht gelingen.«

»Weil du deinen hübschen Kopf nicht frei hast«, erklärt Lorenzo in seiner unverfroren ehrlichen Art, wofür ich ihn liebe. »Wenn ich es nicht besser wüsste, würde ich denken, du hast nur Männer im Kopf. Aber ich weiß es besser, da du ja immer hier bist.«

»Nicht immer!«, widerspreche ich energisch.

»Stimmt«, springt Tassilo mir bei, »schlafen tut sie zu Hause.«

Dafür erntet er von mir einen nicht ganz so sanften Stoß in die Rippen.

Zumindest muss ich mir selbst eingestehen, dass Lorenzo nicht ganz unrecht hat. Genau genommen sind Männer das Einzige, was ich so gar nicht im Kopf habe.

»Eigentlich wollten wir ja auf direktem Weg nach Hause«, erklärt Tassilo. »Aber Valentino ließ sich einfach nicht davon abbringen und wollte dich sehen.«

»Gar nicht!«, verteidigt sich Valentino. Ich sehe, dass seine Wangen rot anlaufen. »Ich wollte Kakao!«

»Ach ja?«, hakt Tassilo nach, während er mir zuzwinkert. »Und was war das eben mit: Ich werde erst nach Hause gehen, wenn ich meine Freya gesehen habe. Die schönste Frau der Stadt!«

Jetzt glühen Valentinos Wangen förmlich, und auch ich spüre, wie mir die Schamesröte ins Gesicht steigt.

»Gar nicht!«, wehrt sich Valentino vehement. »Ich will Kakao.«

Ich kann nicht anders, als diesen Burschen erneut zu herzen. »Und den mach ich dir jetzt. Den besten der Stadt.«

»Au ja!«, schreit mir Valentino entgegen. »Den besten Kakao der Stadt.« Dann kommt er ganz nah an mein Ohr und legt sein kleines Händchen um die Muschel. Ich spüre seinen heißen Atem, als er flüstert: »Von der schönsten Frau der Stadt.«

Kapitel 2

Mein Paradies ist eine Insel. Keine mit weißen Sandstränden und Kokospalmen, die sich über das türkisblaue Meer neigen. Mein Paradies ist ein Eiland der Entschleunigung. Was poetisch klingt, entspricht in jeder Hinsicht der absoluten Wahrheit. Zum einen befindet sich das *Tranquillo* tatsächlich auf einer Insel. Jedoch ohne Traumstrand und Fototapetenpanorama. Meine Trauminsel könnte gar nicht weiter davon entfernt sein. Denn das *Tranquillo* steht auf einem Mittelstreifen. Genauer gesagt auf einer großräumigen Verkehrsinsel, an der sich der stetige Autoverkehr bricht wie sanfte Brandungswellen. Und das Rauschen ist nicht das des Meeres, sondern ein Dauerdröhnen unzähliger Verbrennungsmotoren. Auf meiner Insel gibt es auch keine krächzenden Möwen, dafür gurrende Tauben.

Und der Weg zu ihr führt nicht über einen Steg, sondern über vier beampelte Zebrastreifen, über die sich ein scheinbar nie versiegender Strom von Gesichtern und murmelnden Stimmen wälzt. Angezogen von den Gezeiten des Verkehrs pulsiert die Flut im Takt der Ampeln.

Manche der Gesichter und Stimmen halten inne und besuchen das Inselherzstück, ein rundes kleines Gebäude, nicht höher als ein Stockwerk, das einst einmal ein nichtssagender

Kiosk mit Lottoannahmestelle war, bevor es lange Zeit leer stand und vom Abriss bedroht war. Da trat der handwerklich begabte Lorenzo mit seiner Frau Vittoria auf den Plan, die die Stadtverwaltung so lange beackerten, bis sie es für einen finanzierbaren Betrag übernehmen und ihren Traum eines echten originalen italienischen Kaffeehauses verwirklichen konnten. Der Gedanke lässt mich schwermütig werden. Ich kann verstehen, dass sein Herz an diesem Ort hängt wie an einem lebendigen Wesen, denn ich befinde mich in diesem Traum. Und nun ist er dazu verdammt, diesen real gewordenen Traum alleine zu leben. Tragischerweise ist Vittoria vor Jahren bei einem Verkehrsunfall ums Leben gekommen, als sie mit dem Fahrrad zum Einkaufen gefahren war. Ein Autofahrer hatte sie beim Abbiegen schlichtweg übersehen. Sie war sofort tot. Einfach so, von jetzt auf gleich aus dem Leben gerissen. Es ist mir unbegreiflich, wie man mit einem derart abrupten Verlust umgehen kann. Ich weiß auch nicht, wie Tassilo das seinerzeit verkraftet hat, wie Lorenzo klargekommen ist. Man spricht einfach nicht darüber. Basta! Doch von Tassilo weiß ich, dass es seitdem keine andere Frau mehr für Lorenzo gegeben hat. Die träumerische Seite in mir, die insgeheim noch immer an das Mysterium der einzig großen Liebe glaubt, findet das unendlich romantisch. Die vernünftige Seite jedoch findet das einfach nur unglaublich traurig. Und nun ist das *Tranquillo* seine einzige Leidenschaft – abgesehen von seinem Enkel. Vermutlich birgt jedes noch so kleine Detail, jede Glühbirne, jede Fliese eine Erinnerung an seine geliebte Vittoria. Tatsächlich ist alles im *Tranquillo* »handmade by Lorenzo«. Lorenzo ist das *Tranquillo.* Von den Badfliesen bis zum Kaffee.

Ich kann mich noch ganz genau an den Tag erinnern, als ich das *Tranquillo* das erste Mal betreten habe. Der betörende Kaffeeduft raubte mir sofort die Sinne. Allerdings nur, um sie zu sensibilisieren und mich die Welt schlagartig mit anderen Augen sehen zu lassen. Beim *Tranquillo* und mir war es Liebe auf den ersten Blick. Nichts hat bis dahin mehr Farbe in mein Leben gebracht. Seitdem ich im *Tranquillo* arbeite, haben sogar die Tageszeiten Farben. Wärmstes Kaffeebraun in all seinen Nuancen.

Ich stehe hinter der *La Cimbali* und beobachte durch die abgerundeten Panoramafenster das dynamische Tageslicht, das sanft das Innenleben des *Cafés* umspült. Es ist ein außergewöhnlich schönes Lichtspiel, bestimmt von den Wolken, die sich immer wieder vor die Sonne schieben und das Interieur heller oder dunkler werden lassen. Ich liebe diesen Lichtwechsel, da er mir ständig neue Kontraste meines kleinen Paradieses zeigt. Gerade bin ich dabei, die einzelnen Brühgruppen der *La Cimbali* durchzuspülen, und beobachte den Wasserdampf, der sich im Lichtkegel sammelt und wie von Geisterhand nach oben zur Decke wirbelt und zu einer kleinen Säule emporragt. Sie zerspringt in tausende Moleküle, als ich sanft dagegen puste.

Die *La Cimbali* ist keine ausgesprochene Schönheit, dafür eine echte Arbeiterin, die mich selbst im größten Ansturm nicht im Stich lässt. Trotz des kräftigen Rots der Karosserie wirkt ihr Aussehen unscheinbar, schlicht und funktional. Mich erinnert sie stets an einen dieser kastenförmigen Mittelklassewagen, wie sie in meiner Kindheit auf den Straßen unterwegs waren.

Zum ersten Mal an diesem Morgen bin ich beinahe allein im Café. Ich werfe einen Blick auf die Uhr, es ist kurz nach Zehn.

Die Straßen werden leerer, und der Tag steckt noch voller Möglichkeiten und Hoffnungen.

Die Menschen, die jetzt unterwegs sind, müssen nicht hetzen, um pünktlich zur Arbeit zu erscheinen. Und das ist der Stimmung anzumerken. Sie nehmen sich Zeit für die schönen Dinge, die der anbrechende Tag zu bieten hat. Es ist diese ganz besondere Atmosphäre, die sich über die Stadt legt. Das aufgrund des nachlassenden Verkehrs endlich hörbare Vogelgezwitscher. Das Stimmenwirrwarr mit seinen unterschiedlichsten Themen. Und auch vor meiner Theke geht es weniger hektisch zu.

Ich komme nicht umhin, ihn wieder und wieder zu bewundern. Meinen Lorenzo. Wie er es tatsächlich geschafft hat, immer mehr Menschen dieser Stadt zu bekehren, dass sie sich vor ihren dringenden Erledigungen, Einkäufen und Geschäftsterminen die Zeit nehmen, sich einen guten Espresso im Stehen zu gönnen, um sich frisch gestärkt in die nächste Herausforderung zu stürzen.

Was ich ganz besonders daran liebe, ist, dass die Menschen miteinander reden. Sie belassen es nicht bei einem »Guten Morgen«, einem »Danke« und »Auf Wiedersehen«. Nein, sie *reden* miteinander, sie unterhalten sich. Dabei spielt es überhaupt keine Rolle, welche Schicht auf eine andere trifft, welches Alter oder welche Nationalität. All diese Belanglosigkeiten werden am Eingang abgelegt, und man betritt das Café frei von allen Zwängen und Vorurteilen. Die Reduktion auf das Wesentliche. Ich glaube, das ist der Zauber des *Tranquillo.* Denn hier verbindet sie alle eines: die Leidenschaft für guten, unverfälschten Kaffee, wie es ihn an keinem anderen Ort in dieser Stadt gibt.

Morgens ist es nahezu ausschließlich Espresso, den ich zubereite. Darauf folgt der Cappuccino, der mit vorrückender Stunde abgelöst wird vom Latte macchiato in all seinen Variationen, um am Mittag wieder Platz zu machen für den Espresso. Das ist mein Takt, das sind meine Stunden. Ein Rhythmus im Kaffee, und ich könnte mir nichts Schöneres vorstellen. Auch Tag und Tageszeit kann ich nach meinen Kunden bestimmen. Da wäre zum Beispiel die gehörlose Frau Schnoll, die stets um kurz nach Zehn vor mir steht und ihren Milchkaffee und ihr Hörnchen einfordert.

Ich habe mir angewöhnt, insbesondere zu den knötterigen, stets übellaunigen Kunden besonders freundlich und zuvorkommend zu sein. Mir macht es einfach Freude, die negative Energie in positive umzuwandeln. An so manchen Kunden beiße ich mir dabei die Zähne aus, aber deshalb lasse ich mich noch lange nicht von ihrer Übellaunigkeit anstecken.

Ein Lächeln überkommt mich, als ich an meine ersten Begegnungen mit Frau Schnoll zurückdenke. Wie sie vor mir stand, in ihrem mausgrauen Mäntelchen, zugeknöpft bis unters Kinn, den gleichfarbigen runden Hut auf dem noch runderen Kopf. Ohne ein Wort der Begrüßung schoss ihr Zeigefinger nach vorn und zeigte auf mich, als wollte sie mich erdolchen. Dann nahm sie denselben Zeigefinger, um mir zu zeigen, was ich ihr zu servieren hatte: einen Milchkaffee, ein Milchhörnchen. Beides auf einem kleinen Tablett, mit dem sie sich immer an denselben Platz an der Fensterfront stellt, wo sie das Hörnchen isst und den Kaffee trinkt, während sie in stocksteifer Position die Fußgänger beobachtet. Regungslos. Ausdruckslos. Leblos.

Dass sie Schnoll heißt, weiß ich aus dem Personalausweis in ihrem Portemonnaie. Dieses musste sie genau einmal öffnen, als sie sich um zehn Cent verrechnet hatte, sodass ich einen ganz kurzen Blick darauf erhaschen konnte. So kurz, dass es nur für den Nachnamen reichte.

Von diesem einen Mal abgesehen, hält sie das Geld stets auf den Cent genau abgezählt in ihrer Hand. Trinkgeld gibt es nicht.

Schnoll. Der Name passt zu ihr. Er ist ebenso nichtssagend wie dieser farblose Mantel, den sie zu jeder Jahreszeit trägt. Dennoch habe ich sie im Lauf der Zeit lieb gewonnen und schenke ihr stets ein aufrichtiges Lächeln. Ihre Verschrobenheit hält mich auch nicht davon ab, mit ihr zu sprechen. Zwar sind es nur Monologe, aber ihre Augen verraten sie. Ich weiß, dass sie mich versteht, auch wenn ich mir die Hand vor den Mund halte – von wegen Lippenlesen. Also habe ich meine Gehörlosentheorie über den Haufen werfen müssen.

Für Kunden wie Frau Schnoll hat Lorenzo sein Kaffeesortiment um rudimentäre Backwaren erweitert, die er von einem italienischen Biobäcker aus der Nachbarschaft geliefert bekommt. Der Bäcker selbst, Pietro, ist ein älterer Mann aus Florenz, der einst eine originale italienische Bäckerei in Schwabing hatte, nun aber längst im Ruhestand ist. Zu gern hat er sich für Lorenzo wieder die Bäckerschürze umgebunden und kreiert nun über die Pension hinaus seine landestypischen Spezialitäten wie Cantuccini, denen allein ich ein halbes Kilo mehr auf der Waage zu verdanken habe. Dieses zwiebackähnliche traditionelle Mandelgebäck ist schlichtweg ein Gedicht. Hat man eins davon probiert, mag man gar nicht mehr aufhören. Oder die bei den Gästen heiß begehrten Sfogliatelle, muschelförmige Blätterteigtaschen mit einer süßen Ricottafüllung mit Zimt und Orangenblütenaroma. Jede Spezialität für sich eine Offenbarung und schon Grund genug, meiner Insel einen Besuch abzustatten.

Doch leider kommt es vermehrt vor, dass die Backwaren nicht mehr ganz die Qualität aufweisen wie zu Beginn. Immer wieder muss ich Milchhörnchen, Cantuccini und Amaretti aussortieren, weil sie nicht ganz gelungen sind. Meist tue ich es heimlich, doch natürlich bekommt Lorenzo es mit und regt sich fürchterlich darüber auf. Pietro gegenüber aber sagt er nichts dazu. Niemals. Er weiß, dass dieser alte Mann auf das Zubrot des *Cafés* angewiesen ist und allein mit seiner Rente nicht über die Runden kommen würde. Viel lieber tauscht er sich mit ihm über die Serie A aus, die italienische Fußballliga, wie ich mittlerweile weiß. Dabei diskutieren und streiten die beiden Herren bis aufs Blut, begleitet von wilder Gestikulation, als hinge ihr Leben vom Fußball ab. Ganz besonders dann, wenn Pietros geliebte Römer und Lorenzos »Rosanero«, der US Palermo, in Pflichtspielen aufeinandertreffen.

Aber selbst im angebrannten Zustand sind Pietros Backwaren mit Abstand die besten, die man in München bekommen kann.

Ich bin gerade dabei, die Milchdüse zu reinigen, als Ove das *Tranquillo* betritt. Er ist nicht minder wortkarg als Frau Schnoll, schafft es aber stets, mein Lächeln zu erwidern. Und das will in seiner Situation viel sagen. Ove ist kein so regelmäßiger Gast wie Frau Schnoll, ihn sehe ich nur etwa alle zwei Wochen. Aber auch er ist ein Gewohnheitstier, trinkt seinen Cappuccino stets zu einer Sfogliatelle, dazu ein großes Glas Leitungswasser. Er betritt das Café immer dann, wenn Lorenzo unterwegs ist, um Besorgungen zu machen. Nie kommt Ove vorbei, wenn Lorenzo da ist. Das hat seinen guten Grund, denn Ove bezahlt seinen Cappuccino nicht im eigentlichen Sinn, was daran liegt, dass er obdachlos ist und sich sein geschnorrtes Geld für andere Dinge aufheben muss. Kleine Luxuriösitäten wie ein guter Kaffee haben eigentlich keinen Platz in seinem Leben.

Aber er möchte sein Frühstück nicht geschenkt, er bezahlt mich mit Blumen, die er findet. Besonders schöne Blumen, bei denen ich mich immer wieder frage, wo sie in der Stadt wachsen. Für jedes Frühstück eine kleine Blume, die ich dankbar entgegennehme. Diesmal ist es eine violette Margerite mit langem Stiel.

Ich fülle ein Macchiato-Glas mit kaltem Wasser und stelle es mitsamt der Margerite auf die *La Cimbali,* was mir ein glückseliges Schmunzeln von Ove beschert.

Das Leben im *Tranquillo* kann so herrlich unkompliziert sein. Und voller Überraschungen. Natürlich gibt es die Stammgäste mit stets den gleichen Wünschen. Doch immer wieder sind da auch die Menschen, die orientierungslos vor mir stehen – als hätten sie sich auf dem Weg nach Irgendwo verirrt. Ihnen schenke ich neben einem herzlichen Lächeln erst einmal einen Espresso aufs Haus. Manchmal werden aus diesen verirrten Wesen sogar Stammgäste.

Bei dem groß gewachsenen, Anzug tragenden Mann, der in diesem Moment die Tür aufreißt und sich mit schnellen Schritten vor die Theke schiebt, bin ich mir sicher, dass beides Perlen vor die Säue ist, der Gratis-Espresso ebenso wie mein Lächeln. Mit letzterem versuche ich es dennoch – zumal sich das, was sich unter dem schmal geschnittenen Sakko abzeichnet, durchaus sehen lassen kann.

»Ist Herr Mazzini da?« Die Schärfe seiner dunkel-rauen Stimme lässt mich unwillkürlich zusammenzucken.

Unsere Blicke treffen sich. Beziehungsweise ist es mein eigener Blick, der mich trifft, da er von seiner dunkel glänzenden Sonnenbrille reflektiert wird.

Auch wenn er offenbar nicht in der Lage ist zu grüßen, so hat er zumindest den Anstand und nimmt die Brille ab, das heißt, er steckt sie sich nach oben in sein recht langes, nach hinten gelegtes Haar. Die Farbe ist schwer auszumachen, da der ganze vordere Bereich in Gel gebadet ist.

Ich muss zugeben, dass er interessante Augen hat. Sie sind von einem sehr intensiven Blau.

Beinahe zeitgleich mit der Brille zieht er die Oberlippe nach oben, was wohl einem Lächeln gleichkommen soll.

Wenn es eins sein soll, dann bin ich zu geblendet, um es zu erwidern. Von einem vermutlich extrem kostspieligen Bleaching.

Und vermutlich ist es auch ein kostspieliger Anzug mit kostspieliger Krawatte und einer noch kostspieligeren Uhr, die unter dem Hemdsärmel hervorblitzt.

Vermutlich deshalb, weil ich mich überhaupt nicht mit diesen Dingen auskenne und meine Klamotten von der Stange kaufe.

»Ist Herr Mazzini da?«, fragt er noch einmal, diesmal um einiges freundlicher.

Ich schüttele den Kopf.

»Und wann kommt er?«

Ich hebe die Schultern.

»Aber ich bin mit ihm verabredet.«

»Vielleicht möchten Sie warten?«

Er blickt gehetzt von rechts nach links, bleibt kurz an meinem Dekolleté hängen – was ich äußerst unangenehm finde – und sieht mich dann an.

»Wird es denn lange dauern, bis er zurück ist?«

Wieder hebe ich die Schultern. »Da ich nicht weiß, wo Herr Mazzini ist, kann ich Ihnen wohl auch schlecht sagen, wann er von dort wieder zurückkommen wird.«

Er schiebt seinen Jackettärmel zurück und blickt auf die Uhr. Er scheint nicht sonderlich gut im Uhrenlesen zu sein, da er sie sehr lange anstarrt.

»Also gut, ich warte.«

Das nimmt er anscheinend wörtlich. Er bleibt vor mir stehen und sieht mich erwartungsfroh an.

Nach ein paar Sekunden betretenen Schweigens frage ich ihn: »Möchten Sie in der Zwischenzeit vielleicht etwas trinken?« Es fällt mir schwer, die Gereiztheit in meiner Stimme zu unterdrücken.

Wieder schiebt sich seine Oberlippe krampfhaft nach oben.

»Was können Sie denn empfehlen?«

»Ähm, alles?«

Er blickt sich suchend um. »Haben Sie denn nichts mit Alkohol, zur Feier des Tages.«

Nun sind es wir beide, die einen Blick auf seine Uhr werfen.

»Also gut, dann doch bitte einen Kaffee … Amaretto?«

Kapitel 3

Amaretto! Es schüttelt mich noch immer innerlich. Generell bin ich kein Freund davon, Kaffee mit Alkohol zu versetzen. Wenn es aber doch unbedingt sein soll, dann mit einem erlesenen Grappa für einen Caffè Corretto zum rechten Anlass, zur richtigen Zeit. Aber Amaretto? Niemals! Nichts zerschmettert den einzigartigen Geschmack von Kaffeebohnen derart konsequent wie das alles übertünchende Mandelaroma. Aber bitteschön, jeder, wie er mag.

Ich atme die Luft ein und lasse mich einlullen von der friedlichen Atmosphäre.

Ich will die Ruhe vor dem Sturm für einen Übungsdurchlauf nutzen. Dabei versuche ich mich zu konzentrieren und den Mann, der gerade an seinem vergewaltigten Kaffee nippt und ungeduldig mit dem Finger über das vor ihm liegende Smartphone wischt, aus meinem Bewusstsein auszusperren. Stattdessen widme ich mich voll und ganz meiner *La Cimbali,* die ich für den ersten Probedurchlauf vorbereite. Bei der Barista-Meisterschaft muss alles klappen wie am Schnürchen. Innerhalb von exakt fünfzehn Minuten müssen jeweils vier Espressos, vier Cappuccinos und vier Eigenkreationen unter den Augen einer fachkundigen Jury zubereitet werden. In dieser Viertelstunde zählt jede Sekunde, jeder Handgriff muss perfekt sitzen. Die Toleranz für Fehler beträgt Null. Was zählt, sind Aussehen, Technik und Geschmack.

Die Espressos und Cappuccinos schaffe ich in dieser Zeit. Bisher nicht in der Qualität, die Lorenzo einfordert. Aber das bekomme ich noch hin. Größere Bauchschmerzen bereitet mir hingegen die Eigenkreation. Ich habe viele Ideen, aber keine, die es lohnt, weiterzuverfolgen. Noch lässt sich die aufkeimende Panik im Zaum halten. Es ist schließlich noch eine Weile hin bis zur Meisterschaft, und mit meiner geliebten *La Cimbali* habe ich glücklicherweise ein solides Trainingsgerät zur Verfügung.

Heute beginne ich mit den Cappuccinos.

Ich klopfe das alte Kaffeepulver aus dem Siebträger, säubere und trockne ihn. Dann halte ich ihn unter die Öffnung der Espressomühle, die mit erlesenen brasilianischen Arabica-Bohnen befüllt ist. Eine Catuai-Varietät aus der hoch gelegenen Region Patos de Minas. Beim Einfüllen steigt mir ein erdiger Duft in die Nase, der mich an frisches Brot und geröstete Haferflocken erinnert. Mittlerweile weiß ich, dass es siebenhundert Inhaltsstoffe der Kaffeebohne sind, die sich beim Rösten zu tausenden Aromen verbinden. Und bei manchen Sorten habe ich das Gefühl, jeden einzelnen davon wahrnehmen zu können.

Obwohl die Zeit gegen mich läuft, kann ich nicht anders, als die Augen zu schließen und mich von dem verheißungsvollen Duft forttragen zu lassen. Nur einen Augenblick, dann bin ich wieder Herrin meiner Sinne.

Mit einer leichten Drehung presse ich den Tamper zweimal auf das Kaffeemehl, um die ideale Dichte zu erzielen. Ein kritischer Blick auf das Ergebnis: Ich bin zufrieden.

Meine Hände greifen beinahe blind zu den bereitgestellten Tassen und schieben sie unter die Düsen.

Während ich gemeinsam mit der Uhr zu zählen beginne,

bereite ich den nächsten Durchgang vor.

Wenig später stehen vier Tassen vor mir, deren Boden mit Espresso bedeckt ist.

Nun begebe ich mich an den Milchschaum. Meine Paradedisziplin.

Die Zubereitung eines guten Espressos ist solides Handwerk. Die Erschaffung eines Cappuccinos aber ist eine Kunstform.

Dank Lorenzo kenne ich das Geheimnis des perfekten Milchschaums. »Er muss leise sein«, wabert sein brummender Bass jedes Mal in meinen Ohren, wenn ich mich ans Aufschäumen begebe. Immer wieder hat er mir eingetrichtert, auf den *Klang der Milch* zu achten. »Ist die Milch beim Aufschäumen laut, ist sie nicht glücklich.« Wobei er das Wort *glücklich* immer besonders stark betont und langzieht. »Das ist wie bei den Bambini, wenn sie schreien.« Es hat eine Weile gedauert, bis ich verstanden habe, was er mir damit sagen will. Bis ich ihn gehört habe, den *Klang der Milch.*

Für einen perfekten Cappuccino bedarf es eines cremigen Schaums mit kleinen Luftblasen und fester Konsistenz. Diese entsteht aber nur beim leisen, gefühlvollen Aufschäumen. Die Milch darf nicht schreien. Das ist das Geheimnis.

Mein heutiger Milchschaum ist nicht perfekt – aber verdammt nahe dran. Das war die Pflicht, jetzt kommt die Kür. Einfache Herzen, Tulpen, Farne, all diese Muster beherrsche ich im Schlaf. Doch für die Meisterschaft habe ich mir etwas Besonderes ausgedacht: einen Drachen.

Wie Lorenzo bin ich eine Puristin und verzichte auf Schablonen oder sonstige Hilfsmittel. Meine Milchschaumbilder entstehen ausschließlich beim Eingießen. Dabei mache ich mir die Strömungskraft des Milchschaumes zunutze, den ich beim Einfüllen in seiner Intensität steuern kann. Ein Millimeterspiel, das außerordentliches Fingerspitzengefühl und eine ruhige Hand erfordert.

Ich nehme die Tasse zur Hand und halte sie leicht schräg. Dann lasse ich die Milch langsam unter die Crema laufen, bis sie nach oben steigt. Die Feinheiten vollziehe ich aus dem Handgelenk heraus. Mit gezielten Bewegungen zaubere ich exakt platzierte Milchkleckse in die Tasse, bis sich ein erkennbares Muster ergibt.

Mein Unterbewusstsein nimmt das Klingeln eines Telefons wahr. Einen Augenblick lang ist meine Konzentration gestört. Es ist das Smartphone des Amaretto-Manns, der das Gespräch lautstark entgegennimmt.

Aber ich lasse mich nicht aus der Ruhe bringen und zaubere weiter an dem Muster in meiner Tasse, bis ich meinen Drachen vor mir sehe.

Oder etwas in der Art.

Denn das Ergebnis gleicht eher dem Ungeheuer von Loch Ness als einem Drachen.

Als ich enttäuscht von der Tasse aufblicke, sehe ich wieder mich selbst im Spiegelbild der Sonnenbrille.

»Nett«, findet der Mann dahinter.

Ich bedanke mich mit einem kurzen Nicken und kippe Nessi in den Eimer.

Der Mann zeigt auf sein Smartphone. »Herr Mazzini hat gerade angerufen. Wir treffen uns bei ihm zu Hause.«

Unwillkürlich heben sich meine Augenbrauen. Es kommt wirklich selten vor, dass Lorenzo Menschen zu sich nach Hause einlädt. Ich gebe zu, dass mich das ein kleines bisschen neugierig macht.

Er schaut an mir vorbei auf den Eimer. »Darf ich fragen, warum Sie den Kaffee weggekippt haben?«

»Cappuccino«, verbessere ich ihn. »Und ja, dürfen Sie. Ich übe. Deswegen.«

Er sieht mich unschlüssig an, als müsse er meine Antwort

erst richtig einordnen. Diesmal ziehen sich nur Teile seiner Oberlippe nach oben, was ein entsprechend schräges Grinsen zum Vorschein bringt.

»Entschuldigen Sie die Frage. Aber Sie üben das Kaffeekochen während der Arbeitszeit? Sollten Sie das nicht generell beherrschen, wenn Sie hinter dieser Theke arbeiten?«

Kaffeekochen? Die gerade aufgebaute Neugier schlägt in frisch aufgebrühte Antipathie um.

Natürlich könnte ich ihm erklären, dass ich für die Meisterschaft trainiere und das, was ich hier veranstalte, absolut nichts mit gewöhnlichem Kaffeekochen zu tun hat. Aber ebenso wie den Gratis-Espresso spare ich mir bei diesem Mann jede weitere Spucke und unterdrücke den aufglimmenden Zorn mit einem angestrengten Schlucken.

»Hat Ihnen Ihr Caffè Amaretto geschmeckt?«, frage ich zuckersüß und schenke ihm das künstlichste Lächeln, das meine Gesichtsmuskeln in der Lage sind zu produzieren.

Er starrt noch immer den Eimer an, in dem mein misslungener Cappuccino schwimmt, und schüttelt den Kopf. »Was für eine Materialverschwendung. Was sagt denn Ihr Chef dazu?«

Ich schaffe es nicht, länger die Freundliche zu spielen.

»Ehrlich gesagt wüsste ich nicht, was Sie das angehen sollte!«

Er hebt die Sonnenbrille an und schaut zu mir herunter, als würde er irgendetwas in meinem Gesicht suchen. Dann wendet er sich ab. »Nein, vermutlich wissen Sie das tatsächlich noch nicht. Vielen Dank für den Kaffee, ich muss los.«

»Halt!«, rufe ich ihm hinterher. »Den müssen Sie noch bezahlen!«

»Ach was«, winkt er ab und ist schon so gut wie aus der Tür. »Der geht aufs Haus.«

Kapitel 4

»Versteh doch, ich kann dich nicht heiraten.«

»Aber warum denn nicht?«

»Na, weil du erst fünf bist und ich viel, viel älter bin als du.«

»Aber ich kann warten«, erwidert Valentino beharrlich, was mich zum Lachen bringt. »Das ist wahnsinnig lieb von dir, aber wenn du im heiratsfähigen Alter bist, bin ich alt und runzelig.«

»Niemals«, sagt Valentino mit einer Entschlossenheit, wie sie nur ein Kind vorbringen kann. Ich schaue ihm in die Augen. Trotz der Müdigkeit, die ich von ihnen ablesen kann, wirken sie aufgeweckt und neugierig. Und immer wieder erkenne ich diese unendliche Traurigkeit darin. Es ist, als würde ich in den Spiegel blicken. Es ist ein matter Glanz, den man wohl nur sehen kann, wenn man selbst Menschen verloren hat, die einem alles bedeutet haben. Vielleicht liegt hier der Grund für unsere tiefe, innige Bindung aneinander. Vielleicht spürt Valentino, dass ich mich mit der schmerzhaften Leere, die er empfindet, seit seine Mutter die Familie verlassen hat, bestens auskenne. Zwar war er noch zu klein, um sich an sie zu erinnern. Aber er spürt, dass etwas fehlt, das steht außer Frage.

Ich gebe ihm einen Kuss auf die Stirn und sauge die Atmosphäre, die das Haus der Mazzinis versprüht, tief in mich auf.

Ich segle in einer Blase der Glückseligkeit. Weil es sich echt anfühlt und richtig. Weil es mir ein Gefühl gibt, das ich so noch nie gespürt habe. Geborgenheit. Das Gefühl, dazu zu gehören. Ich bin gern in diesem Haus, in dem Lorenzo, Tassilo und Valentino gemeinsam wohnen. Drei Männergenerationen unter einem Dach, was erstaunlich gut funktioniert.

»Er hat einen echten Narren an dir gefressen.«

Erst jetzt bemerke ich Lorenzos Anwesenheit. Er steht im Türrahmen, kaut leise auf einer Handvoll Pistazien herum, die er sich in den Mund geschoben hat, und beobachtet seinen Enkel und mich. Wer weiß, wie lange schon.

Es ist ungewöhnlich, dass er überhaupt da ist. Normalerweise gehören die Freitagabende mir und Valentino allein.

»Nun«, sage ich. »Das beruht absolut auf Gegenseitigkeit. Er ist ein traumhafter Junge.«

Lorenzo tritt aus dem Schatten der Tür heraus und nimmt schwerfällig auf dem Sofa Platz. Den mitgebrachten Espresso, den er sich mit seiner Luxusmaschine zubereitet hat, stellt er auf den Couchtisch.

Ich unterdrücke ein Gähnen und genieße die Anwesenheit der beiden. Es ist Freitag. Mein Lieblingstag. Denn freitags ist mein Abend bei den Mazzinis. Was aus der Not heraus geboren wurde, da Tassilo einen Babysitter für Valentino brauchte, ist mittlerweile eine feste Institution, die stets damit endet, dass Valentino in meinen Armen auf der Couch einschläft, während wir uns gemeinsam den Abendfilm auf dem Kinderkanal anschauen. Gemütlicher kann eine Woche nicht ausklingen. Fast ein bisschen schade, dass Tassilos VHS-Kursleitung schon sehr bald zu Ende ist und diese Abende dann wieder ihm und seinem Sohn gehören werden.

Valentino hat es sich in meinem Arm bequem gemacht. Sein Autoquartettstapel liegt fein säuberlich sortiert vor ihm auf dem Couchtisch. An meiner Brust kann ich seinen gleichmäßigen Atem spüren. Er ist kurz vorm Einschlafen. Ich mache den Ton leiser und schaue Lorenzo an, der in den Fernseher starrt und doch meilenweit weg zu sein scheint. Seine mächtige Brust hebt sich ungleichmäßig.

»Du wirkst bedrückt.« Ich spreche leise, um Valentino nicht aufzuschrecken.

Lorenzo schüttelt sich kurz und richtet seinen Blick auf mich. Er lächelt, aber er sieht müde aus – und besorgt. »Ach, Cuculo.«

Wir sehen uns lange an, und was ich in seinem Gesicht sehe, gefällt mir nicht.

Lorenzo liebt mich. Er liebt mich wie seine eigene Tochter. Zumindest glaube ich das. Leider kenne ich mich mit diesem Gefühl nicht so gut aus, da ich selbst nie einen Vater hatte, der für mich da war. Aber bei Lorenzo spüre ich sie, diese aufrichtige Zuneigung. Er selbst würde mir das niemals sagen. Aber das muss er auch nicht. Er beweist es mir mit seinen Gesten. Wie damals, als ich in seine Dienste getreten bin und mit der Barista-Ausbildung begonnen habe.

Ich bin klein, gerade mal 1,55 Meter. So steht es zumindest in meinem Pass. Und selbst da habe ich ein, zwei Zentimeter dazugemogelt. Als Lorenzo erkannte, wie schwer ich mich aufgrund meiner Körpergröße hinter der Theke tat, hat er sie kurzerhand in zwei Nachtschichten auseinandergenommen und um einige Zentimeter tiefer gesetzt. So, dass ich perfekt agieren kann. Schwer zu sagen, ob Lorenzo schon damals wusste, dass er mit mir aufs richtige Pferd gesetzt hat. Aber dass es so ist, ist unbestreitbar. Denn ich liebe das *Tranquillo*. Und es scheint mich zu lieben. Und das macht sich für Lorenzo bezahlt. Er sagt, ich habe etwas an mir, das Menschen in Beschlag nimmt, sie verzaubert. Ich weiß nicht, ob das stimmt. Aber die Vorstellung gefällt mir.

Lorenzo rekelt sich auf dem Sessel und schnaubt angestrengt. »Bin eben nicht mehr der Jüngste.«

»Dann tritt eben kürzer«, rate ich ihm. »Das Café läuft gut, und ich kann ohne Weiteres noch die Abendschicht übernehmen.«

Wieder schnaubt Lorenzo. »So weit käme es noch. Du arbeitest doch ohnehin schon rund um die Uhr für dieses Café.«

»Und es macht mir überhaupt nichts aus. Im Gegenteil!«

Das ist die absolute Wahrheit. Ich würde sogar umsonst dort arbeiten.

»Freya.« Er beugt sich vor und gibt mir zu verstehen, dass ich ihm in die Augen schauen soll. Das tut er immer, wenn ihm etwas besonders ernst ist. Wie damals, als wir uns das erste Mal begegneten und er mich rettete – im wahrsten Sinne. »Ich lasse dich momentan nur so viel arbeiten, damit du für die *campionato* trainieren kannst. Für die Meisterschaft. Und jetzt sei ein braves Cuculo und schön still, ich möchte diesen Film anschauen.«

Dass dieser gerade von einem Werbeblock unterbrochen ist, scheint ihm entgangen zu sein.

Wieder muss ich daran denken, wie ich diesen alten, knorrigen und doch so sympathischen Mann kennengelernt habe. Damals, als es um alles oder nichts ging. In diesem einen Moment, wie man ihn wohl nur einmal in seinem Leben hat. Der kleine Funke, der entscheidend ist für die weitere Richtung des Schicksals.

»Ich habe nachgedacht«, sage ich. »Wenn wir uns einen dieser neuen Wasserfilter installieren lassen, wird die Crema noch feiner werden. Ich habe mal im Internet nachgeschaut. Gute Filter sind gar nicht so teuer.«

Lorenzo schaut mich mit seinen müden Augen an. Dann hebt er die Hand und lässt sie lustlos sinken. »Du lässt mich diesen Film nicht gucken, hab ich recht?« Er schüttelt resigniert den Kopf.

»Die Amerikaner haben da völlig neue Methoden entdeckt,

mit denen sich der Espresso-Extrakt noch sanfter aus …«

»Die Amerikaner, sì?«, unterbricht mich Lorenzo. »Was verstehen diese Amerikaner von Espresso? Amerikaner sind keine Italiener.«

»Und was ist mit mir?«, frage ich herausfordernd. »Ich bin Deutsche.«

»Auf dem Papier, aber nicht in deinem Herzen.« Er legt seine Hand auf die Brust, »Hier drinnen bist du eine von uns. Eine …«

»Italienerin?«, frage ich.

Lorenzo schüttelt belustigt den Kopf. »Eine Mazzini.«

Ich kann nicht anders, als ihm mein aufrichtigstes Lächeln zu schenken. Meine Hand streicht über seinen stark behaarten Unterarm. Mein Herz wird von Glückseligkeit erfüllt, als er mein Lächeln erwidert. Aber es ist nur ein halbherziges Lächeln. Zwar ein aufrichtiges, aber ein reduziertes. Sozusagen ein Lächeln mit gezogener Handbremse. Ein Lächeln auf Sparflamme.

»Irgendetwas bedrückt dich doch.«

»Sì, das Leben bedrückt mich. Der Weltschmerz. Was soll aus dem kleinen Valentino werden? Was wird aus Tassilo? Und was soll aus dir werden, mein kleiner Cuculo?«

»Ich mache mir eher Sorgen um dich.«

»Tja, die Sorgen.« Lorenzo seufzt. »Die können einen Mann alt und müde machen.«

Er gähnt. Lange und ausgiebig. Als wollte er damit seine Worte unterstreichen.

Beim Anblick der gerade laufenden Shampoo-Werbung fällt mir wieder die zurückgegelte Frisur von heute Morgen ein. »Was war das heute für ein Mann, der dich so dringend sprechen wollte?«

Lorenzos Kopf springt förmlich in meine Richtung. Ganz kurz erkenne ich Gesichtszüge, die ich noch nie zuvor an ihm bemerkt habe. Er fängt sich schnell wieder. Das Mienenspiel dauert nicht länger als einen kurzen Augenblick.

Eine Antwort bleibt er mir schuldig, dafür mustert er die schwere Wanduhr. »Wo bleibt denn nur Tassilo«, murmelt er vor sich hin.

»Er hat sich fürchterlich darüber aufgeregt, dass ich die Übungscappuccinos einfach so weggekippt habe«, versuche ich den Faden noch einmal aufzunehmen. Doch Lorenzo reagiert nicht mehr auf mich. »Er nannte es Materialverschwendung.« Ich kichere, höre aber sofort damit auf, als ich selbst erkenne, wie angestrengt und aufgezwungen es klingt.

Lorenzo schaut mich nicht einmal mehr an.

Ich weiß, dass es nicht clever ist, ihn zu bedrängen. Wenn er etwas nicht von sich aus preisgeben möchte, wird es auch niemand erfahren. Also belasse ich es dabei und schaue mit einem merkwürdigen Gefühl in der Magengrube dabei zu, wie er sich der Werbung mit all ihren explodierenden bunten Farben hingibt.

Ich bin so sehr darin vertieft, aus Lorenzos Verhalten schlau zu werden, dass ich selbst kurz aufschrecke, als ich den Schlüssel in der Haustür höre. Wenig später schiebt sich Tassilos Gestalt ins Wohnzimmer. Er trägt meinen Lieblingsanzug und hat sich die Krawatte gelockert.

Mit dem Erscheinen seines Sohnes kommt Leben in den alten Mann. Er richtet sich auf und springt förmlich vom ächzenden Sofa.

»Da bist du ja endlich«, begrüßt er seinen Sohn mit einem gehetzten Blick. Er greift nach seiner Espressotasse und vollführt eine Geste, die mich und Tassilo gleichermaßen einfängt. »Kommt beide mit in die Küche, wir müssen uns unterhalten.«

Kapitel 5

Als ich aufwache, brauche ich eine Weile, bis ich wieder weiß, was ich eigentlich empfinde. Es ist Wut!

Aber sie wird durch etwas anderes gedämpft: eine namenlose Angst.

Es ist vierzehn Tage her, seit Lorenzo Tassilo und mir das Unfassbare offenbarte. Obwohl große Teile meines Gehirns noch traumversunken sind, kehren meine Gedanken zurück an den Küchentisch der Mazzinis. Lorenzo ist stolz auf seine Küche. Sie ist selbstgebaut. Aber der Tisch ist alt. Viel älter als ich. Und seit jeher finden die wichtigen Familiengespräche an diesem Tisch mit der dunkel gemaserten Platte aus Pistazienholz statt. Immer wieder will mein Unterbewusstsein in schonungsloser Selbstkasteiung zurück an diesen Ort. Sobald ich die Augen schließe, sehe ich Lorenzo vor mir. Trotz des zeitlichen Abstands spüre ich noch immer die beruhigende Anwesenheit von Tassilo, der ebenso überrascht wie ich neben mir am Tisch saß und seinen Vater gespannt musterte. Im Wohnzimmer schlief Valentino auf der Couch, eingelullt von der Geräuschkulisse eines Naturfilms.

Es war still in der Küche.

Lorenzos Hände schlossen sich um die Espressotasse, als wollte er sich daran festhalten. Tassilo und ich warteten. Angespannt. Doch Lorenzo sagte lange nichts. Die Stille dehnte sich förmlich aus, bis sie den Raum zwischen uns, nein, die ganze Küche ausfüllte. Ich sah zu, wie er Luft in seine Lungen pumpte, den Mund öffnete. Dann dröhnte es förmlich in meinen Ohren, so laut sprach er: »Ich habe heute das *Tranquillo* verkauft.«

Darauf kehrte wieder diese unheimliche Stille ein. Lorenzos Worte hallten noch lange nach.

Auch jetzt, in meinem Bett, höre ich sie noch. Ich schaffe es noch nicht, aufzustehen und mich dem neuen Tag zu stellen. Die Sonnenstrahlen kämpfen sich mit aller Macht durch die Ritzen der Jalousie. Das Geräusch des zunehmenden Berufsverkehrs quält sich durch den Spalt des gekippten Schlafzimmerfensters.

Zunächst waren Tassilo und ich einfach nur sprachlos, schauten uns ungläubig an, warteten auf die Pointe. Lorenzo ist ein Meister des Sarkasmus. Doch da kam nichts. Und ebenso wenig deutete Lorenzos Miene darauf hin, dass er sich einen Spaß erlaubt hatte. Im Gegenteil. Noch nie habe ich seine rauen Gesichtszüge derart ernst und verhärtet gesehen.

Er hat es getan. Den Ausverkauf seines Lebenswerks. Meines Traums.

Seit diesem Abend habe ich kein Wort mehr mit ihm gewechselt. Nach dieser Offenbarung liegt alles im undurchdringlichen Nebel, und ich versuche erst gar nicht, mich hindurchzukämpfen. Wozu auch, eine klare Sicht würde mir auch nichts bringen.

Nach seinem Geständnis war Lorenzo nicht mehr zu bremsen gewesen. Als wollte er die bedrohliche Stille, die noch in den Ecken der Küche lauerte, um uns in einem günstigen Moment raubtierartig anzufallen, um jeden Preis vertreiben. Und was er alles erzählt hat. Bedeutungslose Phrasen, Worthülsen, Floskeln. Auch heute stelle ich fest, dass außer diesem Satz, der mir den Boden unter den Füßen weggerissen hat, kaum etwas hängen geblieben ist.

Es ist nicht das erste Mal, dass ich mich im freien Fall befinde. Ich weiß, wie es sich anfühlt, ein Zuhause zu verlieren. Den Schutz des Vertrauten aufzugeben. Mit diesem Gefühl kenne ich mich bestens aus. Also hätte ich darauf vorbereitet sein müssen. Aber ich war es nicht. Nicht an diesem Abend, an diesem Küchentisch, an diesem mir so vertrauten Ort. Dabei habe ich mir geschworen, es niemals wieder so weit kommen zu lassen.

All die Jahre hat dies wunderbar funktioniert. Bis Lorenzo in mein Leben trat und mir zeigte, dass das Leben Dinge bereithalten kann, die nicht nur aus Schmerz und Enttäuschung bestehen. Ich erinnere mich noch genau daran, als er mir die Hand reichte. Wortwörtlich. Als ich den Halt verlor und beinahe auf die Gleise gestürzt wäre – in dem Moment, als die Linie 1 eintraf. Es war knapp. Denkbar knapp. Doch Lorenzo hatte mich fest im Griff, lächelte mich unnachgiebig an und erkannte, dass er eine verlorene Seele vor sich hatte. Völlig überrumpelt nahm er mich einfach mit in sein *Tranquillo* und kümmerte sich um mich. Bis zu diesem Abend am Küchentisch.

Und selbst da erwähnte er noch mehrmals, dass er es gut mit mir meine. Dass für mich gesorgt sei und ich so lange im *Tranquillo* arbeiten dürfe, bis ich meine Ausbildung beendet habe – und damit meinte er den Tag der Meisterschaft.

Der Abend am Küchentisch der Mazzinis hielt noch weitere Überraschungen für mich bereit. Zum Beispiel, was es mit dem Mann auf sich hatte, der ohne mit der Wimper zu zucken morgens um kurz nach zehn seinen Kaffee mit Amaretto trank. Igitt.

Am Küchentisch der Mazzinis hat er einen Namen bekommen:

Eric Jahnke.

Ich werde ihn mir merken müssen, denn er ist mein neuer Chef. Im Auftrag von *San Café,* einer internationalen Kaffeehauskette, die im großen Stil die Konkurrenz aufkauft, war dieser Mann bereits vor Wochen mit Lorenzo in Kontakt getreten und hatte ihm ein Angebot unterbreitet, das Lorenzo unmöglich ausschlagen konnte. Ich hoffe wirklich, dass es ein gutes gewesen ist. Denn mein Mentor hat nicht weniger als seine Ideale verkauft. Seinen Lebenstraum. Mein Inselparadies. Und mich gleich dazu. Mich, seinen Cuculo.

Die Umstände lassen es nicht zu, dass ich einfach in meinem Bett liegen bleibe und in Selbstmitleid ertrinke. Ich muss aufstehen und mich fertig machen. Für meinen ersten Tag im *San Café.*

Während ich die Zähne putze, schiebt sich immer wieder Lorenzos Gesicht auf die Spiegelseiten meines dreiflügeligen Badschranks. Mal ist es die rechte Spiegelseite: »Alles ist nur zu deinem Besten, kleiner Cuculo«, sagt er dann mit diesem milden Lächeln auf dem Gesicht, das ich so sehr an ihm mag. Dann schließe ich die Augen und sehe ihn hinüberwandern zur linken Seite, wo sich das warme Lächeln zu einer diabolischen Fratze verzerrt.

Ich versuche das Bild aus meinem Kopf zu verdrängen, während ich lustlos die Zahnbürste in meinem Mund hin und her bewege. Gleichzeitig frage ich mich, welche Rolle Lorenzo wirklich verkörpert. Die des Engels, der wirklich nur das Beste für mich will und seine guten Gründe für den Ausverkauf seines Traums hat? Gründe, die er mit niemandem teilen mag?

Oder verkörpert er doch die des Teufels, der sich all seinen Prinzipien zum Trotz dem Diktat der freien Marktwirtschaft gebeugt und seine Werte und Ideale für einen fetten Bankscheck veräußert hat, um einen abgesicherten Lebensabend ohne jegliches Risiko verbringen zu können?

Wer bin ich, ihm das zu verübeln. Doch wenn dem wirklich so wäre, hätte ich Lorenzo all die Zeit absolut falsch eingeschätzt. Denn ich dachte wirklich, das *Tranquillo* sei sein Lebenselixier und neben seiner Familie das einzige Glück auf dieser Erde. Wie man sich doch in Menschen irren kann. Es ist nicht so, dass ich diese Erfahrung nicht schon früher gemacht hätte. Leider viel zu oft. Und leider bei den Personen, die dazu in der Lage sind, mit ihrem Verrat alle Werte eines gutgläubigen Menschen bis in die Grundmauern zu erschüttern.

Natürlich kann ich es ihm nicht vorwerfen. Doch ich kann es mir ankreiden, dass ich mich wieder habe täuschen lassen, dass ich wieder einen Menschen zu nah an mich habe herankommen lassen. Und ich kreide es mir an. Ich quäle mich mit Selbstvorwürfen und drücke die Borsten so fest auf das Zahnfleisch, dass es blutet.

Engel oder Teufel? Diese Frage springt in meinem Kopf herum. Wie ein kleiner Pingpongball, von links nach rechts. Einmal zur Spiegelseite mit dem milde lächelnden Lorenzo, der nur mein Bestes will. Dann zurück zur linken Seite, mit der verzerrten Grimasse, die das Kuckucksei gewinnbringend an den Meistbietenden verschachert hat.

Engel oder Teufel? Sicher bin ich mir da nicht, da mir mein Kopf die Sache nicht leichter macht, indem er meinen imaginären Lorenzo etwa mit Hörnern oder Flügeln ausstattet.

Die anfänglichen Sonnenstrahlen sind inzwischen einer durchgehenden Wolkendecke gewichen. Auf dem kleinen Badezimmerfenster zeichnet der Nieselregen ein feines Muster, das keiner Ordnung zu folgen scheint. Überall verteilen sich die Tropfen und zersplittern meinen Blick auf die Welt da draußen in kaleidoskopische Fetzen. Ungefähr so stelle ich mir den Gedankenwirrwarr in meinem Kopf vor. Auch dort, tief in meinen Windungen, folgt nichts mehr einer Richtung, einer Ordnung. Als versinke alles in Tumult. Sobald ich die

Augen schließe, kann ich ihn ganz genau spüren, diesen Strudel zwischen meinen Ohren, der sich immer schneller zu drehen scheint. Als hätte man irgendwo da drinnen einen Stöpsel gezogen und alles, was sich so richtig und gut angefühlt hat, würde in einem reißenden Sog nach unten gezerrt, tief hinab an einen Ort, wo es für immer verschlossen sein würde. Fernab von Licht und Freude.

So einfach ist es. Alles, was mir Lorenzo in der chaotischsten Zeit meines Lebens gegeben hat, hat er mir an diesem rustikalen Küchentisch mit all seinen Kerben und Macken, mit denen sich Generationen von Mazzinis verewigt haben, wieder genommen. Ob beabsichtigt oder nicht, sei dahingestellt. Ich mag ihn noch zu sehr, um ihm das zu unterstellen. Tief in meinem Inneren fühle ich, dass er seine Gründe haben wird – ich hoffe, dass es so ist. Gleichermaßen bin ich mir sehr wohl dessen bewusst, dass dies äußerst kontraproduktive Gedanken sind und ich eine positivere Grundeinstellung brauche. Also schließe ich die Tür des Raumes in meinem Kopf ab, aus dem die dunklen Gedanken herausrinnen, und stelle noch ein Sideboard davor. Sicher ist sicher.

Ich habe Angst vor meinem ersten Arbeitstag. Auch wenn Lorenzo in der Küche Stein und Bein darauf geschworen hat, dass sich »so gut wie nichts ändern« wird. »Sie werden nur den Namen über dem Eingang austauschen, *promesso*!« Wieder höre ich sein lautes Lachen durch meine Gedanken poltern.

»Bist du dir da sicher?«, hatte Tassilo gefragt. Ich sehe jetzt noch seine von den Wogen der Skepsis zerfurchte Stirn vor mir.

»*Assoluto* sicher. Sie werden so gut wie nichts verändern. Wozu sollten sie? Das *Tranquillo* ist so, wie es ist, *perfetto* und *magnifico*. Es geht nur um den Namen.«

Kapitel 6

Ich habe mich verlaufen, so muss es sein. Auch wenn ich schon lange in dieser Stadt wohne, muss ich versehentlich an einer falschen Kreuzung abgebogen und auf eine Verkehrsinsel gestoßen sein, auf der es ebenfalls ein Café gibt, aber eben nicht meins.

Alles hat sich verändert.

Hektisch schaue ich mich um, mein Herz schlägt schmerzhaft gegen die Rippen. Ich spüre Panik in mir aufglimmen. Meine Augen arbeiten unter Hochdruck, um die Helligkeit zu verarbeiten, um mit der völlig neuen Umgebung klarzukommen.

Beinahe nichts ist mehr so, wie es war.

Nichtssagende Instrumentalmusik dringt an meine Ohren. Die komplette Einrichtung des Stehcafés existiert nicht mehr. Auf engstem Raum befinden sich nun entlang der gesamten Panoramafront winzige Sitznischen mit hässlichen lederbezogenen Mini-Loungemöbeln – in einer Farbe, die mich an ungesunden Durchfall erinnert. Diese Miniatursessel scharen sich um noch winzigere Tischchen, die so klein sind, dass sie nur zu Dekorationszwecken dienen können.

Ich betrachte die Sitze genauer und muss einen Aufschrei unterdrücken. Nicht nur, dass sie hässlich braun sind, sie sind auch noch derart eng geschnitten, dass man keine zu ausladende Figur haben darf, da man sonst nur mithilfe der Feuerwehr und einer Hydraulikschere wieder herauskommen würde.

Ich drehe mich langsam im Kreis, um all die neuen Eindrücke auf mich wirken zu lassen.

Alles hat sich verändert.

Sogar der Geruch ist anders. Ein starker, aromatischer Duft von Kaffeebohnen steigt mir in die Nase. Wieder kann ich ihn förmlich spüren, diesen Strudel im Kopf, der sich immer schneller zu drehen scheint. Ich möchte mich setzen, aber ich habe Angst vor diesen neuen Möbelstücken.

Er ist weg, einfach ausgelöscht. Der ganze Charme, der das *Tranquillo* ausgemacht hat. Die antiken Lampen, die Lorenzo einst aus dem Wartesaal eines alten stillgelegten Dorfbahnhofs ergattert und restauriert hatte. Sie hängen nicht mehr von der Decke und tauchen das Café nicht mehr in dieses sanfte, leicht diffuse Licht, das eine angenehme Atmosphäre verbreitete. Nun sind es Halogenspots, die jeden einzelnen Platz ins Rampenlicht stellen, als wäre er Hauptdarsteller eines tragischen Theaterstücks – eines Stücks ohne Happy End.

Auch meine Schritte klingen anders. Ich schaue nach unten und erschrecke mich. Die Terrakotta-Fliesen sind weg. Dabei sehe ich sie noch genau vor mir. Jede in einer anderen Erdfarbe, die zusammen einen Farbfächer aus Umbratönen darstellten und ihr wunderbar toskanisches Flair offenbarten. Einfach weg.

Lorenzo hatte sie alle einzeln zusammengeklaubt. Auf seinen heimatlichen Italienreisen. Auf Flohmärkten. Im Internet. Jetzt ist da ein geräuschabsorbierender Plastikboden in dunkler Holzoptik. Ich trete etwas fester mit einer Absatzspitze auf und spüre, wie der Boden leicht nachgibt. Weich. Künstlich weich.

Ich blicke der Wahrheit ins Auge und stelle fest, dass das Innenleben des *Tranquillo* nicht mehr existiert.

Nein, ich korrigiere meinen Gedanken. Das *Tranquillo*

existiert nicht mehr. Als hätte man eine Operation am offenen Herzen durchgeführt, es für nicht mehr kräftig genug empfunden und kompromisslos durch ein neues, mechanisches ersetzt.

»Guten Tag.«

Eine freundliche Stimme stoppt den Gedankenstrudel in meinem Kopf.

»Eigentlich ist ja noch geschlossen.«

Ich drehe mich zur Quelle der Stimme um und erblicke eine junge hübsche Frau mit wirklich tollen Augen in einem unvorteilhaft engen orangefarbenen Poloshirt.

»Ich bin kein Gast«, stelle ich klar. »Ich bin hier, um …« Der Kloß in meinem Hals ist zu groß, als dass ich die Wörter so ohne Weiteres daran vorbeischleusen könnte. Also schlucke ich mühsam und setze noch einmal an: »Ich bin hier, um zu arbeiten. Heute ist mein erster Tag.«

Die junge Frau mustert mich eine Sekunde lang forschend, dann verzieht sich ihr Gesicht zu einem breiten Lächeln. Sie kommt förmlich auf mich zugeschossen und wirft mir ihre Hand entgegen. Ich bewundere ihren perfekt sitzenden auftoupierten Haarschopf im Fifties Style, der so blond ist, dass er unmöglich natürlich sein kann.

»Hi, ich bin Stacey. Dann bist du sicherlich die Neue …«

Zögerlich ergreife ich die Hand, die sich meinem Griff aber sofort wieder entzieht.

»Na ja«, sage ich, »eigentlich bin ich die Alte …«

»Willkommen in der *San Café*-Familie.« Stacey schenkt mir eine distanzierte, drucklose Umarmung und weicht sofort wieder zurück. Sie ist recht groß. Aber das sind die meisten Menschen für einen Zwerg wie mich.

»Eric hat mir schon viel von dir erzählt. Du sollst ja ein echtes Ass im Kaffeekochen sein.«

»Nun, ja …«

»Aber andererseits ist das auch überhaupt kein Problem mit

unseren Profi-Maschinen.« Mit einem stolzen Lächeln macht sie einen Schritt zur Seite.

»Sie funktioniert jetzt auch, wie sie sollte. Eben war noch der Techniker da und hat die Feinjustierungen vorgenommen. Unserem Eröffnungstag in der neuesten *San Café*-Filiale steht also nichts mehr im Wege.«

Sie hat ein offenherzig-lautes Lachen, das ich schon jetzt als leicht penetrant empfinde.

In diesem Moment erblicke ich hinter ihr ein glänzendes Monstrum, das auf mich wirkt, als wäre es einem Science-Fiction-Streifen entsprungen – einem von der schlechteren Sorte, der es nicht ins Kino geschafft hat, sondern direkt auf DVD erschienen ist. Nicht auf Blu-Ray.

Das Teil ist riesig und nimmt ein Drittel des Thekenbereichs ein. Ich zähle fünf Düsen und sehe jede Menge Regler und Anzeigeknöpfe. Bereits der Anblick dieser Maschine setzt mich unter Stress, aber ich zwinge mich, alle Einzelheiten aufzunehmen. Doch der erste Eindruck verstärkt sich. Diese Maschine hat in etwa so viele Bedienknöpfe wie das Cockpit einer Boeing 747.

»Du wirst dieses Maschinchen hier lieben«, stellt Stacey für mich klar. »Ein Knopfdruck reicht, und es macht alles von allein. Ich verspreche dir schon jetzt, dass du deine Arbeit nicht mehr wiedererkennen wirst.«

»Den Eindruck habe ich auch bereits.«

Stacey beachtet mein Murmeln nicht. »Diese Teile sind übrigens eigens für unsere Filialen entwickelt worden. Sozusagen also unsere USP.«

»Eure was?«

»Unsere«, verbessert sie mich grinsend und deutet einen leichten Klaps gegen meine Schulter an – ohne mich wirklich zu berühren. »Du gehörst doch jetzt auch dazu.«

Mir schwirrt der Kopf. Anscheinend spiegelt sich diese Verwirrung auch in meinem Gesicht wider, denn plötzlich spricht Stacey ganz langsam. »USP«, wiederholt sie. »Unsere Unique Selling Proposition.«

»Bitte?«

»Al-lein-stel-lungs-merk-mal.«

Sie betont jede Silbe extra deutlich.

»Aus dem Marketing-Bereich kommst du nicht, was?«

Abwechselnd betrachte ich das in die Zukunft gebeamte Fünfzigerjahre-Pin-up und die aus der Zukunft kommende Maschine. Dann stelle ich meine Position klar: »Ich bin eine angehende Barista!«

Stacey grinst souverän: »Das sind wir doch alle.«

Von irgendwo ertönt ein akustisches Warnsignal.

»Okay, ich zeig dir gleich alles. Ich muss nur noch schnell die Teiglinge aus dem Ofen holen.«

Ich nicke matt, ohne zu verstehen, wovon sie da überhaupt spricht. Auch wenn mir Stacey auf den ersten Blick nicht gerade sympathisch ist, fühle ich mich alleingelassen hinter dieser Theke, an diesem Ort, der mir so vertraut und doch so völlig fremd ist. Ich lasse einen weiteren intensiven Blick durch meine neue Wirkungsstätte schweifen. Mir fällt auf, dass irgendetwas mit der Theke nicht stimmt. Sie ist auf einmal höher. Dann springen mir gleich zwei Dinge ins Auge. Zum einen, dass nicht alles völlig fremd ist. Freudig erkenne ich meine heiß geliebte *La Cimbali,* deren wundervoll-hübsche Chromarmaturen verdeckt unter einem weißen Leinentuch hervorblitzen. Und dann sehe ich ein signalrotes Porsche Cabriolet mit geschlossenem Verdeck, das sich über den Zebrastreifen auf die Insel schiebt. Es kommt unmittelbar vor dem Eingang des Cafés zum Stehen und spuckt einen hochgewachsenen Mann in einem edel aussehenden Gehrock aus. Spätestens, als sich der Mann in einer unbedachten Geste durch das zurückgelegte Haar fährt, erkenne ich ihn wieder.

Dann betritt mein neuer Chef die Bühne.

»Guten Morgen!« Er strahlt mich mit seinem blendend weißen Lächeln an und stürmt geradewegs auf mich zu. Bevor ich etwas erwidern kann, ergreift er meine Hand und drückt sie fest. Zumindest das mit dem Lächeln scheint er doch ganz gut hinzubekommen. Hatte ich anders in Erinnerung.

»So früh hätte ich noch gar nicht mit Ihnen gerechnet. Haben Sie sich denn bereits umgesehen? Gefällt es Ihnen? Ist es nicht wunderbar, was unser Team in dieser kurzen Zeit auf die Beine gestellt hat? Haben Sie Stacey schon kennengelernt?«

Hastig blickt er sich um. »Wo ist sie eigentlich?«

»Hinten«, sage ich. »Irgendwas Teigiges holen.« Ich nutze seine Atempause. »Was ist denn aus Pietros Backwaren geworden?«

»Wer?« Mein neuer Chef schaut mich kurz irritiert an und fährt dann unbeirrt fort. »Den Umgang mit dem Gärautomaten und dem Ofen wird Stacey Ihnen noch erklären. Das ist natürlich völlig neu für Sie. Oder haben Sie schon einmal mit einem Gärautomaten gearbeitet? Generell haben wir einiges an der Inneneinrichtung verändert. Hat Stacey Ihnen schon den Automaten erklärt? Das Mischverhältnis unserer Macchiato-Varianten?«

»Mischverhältnis?«, frage ich perplex. »Varianten?«

Er zieht eine Schublade auf und drückt mir ein in Leder gebundenes Büchlein mit den Initialen S & C in die Hand.

»Hier stehen alle Rezepte drin, am besten lernen Sie sie so schnell wie möglich auswendig.«

Er schießt einen wahren Redeschwall auf mich ab und lässt mir nicht die kleinste Möglichkeit der Erwiderung. »Es war gar nicht leicht, unsere Interieur-CI in diesem runden Café umzusetzen, das sage ich Ihnen. Aber ich finde, dass es innerhalb der kurzen Zeit ganz gut gelungen ist, finden Sie nicht? Und, wie gefällt es Ihnen?«

Ich lasse mir Zeit mit meiner Antwort. Schließlich sage ich: »Arg hell hier.«

»Natürlich ist es hell hier, wir wollen doch auch von Weitem gesehen werden. Vorher war alles so dunkel und diffus und …«

»Gemütlich?«, schlage ich vor.

Missbilligend heben sich seine Brauen. »Dieser Mazzini mag ja was von Kaffee verstehen, aber von effektiver Verkaufsförderung hatte er wahrlich keine Ahnung.«

Mein Blick ist eine unausgesprochene Morddrohung. Es gefällt mir nicht, dass er sich ihm gegenüber negativ äußert. Lorenzo mag mich an ihn verramscht haben. Aber das gibt ihm noch lange nicht das Recht, schlecht über ihn zu reden.

Meine lautlose Kriegserklärung schüttelt er lässig lächelnd von sich ab.

»Sie können dort nicht parken.« Ich nicke in Richtung Fenster.

»Ich tu's aber trotzdem.«

»Sie werden einen Strafzettel bekommen.«

Er streift seinen Gehrock ab und legt ihn über die Theke.

»Das ist immer noch billiger, als umständlich einen Parkplatz in dieser Stadt zu suchen. Meine Zeit ist entschieden teurer als ein Parkzettel.«

Er stellt sich so dicht neben mich, dass ich zu ihm aufsehen muss, um den Blickkontakt aufrechtzuerhalten.

»Und, wie gefallen ihnen die Lounge-Sofas? Die Farbe nennt sich übrigens *braurange*. Eine Wortzusammensetzung aus orange und braun«, erklärt er mir. »Es ist eine Eigenkreation, die sich unsere Marketing-Abteilung ausgedacht hat. Laut Studien soll dieser Ton den Konsumenten in die perfekte Kaffeegenussstimmung versetzen. Tatsächlich spricht man von einer Abverkaufssteigerung von sieben Prozent.«

Studie, Konsument, Abverkaufssteigerung? Mir dreht sich der Kopf von all diesen wirren Informationen, die er ungefragt auf mich einprügelt.

»Also, gefällt es Ihnen?«

Auch wenn es meinem Nacken einiges abverlangt, zwinge ich mich zu einem Nicken. Der Höflichkeit halber. Es ist schließlich mein erster Tag. »Nun ja, das *Tranquillo* ist eigentlich ein Steh-Café.«

»War.« Es scheint ihm Spaß zu machen, mich zu korrigieren. Nur so ist dieses dämliche Schmunzeln in seinem Gesicht zu erklären.

»Herr Mazzini hat mir schon gesagt, dass es für Sie nicht unbedingt leicht werden wird, sich auf neue Gegebenheiten einzulassen.«

»Hat er das, ja?« Allmählich habe ich Mühe, es bei einer unausgesprochenen Morddrohung zu belassen.

»Warten Sie ab, Sie werden unser Konzept lieben lernen. Unsere Konsumenten tun es und schenken uns blind ihr Vertrauen.«

Die Fassade bröckelt unter der Maske der Selbstbeherrschung. Ich kann es wirklich nicht ausstehen, wenn man mir sagen will, was ich zu lieben habe.

»Das *San Café* ist im Übrigen auch ein Wortspiel.«

Ich höre den Stolz in seiner Stimme.

»Eine Wortkreation. Da die Firmenmutter ihren Hauptsitz in Santa Fe, New Mexico, hat. Die einzelnen Länder steuern sich zwar unabhängig, aber das große Ganze wird aus Santa Fe bestimmt. Wobei wir natürlich schon unsere Freiräume haben und uns den Anforderungen der jeweiligen Länder anpassen dürfen.«

»Ja«, sage ich knapp. »Äußerst interessant.«

»Ein weiterer Teil des Konzepts sind die kleinen Süßwarenspeisen. Deshalb auch der Gärautomat und der Ofen, aber dazu später mehr. Wir sind spät dran.« Er wirft einen Blick auf diese sündhaft teuer aussehende Armbanduhr, die mir bereits bei unserem ersten Aufeinandertreffen ins Auge gesprungen ist.

Anscheinend hat er mittlerweile das Uhrenlesen gelernt, denn diesmal ist der Blick flüchtig.

»Bevor ich es vergesse, wir bei *San Café* duzen uns alle. Also, ich bin Eric.«

Der Mann mit dem Vornamen Eric hält mir erneut seine braungebrannte Hand entgegen. Der Druck ist aber nun weitaus sanfter als zuvor. Beinahe … angenehm.

»Freya«, presse ich zwischen zusammengebissenen Zähnen hervor.

»Weiß ich ja.« Er grinst. Die Haut um seine Augen legt sich in einen sanften Fächer aus Falten. Mir fällt auf, dass sein Gesicht sehr wohl in der Lage ist, ein sympathisches Lächeln hervorzuzaubern.

»Ein schöner Name.«

Anscheinend gefällt ihm nicht nur mein Name, denn sein Blick ist wieder etwas weiter nach unten gewandert, was wiederum sein Grinsen noch breiter werden lässt.

Die beiden hervorblitzenden Zahnreihen sind wirklich so was von weiß, dass ich mir Sorgen um seinen Zahnschmelz mache.

Derart intensives Bleaching kann einfach nicht gesund sein.

»Was ist mit der *La Cimbali?«,* frage ich, um Ablenkung bemüht.

»Die behalten wir.« Mit einem festen Ruck zieht er das Leinentuch von ihr herunter.

Die eiserne Faust, die mein Herz umschlossen hält, lockert sich ein wenig bei ihrem Anblick.

»Zu Dekozwecken. Die sieht echt toll aus … ein Hauch von Nostalgie.«

»Aber sie ist noch super in Schuss. Ich kann doch mit ihr arbeiten.«

Eric schüttelt den Kopf. »Viel zu zeitaufwendig und zu teuer. Nein, da sind unsere Maschinen weitaus effizienter. Und sparsamer. Für dasselbe Ergebnis benötigen wir vermutlich nur ein Viertel an Kaffeemenge.«

Er tätschelt die Verkleidung seiner Hightech-Maschine, als handele es sich um einen gut dressierten Minenspürhund. Dann greift er nach seinem Gehrock und zieht aus einer Innentasche einen runden Chip hervor, den er mir reicht. »Das ist dein Zeiterfassungs-Chip. Das Handling ist echt total easy. Halte es einfach gegen den Automaten und warte, bis es piept. Das tust du jedes Mal, wenn du kommst und gehst. Rauchst du?«

Ich schüttele den Kopf.

»Gut, dann muss ich dir das mit der Zeiterfassung der Raucherpausen nicht weiter erklären. Am besten befestigst du ihn an deinem Schlüsselbund, damit du ihn immer bei dir hast. Verlier ihn bloß nicht, denn dann musst du den Ersatz selbst bezahlen.«

Sein ewiges Lächeln gibt mir keinen Aufschluss darüber, ob er das ernst meint oder mich auf den Arm nehmen will.

»Okay, und wo soll ich ihn bitteschön hinhalten?«

Er zeigt mit der Hand an mir vorbei. »Siehst du den Kasten?«

»Du meinst dieses Teil unter der Klimaanlage?« Ich werde kurz stutzig. Seit wann haben wir hier eine Klimaanlage?

Eric schüttelt schmunzelnd den Kopf. »Das ist keine Klimaanlage, sondern ein Raumbedufter.«

Auf meinen irritierten Blick hin erklärt er: »Was glaubst du denn, woher dieser wundervolle Kaffeeduft kommt?«

Erst jetzt wird mir bewusst, dass er recht hat. Bereits beim Betreten hatte ich diesen angenehm würzigen Kaffeegeruch in der Nase – obwohl dieser supermoderne Kaffeevollautomat noch gar nicht in Betrieb ist.

Nun greift er nach der Papiertüte und zieht etwas grellorangefarbenes hervor. »Das ist deine neue Arbeitsuniform. Ich hab dir mal zwei Größen eingepackt. S und XS. So, wie ich das sehe, sollte dir beides wunderbar passen. Wir tragen sie jedoch eher figurbetont.« Er zwinkert mir umständlich zu. »Es wäre also gut, wenn XS passen würde, du verstehst?«

Dabei verstehe ich überhaupt nichts mehr. Aber der Blick, mit dem er meinen Körper mustert, passt mir zumindest ganz und gar nicht.

Ich stehe da, mit einem Zeiterfassungs-Chip in der einen und dem knalligen Poloshirt in der anderen Hand, und weiß nicht, wie mir geschieht.

»Also dann, ziehen wir uns um. In zwanzig Minuten ist Eröffnung, dann wird die Hölle auf uns einbrechen.«

Kapitel 7

Um kurz vor zehn stehen wir zu dritt in orangefarbenen Hemden und beige-braunen Schürzen hinter der Theke und bereiten uns auf die Kundschaft vor. Nach einer Kurzeinweisung an dem Vollautomaten bin ich etwas beruhigt, aber auch gleichermaßen enttäuscht, denn all die Anzeigen, Regler und Knöpfe sind hauptsächlich Attrappen, die dem Kunden imponieren sollen. Die Maschine selbst ist so konzipiert, dass sie sehr schnell ohne große Einarbeitungszeit bedient werden kann.

Nachdem mir Stacey dreimal alles haarklein erklärt hat und mir dann beinahe feierlich ein laminiertes Blatt Papier überreicht hat, auf dem zu jedem Symbol die Erklärung aufgeführt ist, mache ich mich an meinen ersten Durchlauf und stelle fest, dass ich alles, was Lorenzo mir beigebracht hat, getrost vergessen kann. Ich habe weder die Möglichkeit, den Brühdruck zu regulieren noch die Temperatur einzustellen. Geschweige denn in irgendeiner Art den Druck zu regeln. Ich muss einfach nur den Knopf mit dem Symbol der gewünschten Kaffeekreation drücken, das ist alles.

»Im Prinzip kann sie also auch von ungelerntem Personal bedient werden«, erklärt Stacey, »was das Recruiting von neuen Mitarbeitern enorm erleichtert.«

»Oder von einem kleinen Äffchen«, denke ich laut und drücke das Cappuccino-Symbol, woraufhin der Automat röhrend, zischend und dramatisch dampfend zum Leben erwacht.

»Und, kommst du klar?«, fragt Eric. Er ist gerade dabei, die ofenfrischen Backwaren mithilfe eines Lineals im perfekten Abstand voneinander in der Auslage aufzureihen. Croissants, Brownies, Muffins. Ich vermisse schon jetzt Pietros Spezialitäten, und mir wird schwer ums Herz, wenn ich nur daran denke, wie er sich gefühlt haben muss, als ihm seine Existenzgrundlage entrissen wurde.

»Weiß nicht so recht.« Mit kritischem Blick inspiziere ich den Inhalt, der sich in meine Espressotasse ergießt. »Irgendwas stimmt nicht.«

»Was ist denn los?« Eric schaut mich besorgt an.

»Keine Ahnung. Wenn ich hier draufdrücke«, mein Finger schwebt über dem schwarzen Knopf mit dem kleinen Kaffeetassensymbol, »sollte eigentlich ein Espresso entstehen. Aber das tut es nicht. Stattdessen kommt nur hellbraunes, heißes Wasser heraus.«

Eric stellt sich dicht hinter mich – meiner Meinung nach viel zu nah – und legt seine Hände auf meiner Schulter ab. Diese ungestüme intime Berührung erschreckt mich derart, dass sich die Haut an meinem Hinterkopf zusammenzieht.

»Wieso?«, höre ich seine raue Stimme dicht an meinem Ohr. »Ist doch alles in Ordnung. Genau so, wie es sein soll, astreiner Espresso.« Eine Hand löst sich von meiner Schulter und greift nach der Tasse. Schlürfend nimmt er einen Schluck.

»Lecker. Auch mal?«

Ich schüttele den Kopf so energisch, dass ich kurz meinen eigenen Pferdeschwanz zu sehen bekomme.

»Du wirst höhere Schuhe tragen müssen, damit du überhaupt über die Theke schauen kannst.«

Irgendwo ertönt wieder ein Warnsignal. Diesmal kommt es von Erics Handgelenk.

»Zehn Uhr«, sagt er. »Es geht los.«

Bevor ich auch nur fragen kann, was losgeht, huscht Eric schon an mir vorbei und schließt das Café auf. Draußen sehe ich tatsächlich bereits die ersten Menschen vor der Tür stehen. Zögernd betreten sie das Café. Einer zieht den Kopf ein und schaut kritisch nach oben – als hätte er Angst, von dem riesigen Logo erschlagen zu werden.

Erics Lächeln legt eine Schippe obendrauf.

»Herzlich willkommen bei *San Café*, wo die wahre Seele des Kaffees zu Hause ist.«

Stacey unterstreicht seine Worte mit einem ebenso breiten Grinsen. Ich frage mich, ob sie denselben Zahnarzt haben. Sie wirft mir einen kurzen Blick zu, tut so, als würde sie mir in die Seite stupsen, um auch mich zum Grinsen zu bewegen. Klappt aber nur so halb …

Dann beginnt mein erster Arbeitstag. Obwohl ich seit über zwei Jahren tagein, tagaus nichts anderes getan habe, bin ich nervös. Nicht, weil ich an meinen Fähigkeiten zweifle, sondern weil alles so neu ist und sich anders anfühlt. Unangenehm anders.

Meine erste Bestellung ist ein Milchkaffee. Und die einzige Herausforderung, vor die mich dieser Automat stellt, ist, die Taste mit dem richtigen Symbol zu finden. Mein Blick huscht über den Bogen mit der Symbollegende, die praktischerweise alphabetisch geordnet ist. Stacey weist mich dezent darauf hin, dass ich das falsche Glas ausgewählt habe.

Ich frage nach dem Milchschaumbehälter und ernte ein verwirrtes Stirnrunzeln.

»Den Schaum macht doch die Maschine automatisch. Einfach die Tasse drunter stellen, den Knopf drücken und anschließend mit der S&C-Schablone das Kakaopulver drüberstreuen. Und bei den anderen Varianten eben mit dem entsprechenden Sirup auffüllen.«

»Aber …«

»Jetzt beeil dich, es werden immer mehr Gäste.«

Als ich meinen Blick über die viel zu hohe Theke hebe, erkenne ich den Grund ihrer Besorgnis. Tatsächlich wird es immer voller und die Menschen drängen sich in drei Reihen an die Theke. Ich spüre, wie mir der Schweiß ausbricht, und versuche Ruhe zu bewahren.

Richtiges Glas. Richtiger Knopfdruck. Kakaopulver.

Eigentlich simpel und idiotensicher. Aber eben nicht, wenn alles neu ist und die Abläufe nicht eingespielt sind. Bei jeder Bestellung suche ich mir den Wolf nach dem richtigen Behältnis, dem richtigen Symbol. Dass das *San Café* obendrein zwei Dutzend Macchiato-Varianten anbietet, macht das alles nicht leichter.

Um mich herum wird es immer lauter und hektischer.

Ich habe nicht den Hauch einer Ahnung, woher all diese Menschen plötzlich auftauchen, doch keine halbe Minute später ist das *San Café* derart voll, wie es das *Tranquillo* nie gewesen ist. Im Akkord nehmen Eric, Stacey und ich die Bestellungen entgegen, drücken immer wieder auf dieser riesigen Maschine herum, deren Inhalt sich mit viel Lärm und Getöse aus allen Düsen in Tassen und Gläser entleert. Es dauert nicht lange, bis sich unter meinen Achseln dunkle Schweißkreise auf dem orangefarbenen Hemd abzeichnen. Meine einzige Genugtuung in dieser Situation bleibt, dass ich S trage – obwohl mir XS auch problemlos gepasst hätte.

Die Hitze, die diese monströse Maschine ausstrahlt, und der Stress vor der Theke verlangen meinem Körper Höchstleistungen ab. Ich spüre mein Gesicht vor Anstrengung glänzen. Und ja, ich bin definitiv zu klein für diese Theke.

»Keine Angst«, versucht Eric mich zu beruhigen. »Das ist normal an den Eröffnungstagen. In der ganzen Stadt sind Promoter unterwegs, um die Leute hierher zu locken.«

Da ist es wieder, dieses überhebliche Grinsen. »Die Mischung aus ›Schnupperangebot zum halben Preis‹ und Walking-Acts in Form von überdimensionalen Kaffeebohnen scheint zu zünden.« Ich sehe, wie sich seine durchtrainierte Brust stolz unter der Uniform spannt, als wäre es seine ureigene Idee gewesen.

»War übrigens meine Idee. Läuft gut, was?«

Bevor ich antworten kann, betätigt er die automatische Milchschaumdüse, woraufhin ein grelles Zischen durch den Raum jagt. Ich höre auf Anhieb, dass der Ton nicht stimmt. Aber ich schweige. Ein Gefühl sagt mir, dass derartiger Perfektionismus an diesem Ort nicht mehr angebracht ist.

Und mein Gefühl verrät mir noch etwas: dass ich heute Abend zum ersten Mal froh sein werde, das Café hinter mir zuschließen zu können.

»Jetzt kommt!«, spornt Eric uns an. »Das muss schneller gehen. Hopp, hopp, hopp!«

Aber ich kann nicht schneller! Während ich im Rezeptbuch nach dem korrekten Mischverhältnis für den gewünschten Haselnuss-Schokoladen-Macchiato suche, faucht es mich wütend von der anderen Seite der Theke an. »Vielleicht heute noch, ich habe nicht den ganzen Tag Zeit.«

Irritiert schaue ich zu der Stimme auf und blicke in ein wütendes Augenpaar, die zu einem Mann ungefähr meines Alters gehören. Er trägt einen schlecht sitzenden Anzug und eine nicht zum Hemd passende Krawatte.

»Tut mir leid«, entgegne ich mit einem bemühten Lächeln. »Das ist heute unser erster Tag, und …«

»Das ist mir scheißegal! Machen Sie meinen Kaffee und labern Sie mich nicht voll. Es gibt tatsächlich Menschen, die heute noch arbeiten müssen!«

Ich verharre verdutzt in meiner Bewegung. Auf eine derartige Feindseligkeit bin ich nicht vorbereitet. Dafür spüre ich, wie eine ungewohnte Unsicherheit von mir Besitz ergreift. Doch bevor ich passend reagieren kann, schiebt mich Stacey sanft aber bestimmt zur Seite und kümmert sich um den gepanschten Macchiato.

Die Unsicherheit verwandelt sich in Wut, und mein Puls rast durch meine Venen. Doch ich komme nicht dazu, mich länger darüber aufzuregen, da ich bereits die nächsten Bestellungen entgegengeschleudert bekomme. Mehrere Stimmen stürmen gleichzeitig auf mich ein und versuchen sich gegenseitig in ihrer fordernden Lautstärke zu übertrumpfen. Was sie damit bei mir erreichen, ist ein noch lauteres, noch schrilleres Pfeifen zwischen meinen Ohren, das sich über die Stimmen erhebt.

Ich fühle mich wie ein Schnellkochtopf mit defektem Sicherheitsventil.

Vor allem aber fühle ich mich vollkommen fehl am Platz.

»Jetzt gib doch mal Gas!«, höre ich nun auch Eric, der mich zornig durch die zusammengebissenen Zähne anzischt. Und das, ohne sein Lächeln abzulegen.

Meine Miene bleibt ebenso unverändert, als meine Augen hektisch über den laminierten Ausdruck huschen, um die richtigen Symbole zu finden, und ich parallel dazu hastig durch das Rezeptbuch blättere. Dass die viel zu kleinen und zu dicht beieinanderstehenden Wörter vor meinen Augen wild hin und her hüpfen, macht es nicht leichter. Und der Mann, der mir mit feuchter Aussprache ein wenig nettes »Wird das heute noch was?« entgegenschmettert, schon gar nicht.

Tatsächlich schmettert auch irgendetwas in mir drin. Es ist, als würde in meinem Gehirn eine Blase platzen, die mit düsterem Qualm gefüllt war, der sich nun in allen Winkeln festzusetzen scheint. Wie in Zeitlupe lasse ich den Blick über meine neue Umgebung schweifen. Unwillkürlich verkrampft sich alles in mir, als ich endlich bewusst erkenne, was aus meinem *Tranquillo* geworden ist. Ein lärmender, künstlicher Albtraum.

Es fühlt sich beinahe an wie eine außerkörperliche Erfahrung. Nicht, dass ich schon einmal etwas Derartiges erlebt hätte, aber genau so stelle ich es mir vor. Auf einmal betrachte ich mich selbst aus der Vogelperspektive und schaue mir dabei zu, wie ich mich ganz schnell im Kreis drehe. Nein, korrigiere ich meine Gedanken. Nicht ich bin es, die sich dreht, sondern alles um mich herum. Die zu hohe Theke, die übellaunigen Menschen auf der anderen Seite, die sich aufführen, als wären sie auf einer Englischen Auktion. Selbst Stacey wirbelt um mich herum. Immer schneller und schneller, bis es mir schwindelig wird und ich kurz davor bin, mich zu übergeben. Zeit, die Notbremse zu ziehen. »Stopp«, flüstere ich leise vor mich hin.

»Wo bleibt mein Schoko-Macchiato?«, ruft eine ältere Frau mit grauen Schläfen hinter dem Anzugträger.

»Gilt der Gutschein hier noch?« Jemand hält mir einen zerknitterten Zettel vors Gesicht.

»Stopp, bitte!«, sage ich kopfschüttelnd. Diesmal etwas lauter.

»Hast du die Milch nachgefüllt?«, fragt Stacey, die so schnell spricht, dass es klingt wie »Hasu Minafüllt?«.

»Und wo bleiben die drei Vanilla-Macchiatos?«

Sie seufzt übertrieben künstlich und zeigt mir, wie gut sie mit den Augen rollen kann. »Ehrlich, Freya, das muss schneller gehen.«

Dabei geht in diesem Augenblick gar nichts mehr.

»Stopp! Stopp! Stopp!« Ich stampfe mit dem Fuß auf. Ein witzloses Unterfangen, da die erhoffte Wirkung vom PVC-Boden absorbiert wird.

In meinem Rücken piept der Gärautomat überreizt auf und verlangt nach sofortiger Aufmerksamkeit.

Das ist der Moment, in dem das Sicherheitsventil in meinem Schnellkochkopf vollends den Geist aufgibt. Der aufgestaute Druck entweicht zischend mit einem lauten, schrillen Schrei. Dermaßen laut, dass er selbst mir in den Ohren wehtut: »IIIIIIIIHHHHHHHHH!«

Ich sperre meinen Mund auf und schreie, so laut ich kann. Allem Anschein nach kann ich zumindest das ziemlich gut. Ich presse mir die Hände auf die Ohren, um mein Trommelfell zu schützen, spüre, dass die Haut um meine Mundwinkel zum Zerreißen gespannt ist. Ich habe die Augen fest geschlossen, um alles um mich herum auszublenden. Am liebsten für immer. Doch das Ausblenden ist nur von kurzer Dauer. Schon im nächsten Moment werde ich herumgerissen, und etwas Eiskaltes landet in meinem Gesicht. Etwas eiskaltes Nasses. Wie ein Ertrinkender ringe ich nach Atem und brauche eine Sekunde, um zu verstehen, was mich da gerade getroffen hat.

Vor mir steht Eric. Mit einem leeren Glas Wasser in der Hand, aus dem letzte Reste auf den Boden tropfen.

»Freya!«, schreit er mich an. Sein Atem riecht nach frischem Pfefferminz. »Komm zu dir!«

Ich schüttele mich, will zum Sprechen ansetzen, aber da kommt nichts. Dafür tropfe ich den Fußboden voll.

Verhaltenes Gelächter dringt von der anderen Seite der Theke zu mir herüber.

»Bravo«, sagt jemand. Ich glaube, es ist der Banker.

»Ich …«, stammelt Eric erregt. »Ich musste das tun. Du … du bist ja völlig ausgeflippt.«

Stacey stellt sich neben ihn und nickt eifrig. »Bist komplett ausgetickt.«

»Völlig durchgeknallt«, höre ich es in meinem Rücken von der anderen Seite der Theke, dem sich zaghaft ein zustimmendes Gemurmel anschließt.

»Du hast mir ein Glas Wasser ins Gesicht gekippt.« Ich starre ihn fassungslos an.

Eric nickt langsam. Ich sehe ihm an, dass er sich gerade sehr unwohl fühlt in seiner Haut.

»Wusste nicht, wie ich dich sonst hätte beruhigen können.«

»Du!« Weiter komme ich nicht, da mir genau in dem Moment die Tränen in die Augen schießen.

Es reicht, ich muss hier raus. Ich halte es hier keine Sekunde länger aus. Mit einem festen Ruck reiße ich mir die kackbraune Schürze von der Hüfte und werfe sie in die Spüle. Dann schiebe ich mich an Eric vorbei, der halbherzig versucht mich aufzuhalten und stürze aus dem Café.

Beim Verlassen meiner Insel werde ich mit einem überfreundlichen Lächeln von einer Politesse begrüßt, die gerade etwas hinter den Scheibenwischer eines roten Cabriolets klemmt.

Kapitel 8

Meine Festung hat keine Mauern und auch keine Zugbrücke, dafür aber hohe, stuckverzierte Decken und die Breite einer Kegelbahn. Mein Schlafzimmer ist so schmal, dass gerade mal die Matratze und ein kleiner Kleiderschrank hineinpassen. Was auf andere womöglich beengend wirkt, spendet mir Trost und Geborgenheit. Es ist beinahe so, als wollten mich die Wände umarmen.

Ich liege auf dem Rücken, die Hände hinter dem Kopf verschränkt, und betrachte die Stuckrosette über mir, deren Ornamente nur noch als solche zu erahnen sind. Als hätten die Durchzugswinde eines ganzen Jahrhunderts sie mit der Zeit abgeschmirgelt.

Eine einzelne Glühbirne baumelt an einem dicken Stromkabel aus der Mitte der Rosette. Längst wollte ich mir einen Lampenschirm kaufen, damit die Birne nicht ganz so bedauernswert und nackt von der Decke hängt. Ich lache freudlos in mich hinein. Denn dass ich es nicht getan habe, beweist nur wieder, dass ich dem Frieden völlig zu Recht misstraut habe und mir unterbewusst bereits klar war, was ich nun erst wieder schmerzlich erfahren musste: dass das Leben eine weitere Enttäuschung für mich in petto hatte.

Den ersten Tag in meinem neuen Job hatte ich mir schlimm vorgestellt, aber in keiner Weise war ich auf diesen Albtraum vorbereitet gewesen. Ich bin wütend, vor allem auf mich selbst. Niemals hätte ich so die Fassung verlieren, eine solche Schwäche zeigen dürfen. Ich habe mein Gesicht verloren.

Das Schlimme daran ist, dass ich wieder weggelaufen bin, als es mir zu ungemütlich wurde. Leider ist das ein Umstand, der sich wie ein roter Faden durch mein Leben zieht. Ich seufze trübselig vor mich hin. Eine geradezu greifbare Resignation breitet sich in mir aus. »Natürlich laufe ich weg, wenn es brenzlig wird«, fauche ich der Glühbirne trotzig entgegen. »Ich hatte ja gute Vorbilder, die mir nichts anderes beigebracht haben.«

Wieder meldet sich ein Schmerz zu Wort, den ich seit Jahren zu unterdrücken versuche. Das vor die Tür gestellte Sideboard reicht nicht aus, um ihn für immer aus dem Bewusstsein auszusperren. Wütend rüttelt der Schmerz gegen die schwere Holztür und bringt alles ins Wanken. Es ist beinahe so, als könnte ich den Stuck von der Decke rieseln sehen.

Ein dumpfes Klingeln reißt mich vom Anblick der kümmerlich-nackten Glühbirne los.

Ich brauche eine Weile, bis ich die Geräuschquelle finde, da sich mein Handy unter dem Kopfkissen versteckt hat. Als ich den Namen Mazzini auf dem Display meines Telefons lese, macht mein Herz einen hektischen Sprung nach vorn. Es ist Lorenzo, der mir sagt, dass alles gut wird.

Ich hebe ab.

»Ciao, hier ist Tassilo.«

Ich spüre die Enttäuschung, dass es nicht Lorenzo ist, der mich aus diesem Albtraum befreien wird, am ganzen Körper.

»Hi Tassilo.«

»Ich wollte mich bloß erkundigen, wie dein erster Tag gelaufen ist.«

Ich warte mit meiner Antwort, um nicht allzu depressiv zu

klingen, und entscheide mich für ein: »Es lief ganz gut.«

Tatsächlich schafft er es mit seiner Anteilnahme, dass ich mich noch mieser fühle.

Ich höre Tassilo erleichtert ausatmen. »Freya, das ist toll, das ist wirklich toll. Ich hatte schon die schlimmsten Befürchtungen, dass du es hassen könntest und den Job augenblicklich hinschmeißen würdest.«

Es fällt mir nicht leicht, die Tränen zu unterdrücken und eine Euphorie in die Stimme zu mogeln, die gar nicht da ist.

»Iwo! Es lief wirklich gut. Die waren echt alle nett zu mir!«

Was ich ihm wirklich sagen will, ist, dass es der Tag mühelos in die Top Ten der schlimmsten Tage meines Lebens geschafft hat.

»Wie geht es Valentino?«, frage ich stattdessen.

Tassilo atmet schwer, und ich kann förmlich hören, wie die Erschöpfung durch den Hörer kriecht.

»Er schläft schon. Es war ein anstrengender Tag für ihn im Kindergarten. Sie hatten Bombo, den Clown zu Besuch.«

Ich muss lachen, als ich den Namen höre, was aber nicht darüber hinwegtäuscht, dass ich die eigentlichen Fragen, die ich Tassilo stellen möchte, unausgesprochen lasse. Zermarterndes Schweigen. Stille. Aber es ist eine laute Stille, begleitet von dutzenden von Fragen in meinem Kopf, die danach schreien, laut ausgesprochen zu werden. Aber mein Mund ist wie gelähmt. Und als ich es dann doch schaffe weiterzusprechen, kommt ausgerechnet die unwichtigste aller Fragen heraus. »Wie läuft denn dein Studium so?«

Dabei will ich doch eigentlich etwas ganz anderes wissen. Und ich weiß, dass auch Tassilo das weiß. Dennoch ist er höflich genug, um meine Frage mit der nötigen Ernsthaftigkeit zu beantworten.

»Läuft gut, jetzt zum Ende hin wird es nicht gerade einfacher. Aber es läuft gut.«

»Also immer noch davon überzeugt, dass du den richtigen Weg eingeschlagen hast?«

Mein inneres Ich verpasst sich selbst eine Ohrfeige, die sich gewaschen hat. Genauso gut hätte ich nach dem Wetter fragen können.

»Assoluto!«

Wie er dieses Wort ausspricht, erinnert er mich an eine jüngere Version von Lorenzo, was er gewissermaßen ja auch ist, als sein Sohn.

Wieder bedrückendes Schweigen. Gleichermaßen schreit es in meinem Kopf. So laut, dass ich nachgeben muss.

»Und … wie geht es … Lorenzo?« Endlich ist sie raus, die Frage, die ich mir so lange verkniffen habe.

Tassilo lässt sich mit seiner Antwort Zeit.

»Ich weiß es nicht, er schläft viel und redet wenig.« Er gibt einen lang gezogenen Seufzer von sich. »Ich erkenne ihn überhaupt nicht wieder. Aber wenn er wach ist und wir uns mal nicht streiten, fragt er viel nach dir.«

»Er hat meine Nummer, er kann mich anrufen.«

Tassilo stößt ein gar nicht lustig klingendes Lachen aus.

»Du hast ihm unmissverständlich klargemacht, dass er dich sonst was kann.«

Wieder steigt der Groll in mir auf. »Und das habe ich auch genau so gemeint!«

»Ihr beide seid erwachsen, ich werde mich da nicht einmischen.«

Bevor ich protestieren kann, wechselt er das Thema: »Ist es denn sehr anders als *unser Tranquillo*?«, will er nun wissen. Die Art, wie er das *unser* ausspricht, lässt mich trocken schlucken. Ich denke an das, was früher war, und dann an das, was jetzt ist. Ich denke an die durchfallfarbenen Sitzmöbel, an die unerträgliche Lounge-Musik und schüttele voller Abneigung den Kopf. Eine Geste, die Tassilo durch den Hörer natürlich nicht sehen kann. Also sage ich: »Es ist alles noch viel schlimmer.«

Ich höre Tassilo ungelenk lachen. »Vermutlich musst du

dem Neuen einfach nur eine Chance geben.«

Es tut gut zu hören, wie viel Zuversicht er in seine Stimme zu legen versucht.

»Gar nichts muss ich!«

»Denk an die Meisterschaft, du kannst jetzt nicht einfach alles hinschmeißen.«

»Ich weiß«, erwidere ich trotzig. »Ist mir aber egal!«

Ich schließe die Augen und bin gewillt, sie nie wieder zu öffnen. Ungefragt schieben sich die vielen wütenden Gesichter vor meine Lider. Wie sie mir gierig ihre Bestellungen entgegenwerfen. Ich sehe Stacey auf mich einreden und schließlich Eric. Wie er vor mir steht, mit dem leeren Glas Wasser in der Hand …

Wütende Hitze durchflutet mein Inneres.

»Sie tragen Uniformen!« Ich ziehe den Stoff des Poloshirts nach vorn, als würde mein Telefon seit Neuestem über eine Videofunktion verfügen. Da es das nicht tut, sage ich: »Sie sind orange. Grell-orange. Müllabfuhr-orange!«

»Ich bin mir sicher, es steht dir wunderbar.« Ich höre Tassilo kurz auflachen. Diesmal klingt es sehr freimütig.

»Es wird besser«, versucht er mich zu beruhigen. »Mit jedem Tag wird es besser.«

»Nein, wird es nicht. Ist mir auch egal! Mir reicht es bereits nach dem ersten Tag, ich geh da nie wieder hin! Hörst du: NIE WIEDER!«

Schnell bringt mich Tassilo mit seinem entspannten Lachen wieder auf den Boden.

»Gibt es denn bei dir etwas Neues?«, frage ich ihn, als ich meinen Wutanfall wieder im Zaum habe.

Es bleibt eine Weile still.

»Ach, Alessandra hat angerufen. Sie möchte Valentino in den Sommerferien wieder für zwei Wochen zu sich holen.«

Alessandra ist Tassilos Exverlobte, Valentinos Mutter. Ich habe sie nie persönlich kennengelernt, da sie nach der Trennung zurück zu ihrer Familie nach Italien gezogen ist. Und ehrlich gesagt habe ich auch absolut nicht das Verlangen, daran etwas zu ändern. Dennoch frage ich pflichtschuldig: »Und das ist dir nicht recht?«

Wieder dieses Zögern …

»Doch, eine kleine Auszeit kann sicherlich nicht schaden. Schließlich habe ich mit der Uni gerade genug um die Ohren. Und Valentino würde es vermutlich auch guttun, wenn er mal andere Erwachsene um sich hätte, und nicht immer nur seinen chaotischen Vater und den knötterigen Nonno.«

»Lorenzo liebt seinen Enkel.«

»Natürlich«, erwidert Tassilo sofort. »Dennoch sollte ich Valentino den Besuch bei dem anderen Teil seiner Familie nicht vorenthalten.«

Ich kann ihn verstehen, wenngleich es mir so gar nicht gefällt, Valentino für zwei Wochen nicht zu Gesicht zu bekommen. Aber er hat natürlich alles Recht der Welt, seine leibliche Mutter zu sehen. Deshalb sage ich: »Valentino wird es bestimmt gefallen, den Sommer in Italien zu verbringen. Mit Sonne, Strand und Meer.«

»Schon«, räumt Tassilo ein. »Aber dennoch ist es immer ein Kampf. Sie ist zwar seine Mutter, aber doch irgendwie eine Fremde, da sie sich so selten sehen. Je älter Valentino wird, desto länger werden die Anlaufzeiten, die die beiden miteinander brauchen.«

Durch den Hörer dringt mir Tassilos schweres Seufzen entgegen. »Es tut mir ja auch leid, zumal sie sich wirklich jedes Mal rührend und aufopferungsvoll um ihn kümmert, wenn er zu Besuch ist.«

Ich schaffe es gerade noch, ein verächtliches Schnauben zu unterdrücken. Ich empfinde es nicht gerade als eine besonders hervorzuhebende Leistung, wenn sich die leibliche Mutter zwei bis drei Wochen im Jahr um ihren Sohn kümmert, während Tassilo als alleinerziehender Vater den Rest der Zeit den Spagat zwischen Nebenjob, Studium und Erziehung zu bewältigen hat. Außerdem spüre ich jedes Mal einen leichten, nicht ergründbaren Anflug von Eifersucht, wenn das Gespräch auf Alessandra fällt. In meinen inneren Aufschrei mischt sich ein reales Geräusch. Es klingelt an der Tür.

»Erwartest du noch Besuch?«

Ich bleibe auf meiner Matratze liegen.

Es klingelt wieder.

Ich rühre mich nicht.

»Willst du nicht mal nachschauen, wer es ist?«

»Nö!«

Und wieder. Jetzt zweimal hintereinander.

»Scheint aber dringend zu sein.«

»Mir egal«, trotzt es nur so aus mir heraus.

Erneut klingelt es, aber nur einmal.

Ich halte die Luft an und warte.

»Ich lege jetzt auf und du gehst an die Tür.«

Noch ehe ich etwas erwidern kann, wirft er ein »Ciao, ich melde mich« in den Hörer und legt auf.

Allmählich werde ich doch nervös. Was, wenn es etwas Wichtiges ist? Oder Lorenzo, der mir sagen will, wie leid ihm das alles tut. Oder noch besser: dass alles nur ein schlechter Scherz gewesen sei. Das ist natürlich Schwachsinn, aber dennoch ergreift der Gedanke von mir Besitz, dass es vielleicht wirklich Lorenzo sein könnte – einfach nur, um nach mir zu sehen.

Plötzlich überkommt mich ein Gefühl der Dringlichkeit. Ich springe förmlich auf, ignoriere den Aufschrei meines Kreislaufs und höre mich selbst rufen. »Moment, bin sofort da!«

Es klingelt nicht mehr. Bin ich zu spät? Mit großen Schritten hechte ich aus dem Schlafzimmer, sprinte durch den Flur und reiße die Wohnungstür auf.

Das Erste, was ich sehe, ist ein breiter Rücken, der sich von mir abwendet.

»Eric?«, frage ich erstaunt und bemerke, dass sich ein leichtes Zittern in meine Stimme eingeschlichen hat.

Er dreht sich überrascht zu mir um und hat wieder dieses unschlagbar helle Lächeln im Gesicht. Er hält einen kleinen Blumenstrauß in der Hand. Sie sind nicht so schön wie die Blumen, die mir Ove bei seinen Besuchen schenkt. Sein Strauß riecht verdächtig nach Tankstelle. Aber es sind Blumen, und das beschert ihm zumindest ein halbes Dutzend Pluspunkte auf seinem dreistelligen Minuskonto.

»Du bist ja doch zu Hause.«

»Ja, ich … ich hab geschlafen.«

»Ja.« Er mustert mich schräg. »Man sieht's.«

»Was machst du hier?«, frage ich über seine Unverschämtheit hinweg und nehme zögerlich den Strauß entgegen. Ich widerstehe dem Drang, an den Blumen zu riechen – aus Angst, es könnte das untrügliche Odeur von Kraftstoff an ihnen haften. Zumindest den Hauch einer Illusion, dass sie doch aus einem echten Blumenladen stammen (wenngleich einem schlechten), möchte ich aufrechterhalten.

Eric sieht mich an, lächelt noch immer. Aber diesmal etwas ernster. »Ich wollte wissen, wie es dir geht, und mich bei dir entschuldigen … für das Wasser.«

Witzig, dass er das hinzufügt. Als hätte ich es womöglich vergessen.

Ich lehne unsicher am Türrahmen und halte den Griff fest in der Hand. Die Kälte des Metalls fühlt sich beruhigend an in meiner Handfläche. Dafür spüre ich meine Wangen glühen.

»Darf ich reinkommen?«

»Ähm.«

Tausend Alarmglocken schrillen gleichzeitig in mir auf. Ein beharrlicher Gedanke manifestiert sich hinter meinen Augen. *AUF GAR KEINEN FALL!*

Mein Mund gehorcht nicht. Im Gegenteil. Er verzieht sich sogar zu einem gastfreundlichen Grinsen und sagt: »Aber natürlich.« Und auch der Rest meines Körpers hat sich vom Nervenzentrum gelöst. Hilflos spüre ich, wie meine Hand die Tür weit öffnet, sich meine Hüften zur Seite drehen, die andere Hand eine einladende Geste vollzieht und mein unkontrollierbarer Mund sich erneut zu Wort meldet. »Komm nur rein.«

ES IST NICHT AUFGERÄUMT, schreien meine Gedanken.

Vor allem aber ist es jetzt zu spät. Eric hat bereits die Schwelle überschritten und späht durch den ersten Türrahmen.

»Das ist dein Schlafzimmer?«

»Ähm, ja.«

»Gemütlich, irgendwie«, sagt er nach einer viel zu langen Pause, die seine Nettigkeit Lügen straft. »Erinnert mich spontan an die Müllpressenszene aus *Krieg der Sterne.* Wo die Wände auf einen zukommen.«

Er lacht laut über seinen Scherz und geht weiter.

»Es ist nichts Besonderes«, erwidere ich rasch und schiebe mich schnell vor den Wäscheberg, der sich zwischen Schuhregal und Garderobe befindet. Da diese jedoch nicht an die Wand geschraubt, sondern nur angelehnt ist, eignet sie sich denkbar schlecht als Halterung für Erics schweren Gehrock. Er sieht es anscheinend genauso und behält ihn an.

»Gehen wir doch in die Küche«, schlage ich vor.

Während er mir folgt, kann ich seine Blicke im Rücken spüren. Wieder fällt mir ein, wie er ein ums andere Mal ungeniert auf meinen Busen geglotzt hat. Vermutlich ist gerade mein Hintern dran. Im Gehen ziehe ich mein Poloshirt nach unten, aber es reicht nicht ganz über die Pobacken.

»Bist du gerade erst eingezogen?«

»Wie kommst du darauf?« Irritiert drehe ich mich um und sehe tatsächlich, wie sein Kinn rasch nach oben geht. *Erwischt!*

»Na, hier stehen überall Umzugskartons.«

Zum ersten Mal seit einer gefühlten Ewigkeit nehme ich die Kartons, aus denen ich tagtäglich Dinge befördere und wieder ablege, überhaupt wahr.

»Was ist das denn Grauenhaftes?«

Ungeniert greift er in einen Karton und zieht eine kleine braune Puppe mit pinkfarbenen Zottelhaaren hervor.

»Das ist ein Zaubertroll«, fahre ich ihn an und reiße sie ihm aus der Hand. Der Troll kommt aber nicht zurück in den Karton, sondern wandert in meine Hosentasche.

Als wir die Küche betreten, fängt er schallend an zu lachen. Es dauert eine ganze Weile, bis er sich wieder beruhigt.

»Was ist denn so komisch?«, frage ich gereizt.

Eric wischt sich übers Gesicht und ich rechne es ihm hoch an, dass er zumindest versucht, sich zusammenzureißen.

»Ich weiß nicht«, beginnt er, windet sich aber noch immer unter seiner Lachattacke.

»Es ist so …« Er deutet mit einer schwungvollen Armbewegung auf die kleine Küchenzeile.

»Gut«, räume ich ein, »es ist ein wenig unaufgeräumt.« Was meinerseits eine absolute Untertreibung ist.

»Es ist bei Weitem mehr als das.« Es prustet wieder aus ihm heraus. »Ich meine, hier passt ja überhaupt nichts zueinander. Das alles wirkt, als wäre es aus vier verschiedenen Küchen aus mindestens ebenso vielen Jahrzehnten zusammengezimmert worden.«

Ich bin überrascht, denn damit trifft er den Kern der Wahrheit eigentlich ziemlich gut.

»Und bei der Essecke passt nicht ein Stuhl zum anderen – geschweige denn zu dem froschgrünen Tisch in Herzform.«

»Gut, der ist jetzt wirklich nicht so hübsch«, räume ich ein. »Und ja, du hast recht, es ist … unordentlich.«

Allmählich werde ich wütend. Was bildet sich dieser Kerl eigentlich ein? Steht ohne Vorankündigung vor meiner Wohnungstür und meckert, dass ich nicht aufgeräumt habe.

»Wohl nicht darauf eingestellt, dass dich heute noch ein Mann besuchen kommt.« Er grinst doppeldeutig, was mir

Unbehagen beschert.

Ich stoße ein leises Lachen aus, denn im Grunde bin ich überhaupt keinen Besuch gewohnt. Diese Wohnung ist nichts weiter als mein zweckmäßiger Rückzugsort. Bad, Küche, Minischlafzimmer. Alles was es braucht, um sich auf den nächsten Tag vorzubereiten. Meine Wohnung. Nicht mein Zuhause.

Das war bis vor Kurzem das *Tranquillo.*

»Möchtest du vielleicht einen Espresso?«

»Gern.«

Mit Erics Blick im Rücken, wende ich mich dem Herd zu, auf dem meine *Bialetti* steht, einer dieser typischen achteckigen Espressokocher aus Edelstahl und die einzige Alternative zu den Espressomaschinen, die ich mir leisten kann.

Ich spüre, dass Eric mich dabei beobachtet, wie ich das Wasser in den kleinen Kocher fülle, den Filter einsetze und aus meiner Keramikdose, die ich vor langer Zeit auf einem Flohmarkt ergattert habe, den gemahlenen Espresso einfülle. Im Prinzip ist es die gleiche Vorgehensweise wie bei meiner *La Cimbali.* Ich fülle den Filter beinahe bis zum Rand mit dem herrlich duftenden braunen Pulver und klopfe etwas ab. Ich vermeide jedoch das Tampern, da der kleine Kocher ohnehin nicht genügend Druck aufbauen könnte, um einen geschmacklichen Unterschied hervorzurufen.

»Also, bist du gerade hier eingezogen?«

»Nein«, sage ich, ohne zu zögern. »Ich finde es so praktischer.«

Was es auch ist. Ich bin in meinem Leben derart oft umgezogen, dass ich einfach nicht aus meiner Haut kann und mir gar nicht erst die Mühe mache, mich häuslich einzurichten.

»Aha. Und seit wann wohnst du schon hier?« Auf einmal steht Eric ziemlich dicht neben mir. Ich weiche seinem Blick aus, schraube die Kanne zu und entfache die Gasflamme auf dem Herd.

»Keine Ahnung. So um die eineinhalb ...«

»Monate?«, entfährt es ihm.

»Jahre.« Meine Stimme ist ein heiseres Flüstern. Ich sehe Eric an, dass er sich beherrschen muss, um nicht wieder laut aufzulachen. Vermutlich ist das jetzt der Moment, in dem er kapiert, was für einen seltsamen Freak er sich von Lorenzo hat andrehen lassen.

Aus dem über mir schwebenden Küchenschrank, vermutlich dem Teil, das aus den Siebzigern des vergangenen Jahrhunderts stammt, krame ich die zweite Espressotasse heraus (meine steht ganz vorn, aber selten benötige ich zwei). Als sie schließlich beide vor mir stehen, schaue ich sie mir kritisch an. Leider passen auch sie nicht zueinander.

»Konsequent bis ins letzte Detail.« Eric grinst, als hätte er meinen Gedanken auf eine unheimliche Art aufgefangen. Dann kehrt schlagartig die Ernsthaftigkeit in seine Stimme zurück.

»Du willst mir erzählen, dass du seit fast zwei Jahren hier wohnst und noch nicht dazu gekommen bist, deine Umzugskartons auszupacken?«

Der Espresso beginnt bereits in der Kanne zu sprudeln und verbreitet sein aufregendes, würziges Aroma. Ich atme ihn tief ein und überlege, wie viel ich meinem neuen Chef von mir preisgeben möchte.

»Es ist so«, setze ich an, »dass ich in meiner Kindheit viel herumgekommen bin.« *Herumgereicht* ist eigentlich das treffendere Wort, aber ich verspüre gerade nicht den Hang zu übermäßiger Dramatik. »Und diese Unrast ist irgendwie über die Jahre an mir haften geblieben.«

»Waren deine Eltern beruflich viel unterwegs?«, tippt Eric ins Blaue hinein.

Es kommt mir vor, als würde er fühlen, wo er ansetzen muss, um meine Schwachstellen aufzudecken.

Ich schüttele den Kopf, atme tief ein und halte die Luft lange in meinen Lungen gefangen. Ich weiß nicht warum, aber irgendetwas an Erics Art weckt das Bedürfnis in mir, ihm davon zu erzählen. Nicht alles, aber einen Teil der Vergangenheit, der mich ausmacht. Okay, er hat mir Wasser ins Gesicht geschüttet, aber zumindest beweist er den Anstand, sich zu entschuldigen.

»Nein, meine Mutter ist sehr früh gestorben. Da war ich gerade fünf.«

»Oh.«

»Die Puppe hier« – ich ziehe den Zaubertroll aus der Tasche – »war übrigens das letzte Geschenk von ihr. Vermutlich kann ich mich deshalb so schwer von ihr trennen.«

Eric betrachtet mich sichtlich schockiert. Mir wird bewusst, dass ich ihn mit dieser unscheinbaren Aussage gerade wie einen Idioten dastehen lasse. Gerade, als ich ihm das sagen will, fasst er sanft nach meiner Hand und nimmt mir den Zaubertroll ab.

Sprachlos schaue ich dabei zu, wie er mit der Hand durch das widerspenstig hochragende Haar fährt und die filzigen Strubbelhaare zurechtlegt.

»Der hätte mal wieder einen Kamm nötig.« Eric lächelt die Figur an und stellt sie beinahe liebevoll auf den grünen Herztisch. Augenblicklich wird er ernst und bedenkt mich mit einem intensiven Blick, der mir einen Schauer über den Rücken jagt. »Tut mir leid, dass ich mich über ihn lustig gemacht habe.«

»Na ja.« Ich senke den Kopf, bloß raus aus dem Bann seiner Augen. »Auf jeden Fall hat sich dann kurz darauf mein Vater aus dem Staub gemacht, sodass ich ganz allein war.«

Wieder spüre ich den Kloß im Hals, merke, wie schwer es mir fällt, mit einem Fremden darüber zu sprechen. Dabei ist das alles so lange her. Aber irgendwie tut es auch gut, als würde es der Vergangenheit ein kleines bisschen von ihrem Schrecken nehmen.

»Und dann kamst du in eine Pflegefamilie«, mutmaßt er.

Ich nicke. Aber es ist nicht die ganze Wahrheit. Denn es waren ein halbes Dutzend Pflegefamilien.

»Auch das tut mir leid.« Seine Stimme klingt nach aufrichtigem Bedauern, sodass es mir tatsächlich immer schwerer fällt, ihm böse zu sein.

»Und es tut mir absolut leid, wie dein erster Tag heute gelaufen ist. Es war nicht fair von mir, dich derart ins kalte Wasser zu werfen.«

Seine falsche Wortwahl erkennt er erst, als ich meine tödlichen Augenblitze auf ihn abgefeuert habe.

Er schaut mich schockiert an und hebt beschwichtigend die Hände. Ich seufze tief und nicke ergeben. Ich habe keine Lust, länger die Eingeschnappte zu spielen.

Er stößt ebenfalls ein langes Schnauben aus.

»Freya.« Seine Augen fixieren mich. »Ich möchte, dass du zurückkommst und es noch einmal versuchst. Gib dem *San Café* noch eine Chance.«

Was ich dahinter höre, klingt eher nach »Gib *mir* noch eine Chance«. Und, verdammt, seine Worte gepaart mit diesem inständigen Blick, mit dem er mich ansieht, verfehlen ihre Wirkung nicht.

Wir schauen uns an. Schweigend. Musternd. Ich bin die Erste, die den Mund öffnet. »Kipp mir nie wieder Wasser ins Gesicht!«

Eric nickt. Zu meiner Überraschung.

»Und wenn ich dich aus einer tiefen Bewusstlosigkeit holen muss?«

Wieder hat er dieses schalkhafte Grinsen aufgesetzt, legt es aber sofort ab, als er das wenig amüsierte Zucken meiner Mundwinkel erkennt.

»Entschuldigung, Freya.«

Ich zögere, mustere ihn skeptisch. Er hält meinem forschenden Blick stand – diesmal mit der nötigen Ernsthaftigkeit.

»Also gut«, sage ich schließlich, »Entschuldigung angenommen.«

Kapitel 9

Meine Füße bringen mich um! Die Theke ist wirklich viel zu hoch und das Tragen von hochhackigen Pumps definitiv keine dauerhafte Lösung. Ich bin froh, dass der erste große Ansturm vorüber ist und ich aus meinen Schuhen schlüpfen kann. Auch wenn ich den neuen Belag nicht mag, so ist das kühle Laminat unter meinen Sohlen doch eine Wohltat.

Mit einem tiefen Schnauben schaue ich durch die Fensterfront nach draußen.

Das Wetter zeigt sich wieder nicht von seiner Sonnenseite und verschleiert die Insel mit einem nebelartigen Dunst, aus dem die Autos wie aus dem Nichts auftauchen, um wenig später wieder darin zu verschwinden.

Neben den geplagten Füßen tut mir auch der Zeigefinger weh, weil ich ihn viel zu oft an diesem Morgen auf die schwergängigen Tasten mit den unterschiedlichen Symbolen drücken musste. Mittlerweile aber brauche ich kaum mehr auf den Ausdruck zu schauen. Stacey hat recht behalten, man hat es schnell raus. Wieder muss ich an ein Äffchen denken.

Wir beide stehen schweigend nebeneinander und polieren Gläser und Tassen für den kommenden Mittagsansturm. Wir haben schnell kapiert, dass wir uns nicht allzu viel zu sagen haben. Zu unterschiedlich ist unser Leben, sind unsere Interessen, unsere Ansichten. Das ist merkwürdig. Denn gerade die haben im *Tranquillo* nie eine Rolle gespielt.

Spätestens mit dem Gefühlsausraster bin ich in ihren Augen auf eine Ebene gerutscht, die weit unter ihresgleichen liegt.

Dennoch bin ich umspült von einer positiven Zuversicht – trotz bleierner Müdigkeit und Schmerzkrämpfen in den Fußballen.

Seit meiner Aussprache mit Eric ist eine Woche vergangen. Sieben Tage, in denen ich die Zeit hatte, mich an meine neue Tätigkeit in einem völlig neuen Umfeld zu gewöhnen. Eine Aktivität, die so vollkommen anders ist als die Arbeit im *Tranquillo.* Meinem Café, das ich noch immer so schmerzlich mit jeder Pore vermisse.

Aber in dieser Woche ist mir vieles klar geworden. Zum Beispiel, dass es nie wieder so sein wird, wie es einmal war. Dass meine Zeit mit Lorenzo einen Abschnitt meines Lebens darstellt, der nun unweigerlich vorbei ist.

Natürlich kann ich dieser Zeit hinterhertrauern und dabei das Leben im Hier und Jetzt vernachlässigen. Doch das bin nicht ich. Wenn ich eine Stärke habe, eine Superkraft, dann ist es die, mich schnell auf neue Gegebenheiten einzustellen und das Beste aus der jeweiligen Lage zu machen.

Und genau das habe ich vor. Ich nehme meine neue Situation im *San Café* an und biege mir die Sache ein wenig so zurecht, dass ich mich wohler fühle und dennoch die Meisterschaft im Auge behalten kann.

Fakt ist: Ich brauche diesen Job. Wie soll ich sonst meine Miete bezahlen?

Aber deshalb muss ich noch lange nicht mit allem einverstanden sein.

Also habe ich gestern Abend eine Liste erstellt. Eine Übersicht mit all den Dingen, die mir an meiner neuen Wirkungsstätte überhaupt nicht passen.

Es ist eine lange Liste geworden. Und der Fairness halber habe ich die unabwendbaren Dinge wie Durchfallmöbel, Lounge-Musik, Stacey und die Uniform gleich wieder durchgestrichen. An den überteuerten Preisen, die die Kaffeequalität in keiner Weise rechtfertigt, werde ich vermutlich auch nichts ändern können. Und bis Eric mir die Verantwortung für den Einkauf überträgt, wird es vermutlich noch eine ganze Weile dauern. Wenn es überhaupt jemals dazu kommt.

Also habe ich einen Entschluss gefasst. Ich werde eine Revolution starten. Eine Kaffeerevolution. Aber es wird keine lautstarke Revolution mit Pauken und Trompeten. Keine, bei der ich mit wehender Fahne auf einem Berg von Gefallenen barbusig voranschreite.

Es wird eine stille Revolution. Eine, die man erst dann bemerkt, wenn sie erfolgreich alle Bereiche infiltriert hat. Und ich habe in meine Revolution investiert. 325,98 Euro, um genau zu sein. Die vermutlich günstigste Revolution der Weltgeschichte.

Mit vor Aufregung pochendem Herzen bin ich heute Morgen sehr früh aus dem Bett gehüpft und habe Lorenzos Lieferanten vor Ort einen Besuch abgestattet. Zuvor aber habe ich einen Einkaufswagen auf einem umliegenden Supermarktparkplatz entwendet, den ich anschließend voll bis oben hin quer durch die halbe Stadt geschoben habe. Ich muss heute Abend unbedingt daran denken, ihn zurückzubringen. Schließlich will ich meinen Euro wiederhaben.

Jetzt stapeln sich im Vorratsraum – versteckt hinter den Bergen der hauseigenen Marken – meine persönlichen Espressoröstungen, Milchsorten mit normalen Fettgehalten (keine dieser Super-Light-Sorten), Muscovado-Zucker, Melasse und Gewürze. Und dazu eine Kaffeemühle, eine Induktionsplatte und diverse Behältnisse. Eben alles, was eine gute Barista zum Arbeiten benötigt.

Es ist kurz vor Mittag. Das bedeutet, ich kann den zweiten Teil meiner leisen Revolution starten und mich endlich wieder meiner geliebten *La Cimbali* widmen. Wenn sie schon sehnsuchtsvoll wartend in meinem Rücken steht, so kann ich sie auch zum Leben erwecken. Das bin ich ihr schuldig. Außerdem habe ich damit wenigstens die Möglichkeit, weiter zu trainieren.

Ich genieße die Ruhe in diesem mir vertrauten und doch so fremden Café und ertappe mich dabei, wie ich diese immer wiederkehrende Hookline der verhassten Lounge-Musik mitsumme, obwohl sie mir das Gefühl gibt, dazu verdammt zu sein, in einer nicht enden wollenden Zeitschleife in einem Kaufhausfahrstuhl festzusitzen. Aber es tut meiner guten Laune keinen Abbruch. Und ich weiß auch, wem ich diese Stimmung zu verdanken habe: meiner *La Cimbali.* Sie ist mein Rettungsring in einem wild schäumenden Ozean.

Ich bin gerade dabei, die Brüheinheiten durchzuspülen, um sie für einen ersten Durchlauf bereitzumachen, als ich Stacey in meinem Nacken spüre.

»Was wird denn das?«

Ich könnte ihr von meiner Revolution erzählen. Aber das tue ich natürlich nicht. Stattdessen drehe ich mich langsam um und schaue direkt in ihre durch einen schwarzen Lidstrich betonten Mandelaugen. »Jetzt werde ich uns einen Espresso kochen, der den Namen auch verdient.«

Sie rümpft die Nase, will gerade zu einer Antwort ausholen, als sich endlich nach Tagen die Sonne zeigt. Und zwar in Form eines kleinen, breit grinsenden Jungen mit zerzausten Haaren.

Ich lasse alles stehen und springe hinter der Theke hervor, um Valentino in die Arme zu schließen. Erst jetzt wird mir bewusst, wie sehr ich diesen kleinen Frechdachs vermisst habe.

Wir herzen uns innig und lange. Valentino ist seinem Vater wieder entwischt, doch diesmal ist Tassilo ihm zumindest dicht auf den Fersen. Als er das Café betritt, scheint er völlig außer Atem. Unsere Blicke treffen sich, in seinem Gesicht breitet sich ein ansteckendes Lächeln aus. Es scheint ihm zu gefallen, wie sehr Valentino und ich uns mögen.

»Guten Morgen.« Er bleibt in respektvollem Abstand zu uns stehen, was aber nichts daran ändert, dass seine Gesamterscheinung gehetzt wirkt. Er hat sich schick gemacht, trägt das Sakko, das ich so sehr an ihm mag. Darunter ein weißes Hemd, dem ein Bügeleisen ganz gut zu Gesicht gestanden hätte.

Es ist schon eine Weile her, dass wir uns das letzte Mal gesehen haben. Damals, am Küchentisch.

Seitdem haben wir zwar regelmäßig miteinander telefoniert, aber weder ich noch er haben den Mut aufgebracht, ein Treffen in Angriff zu nehmen. Dabei spüre ich erst jetzt, wie sehr es mir das Herz zerreißt, dass ich Valentino so lange nicht gesehen habe.

Und erst jetzt merke ich, wie sehr mir auch Tassilos Nähe gefehlt hat.

Er hat sich leicht verändert, wirkt ernster, nachdenklicher – und müde. Was ihm definitiv gut zu Gesicht steht, ist der Fünftagebart.

»Sorry, dass wir hier so reinplatzen. Aber ich habe gleich eine mündliche Prüfung und muss wirklich ganz, ganz dringend in die Uni.«

Valentino löst sich langsam von mir und fordert seinen Kakao ein. Da die *La Cimbali* noch nicht fertig ist, drücke ich den Knopf mit dem Kakaobohnensymbol und stelle die passende Tasse unter eine der fünf Düsen.

»Kommt gleich«, sage ich und gebe einen missglückten Affenlaut von mir.

»Ich weiß, dass ich das eigentlich nicht verlangen kann«, spricht Tassilo weiter, »aber könntest du vielleicht solange auf Valentino aufpassen?« Seine Hand verschwindet in seinem Jackett und zieht einen noch verschweißten Kartenstapel hervor.

»Ich habe ihm auch ein neues Quartett gekauft, damit dürfte er die nächste Stunde locker beschäftigt sein.« Er zwinkert mir verschwörerisch zu und grinst schief. »Ach was, Tage.«

»Ui!« Valentinos Augen weiten sich und er springt am ausgestreckten Arm seines Vaters hoch.

»Klar, kein Problem«, sage ich. »Aber was ist mit ... Lorenzo?« Es fällt mir schon schwer, nur seinen Namen auszusprechen.

Tassilo verliert gegen seinen Sohn und händigt das Quartett aus. »Ui, ui, ein Ferrari!«

»Italienische Sportwagen«, erklärt Tassilo. »Die besten Autos der Welt.«

Dann tritt er an mich heran und senkt seine Stimme. »Eine gute Frage, ich habe keine Ahnung, wo er ist. Seit heute Morgen ist er weder zu Hause noch in seiner Garage, und ans Telefon geht er auch nicht.«

Er stößt einen entnervten Seufzer aus. »Ich sag dir, mein Babbo wird immer skurriler. Vermutlich sitzt er irgendwo im Park und füttert Enten oder so. Wirklich typisch! Wenn ich ihn mal brauche, ist er nirgends aufzufinden. Dabei hat er mir versprochen, heute auf Valentino aufzupassen.«

»Reg dich nicht auf«, versuche ich ihn zu beruhigen. »Du kannst Valentino selbstverständlich hierlassen.« Ich breite die Arme aus und schaue mich um. »Ist ja momentan ohnehin nichts los.«

Tassilo lässt seinen Blick ebenfalls durch den Raum schweifen. »Mhm, hier hat sich ja einiges verändert.« Dann bleibt sein Blick an mir haften. »Orange steht dir ausgezeichnet.«

Als wir beide uns daraufhin peinlich berührt anstarren, buhlt jemand anderes hüstelnd um Aufmerksamkeit.

»Das ist übrigens Stacey, meine Arbeitskollegin.«

Mit strahlendem Lächeln streckt sie Tassilo die Hand entgegen. Mir entgeht nicht, dass ihr Händedruck weitaus weniger flüchtig ist, als er es am ersten Tag bei mir war.

Sie schmettert ihm ein »Hi« entgegen, und ich bin wirklich erstaunt darüber, wie lange sich zwei winzige Buchstaben ziehen lassen.

»Hallo. Tassilo. Ich bin der Vater von diesem Wildfang und leider so was von spät dran!«

Er entzieht sich Staceys Hand und wendet sich seinem Sohn zu. »Also, Sportsfreund, du bist brav und hörst auf Tante Freya, capito?«

»Ui, das ist aber ein tolles Auto!« Valentinos Hand schwingt in Richtung des Einganges, vor den sich gerade ein roter, schnittiger Sportwagen schiebt.

»Darf der denn einfach so da parken?«, fragt Tassilo überrascht.

»Das ist ein Porsche 911 Carrera 4S Cabrio«, klärt Valentino seinen Vater auf. »Mit 420 PS und einer Beschleunigung von null auf hundert in vierkommavier Sekunden. Der darf überall parken.«

»Das ist Eric«, erklärt Stacey.

»Mein neuer Chef«, füge ich lapidar hinzu.

»Aha.« Tassilo beobachtet ganz genau, wie sich der elegant gekleidete Mann lässig aus dem tiefen Sportsitz hebt.

»Der hat aber ein tolles Auto.« Valentinos Stimme schwimmt in Ehrfurcht.

»Na ja, die besten Sportwagen bauen immer noch die Italiener.«

Dennoch schafft Tassilo es nicht, den Blick von dem Wagen und der Person zu nehmen. Er schüttelt sich kurz und drückt Valentino einen Kuss auf die Wange. »Ich muss jetzt wirklich los.« Ruckartig fährt er herum und stellt sich vor mich.

»Danke, Freya, ich wüsste nicht, was ich ohne dich machen würde.«

»Dich selber kämmen, vermutlich«, erwidere ich, während ich ihm seine struppigen Haare zurechtlege. »Viel Erfolg.«

»Mille grazie!«

»Mille bitte.«

Es durchzuckt mich kurz, als das Monstrum ein letztes Röcheln von sich gibt. Die Kaffeemaschine. Nicht Tassilo. Die Maschine hat Valentinos Kakao ausgespuckt.

Tassilo beugt sich zur mir herunter und gibt mir einen leichten Kuss auf die Stirn. Bevor er geht, dreht er sich noch einmal lächelnd um. »Stacey, war nett, dich kennenzulernen.«

Ich gieße noch etwas kalte Milch in den Kakao, damit Valentino sich nicht die Zunge verbrennt, und reiche ihm die Kakaotasse.

»Lass es dir schmecken.« Ich kann es nicht lassen und muss ihm durch das dichte Haar wuscheln. Auch wenn ich weiß, dass er es hasst und energisch protestiert. Normalerweise. Diesmal aber bleibt er still und mustert den Mann, der eben noch hinter dem Steuer des Kindertraumwagens saß. An der Tür streifen sich Erics und Tassilos Blicke. Sie nicken sich kurz zu, mustern sich, schieben sich dann umständlich am Eingang aneinander vorbei.

Mir fällt sofort auf, dass irgendetwas an Eric anders ist als sonst. Er wirkt gestresst und total aufgedreht. Ohne besonders viel von seiner Umwelt wahrzunehmen, begibt er sich hinter die Theke und drückt auf dem Touchscreen der Kasse eine sehr lange Tastenkombination ein. Ich höre ihn »fünf Cappuccino, sechs Latte Macchiato und zwölf Espresso« nuscheln. Wobei seine Stimme bei jedem weiteren Getränk höher wird.

»Und einen Kakao!«, ruft Valentino.

Eric schaut irritiert auf. »Davon steht hier aber nichts.«

»Der geht aufs Haus«, sage ich.

Er tippt weiter auf dem Touchdisplay herum. Seine Stirn zieht sich sorgenvoll zusammen.

»Stimmt was nicht?« Ich lege bewusst ganz viel Sanftheit in meinen Tonfall.

»Wir haben zu wenig verkauft, das ist es, was nicht stimmt. Aktuell liegen wir seit Eröffnung siebenundzwanzig Prozent unter dem Durchschnittsumsatz der umliegenden Filialen.«

Hinter Eric stößt die *La Cimbali* eine dichte Dampfwolke aus, was ihn ruckartig zusammenfahren lässt. »Was zum Henker war das?!«

»Nicht meine Idee«, stellt Stacey klar.

»Eine Espressomaschine, die ihrem Namen auch gerecht wird.« Ich wuschele Valentino noch einmal durchs Haar und scheuche ihn liebevoll auf eines der Durchfallmöbel, damit er dort in Ruhe sein neues Quartett auspacken kann. Dann geselle ich mich gut gelaunt zu Eric und Stacey hinter die Theke.

»Warum ist sie in Betrieb?«, will Eric wissen.

»Weil ich sie angeschaltet habe.« Ich mustere ihn von der Seite. Er sieht nicht so aus, als hätte er viel geschlafen.

Er schüttelt den Kopf, als versuche er, die *La Cimbali* aus seinen Gedanken zu vertreiben.

»Wir müssen uns unterhalten, Mädels.« Er schaut uns beide ernst an. »Mit diesen Ergebnissen liegen wir weit hinter den Werten der anderen Filialen, die in meinem Zuständigkeitsbereich liegen. Eine Idee, woran das liegen könnte?«

Stacey und ich tauschen Blicke aus. »Keine Ahnung«, sage ich wahrheitsgemäß.

Stacey schweigt. Doch dafür spricht ihre Mimik Bände, was auch Eric nicht verborgen bleibt.

»Ja, Stacey?«

»Wie sage ich es nett?«, fragt sie sich selbst mit dieser gespielten Art, die mich so an ihr nervt.

»Indem du es einfach nett sagst«, schlage ich vor.

»Sie braucht einfach zu lange mit allem.«

»Das war nicht nett.«

»Aber es ist eben so.« Sie wendet sich mir zu und bedenkt mich mit einem Blick, der eigens für schwer erziehbare Kinder erfunden wurde. »Du hältst dich viel zu lange mit Kleinigkeiten auf. Du bist zu … zu …«

»Detailverliebt?«, greife ich ihr unter die Arme.

»Übergenau!«

»Aber das ist doch keine schlechte Eigenschaft. Die Qualität muss schließlich stimmen!« Ich bemühe mich wirklich, ruhig zu bleiben, spüre aber, wie es unter meiner Haut zu brodeln beginnt.

»Ich habe dich gestern beobachtet. Du hältst dich wirklich zu sehr mit Kleinigkeiten auf.« Eric fährt sich in einer unbewussten Geste durch sein zurückgelegtes Haar, wobei seiner Hand ein paar Strähnen nach vorne folgen, was ihm gar nicht mal schlecht steht. Das ändert aber nichts daran, dass ich ihn pikiert anschaue.

»Dein Job ist es, die Maschine zu bedienen und den Kaffee mit etwas Kakaopulver aufzupeppen.«

»Tu ich doch!«

»Nein, du machst da so komische Dinger in die Tassen.«

»Milchschaum-Muster.«

»Wie auch immer. Und was ist das?« Er greift nach unten und zieht eine offene Milchtüte hervor.

»Milch?«

Eric nickt. Theatralisch übertrieben. Es scheint so, als hätte er in nächster Zeit auch nicht vor, damit aufzuhören.

»Milch, genau.«

Wie von selbst ziehen sich meine Schultern nach oben.

»Wo kommt die her, die Milch? Das ist nicht unsere Haussorte.«

»Weil eure Haussorte absolut ungeeignet ist für einen guten Milchschaum.« Ich hasse es, mich selbst derart kleinlaut zu hören. »Diese hier hat exakt den richtigen Fettgehalt. Sie ist wirklich die Beste, um einen cremigen Milchschaum zu erzeugen. Und glaub mir, um die Bitterkeit dieser schnellgerösteten Bohnen zu übertünchen, kann nur die beste Milchqualität recht sein.«

»Unsere Kunden sind eben kalorienbewusst. Und wer ist das?« Sein Kopf wendet sich Valentino zu. Bevor ich jedoch meine Stimme erheben kann, kommt er mir zuvor. »Wo sind denn seine Eltern? Hier kann doch wohl unmöglich ein Kind allein … ihr werdet ihm doch keinen Kaffee …?«

»Er gehört zu mir«, sage ich schnell, bevor Eric sich zu sehr in Rage redet.

»Zu dir?« Er sieht mich entrüstet an. »Du hast ein Kind?«

»Nein, es ist nicht mein Kind. Das ist Lorenzos Enkel.«

»Oh.«

»Und eben der Mann an der Tür, das war Lorenzos Sohn. Tassilo.«

»Ach.«

»Er hat heute eine wichtige Klausur und mich darum gebeten, solange auf Valentino aufzupassen.«

Eric sieht mich eindringlich an – wieder mit diesem Funkeln. »Während der Arbeit.«

Aus Verlegenheit widme ich meine Aufmerksamkeit voll und ganz der zum Leben erwachten *La Cimbali*. »Er hat sonst niemanden.«

Mit routinierten Händen bereite ich meinen ersten echten Espresso seit Tagen vor. Es fühlt sich unbeschreiblich gut an, wieder diese Handgriffe zu vollführen. Ich kann nicht anders, als – trotz des unfreundlichen Klimas, das mich gerade umgibt – ergeben vor mich hinzulächeln.

»Keine Mutter?«, fragt Stacey.

»Sie leben getrennt.« Ich reibe ihr nicht unter die Nase, dass sich Tassilos Ex in einer Nacht- und Nebelaktion aus dem Staub gemacht und alles zurückgelassen hat.

»Oh«, machen nun Eric und Stacey. Sie beide bedenken den ins Quartett vertieften Valentino mit einem mitleidigen Blick. Trotz hochhackiger Absätze muss ich auf die Zehenspitzen steigen, um an die Tafel mit der dunklen Zartbitterschokolade, die ich vorher im Schrank über mir deponiert habe, heranzukommen. Meine Zehen protestieren mit einem stechenden Schmerz.

Während die besondere Espressomischung in die Glastasse strömt, breche ich einen Riegel der Schokolade ab und gebe sie der Tasse hinzu. Ich kann der Schokolade beim Schmelzen zusehen, als das heiße schwarze Gold darüber läuft. Sofort breitet sich der samtigsüße Geruch unter meiner Nase aus.

»Aber hier kann er auch nicht bleiben.«

»Wo soll er denn sonst hin?«

»In den Kindergarten?«

»Die haben heute Gruppenseminar oder so was Ähnliches.«

Jetzt begebe ich mich an den Milchschaum und versuche über Erics Gerede hinweg auf den Klang der Milch zu achten. Dann lasse ich den Schaum sanft in die Tasse fließen, bis ich die gewünschte Farbe erzielt habe.

»Er bleibt auch nicht den ganzen Tag hier.«

Ich bestreue die Kreation mit ungesüßtem Kakaopulver und gemahlenem dunklem Stangenpfeffer.

»Wir sind ein Café«, echauffiert sich Eric weiter. »Kein Kinderhort. Und überhaupt, wie kann man in dem Alter denn noch studieren? Wie alt ist er, fünfunddreißig?«

»Einunddreißig.«

»Sieht älter aus.«

»Das macht der Bart.«

Ich reiche Eric die Tasse, die er ohne zu zögern entgegennimmt, ehe er gedankenverloren daran nippt. Ich bin überrascht, auch er scheint mit Hitze gut umgehen zu können.

»Es ist auch nur für eine Stunde«, sage ich. »Allerhöchstens.«

Doch Eric gibt mir keine Antwort. Er sieht mit großen Augen über die Tasse hinweg und schaut mich einfach nur an. Dann nippt er noch einmal an der Tasse.

Und noch einmal. »Was zum Teufel ist das?«

»Ein Marocchino Fondente«, erkläre ich ihm lächelnd. »Etwas abgewandelt.«

»Marocchino Fondente, ja?« Eric trinkt den Inhalt seiner Tasse in einem Zug aus.

»Das schmeckt fantastisch.«

»Danke.«

»Bekommst du das wieder so hin?«

»Natürlich!« Ich halte kurz inne, wittere meine Chance. »Mit der *La Cimbali* ist das überhaupt gar kein Problem.«

Erics Augen leuchten förmlich auf. Er reißt eine Schublade auf und greift nach einem Taschenrechner. »Also, was hast du da alles reingemacht?«

Während ich ihm die Zutaten aufzähle, schreit uns Valentino entgegen: »Igitt, der Kakao schmeckt scheußlich.«

Ich schaue Eric dabei zu, wie er irgendwelche Zahlen in den Taschenrechner tippt und vor sich hinmurmelt. Dabei betrachtet er immer wieder den Tasseninhalt. »Wenn wir die dunkle Schokolade gegen eine preiswertere Sorte mit weniger Kakao-Anteil austauschen, dann …«

»Hättest du etwas dagegen, wenn ich Valentino einen *richtigen* Kakao zubereite?«

Erics Mimik erhellt sich ein wenig. »Ja, das könnte dann zur Kalkulation passen.« Er sieht vom Taschenrechner auf und hat tatsächlich etwas im Gesicht, das einem Grinsen verdächtig nahekommt. »Klar, mach ihm seinen Kakao.« Er schaut kurz an mir herunter, mustert mich. »Schöne Schuhe, übrigens. Absätze stehen dir. Sag mal, wie viele von diesen Marocchino Fondente könntest du denn mit deinem Automaten in einer Stunde zubereiten?«

Ich nenne ihm eine grob überschlagene Zahl und zaubere damit ein Lächeln in Erics Gesicht. Und auch ich grinse. Es sieht ganz so aus, als hätte ich meine stählerne Freundin soeben aus dem Ruhestand zurückgeholt.

Es ist ein unglaublich aufregendes Gefühl, wieder eins zu sein mit diesem charaktervollen Siebträger, an dem jeder Knopf und jeder Hebel eine sinnvolle Funktion hat. Ich schließe die Augen und lasse mich von den einstudierten Bewegungen leiten, die mir in Fleisch und Blut übergegangen sind.

Jeder Handgriff sitzt perfekt.

Als ich die Augen wieder öffne, spüre ich Erics Blick von der Seite. Er hat nun gänzlich von seinem Taschenrechner abgelassen und schaut verstohlen zu mir herüber.

Ich versuche es mir nicht anmerken zu lassen, dass ich seinen Blick auf mir spüre. Ich bereite Valentino seinen Kakao zu und beginne damit, einen großzügigen Riegel der heute Morgen gekauften Vollmilchschokolade zu zerhacken. Ich stecke so viel Liebe in die Zubereitung, als würde ich allein damit wieder gutmachen wollen, dass ich momentan einen so geringen Stellenwert in Valentinos Leben habe.

Die Schokostücke gebe ich in eine Glasschale und stelle sie auf die Heizplatte der *La Cimbali*, damit sie langsam anschmelzen können.

Als ich in die Hocke gehe und meine mitgebrachte Induktionsplatte zum Vorschein bringe, erwarte ich einen Protest von Eric. Doch da kommt nichts. Also schließe ich sie an der Steckdose an, stelle meinen ebenfalls mitgebrachten Milchtopf drauf und gebe einen Teelöffel Vanilleextrakt hinein. Schließlich füge ich nach Augenmaß die fettreiche Milch hinzu.

Ich spüre es förmlich in mir drin: Heute ist ein guter Tag für einen perfekten Kakao.

Ich beginne zu schmunzeln, als mir meine Fantasie ein Bild zeigt, in dem die vielen Kalorien gemeinsam mit den zahlreich ausgeschütteten Glückshormonen einen heißen Samba in Valentinos Blutbahn tanzen werden. Der Junge kann es vertragen, an ihm ist nichts dran.

Während ich kurz zu ihm rüberschaue, werde ich vom schlechten Gewissen geradezu gebissen. Das muss sich ändern, schwöre ich mir. Valentino darf nicht der Leidtragende sein, weil zwischen Lorenzo und mir die Eiszeit angebrochen ist. Es wäre einfach nicht fair. Und dieser Kakao wird unser Neuanfang.

Ich will nicht angeben, aber ich bin eine wahre Meisterin in der Zubereitung von Kakao.

Der Trick ist, eine leichte Prise Meersalz hinzuzufügen. Nichts unterstützt den vollmundigen Geschmack von Kakaobohnen mehr.

Als Clou setze ich vorsichtig eine Handvoll Mini-Marshmallows auf die cremigbraune Flüssigkeit und verdecke sie mit einem ordentlichen Schuss Sprühsahne. Schokoraspeln drüberstreuen, fertig!

Ich betrachte mein Werk und bin stolz. Lächelnd drehe ich mich zu Eric, der mich die ganze Zeit über mit verschränkten Armen beobachtet hat. Ich werde aus seinem Blick nicht schlau, trete ihm aber selbstbewusst entgegen: »Eine gute Barista versteht eben nicht nur etwas von Kaffee und Espresso.«

Eric sagt nichts. Dafür schnappt er sich kommentarlos meinen frisch zubereiteten Kakao und wendet sich von mir ab. Im spielerischen Befehlston wirft er ein »Mir machst du genauso einen« über die Schulter und geht mit der Tasse auf Valentino zu. Fassungslos schaue ich dabei zu, wie er dem Jungen kurz übers Haar wuschelt, als er sich zu ihm an den kleinen Tisch setzt.

Valentino lässt es sich anstandslos gefallen und schaut nur ganz kurz zu ihm auf, während er seine Finger durch den Quartettstapel wandern lässt.

»Na, kleiner Mann.« Eric schaut ihm interessiert dabei zu, wie er beinahe zärtlich die Karten sortiert. »Du scheinst schnelle Autos zu mögen, was?«

»Ich liebe Sportwagen!«, ereifert sich Valentino. Wieder geht Eris Hand nach vorn und schiebt eine Strähne aus Valentinos Stirn. »Ging mir als Kind genauso.«

Von der Theke aus kann ich sein schelmisches Grinsen sehen.

»Und?« Er schaut kurz zu mir herüber, zwinkert, dann hat er wieder den Jungen fest im Blick. »Schon mal in einem Porsche 911 Carrera 4S Cabrio gesessen?«

Kapitel 10

Gut gelaunt wie schon lange nicht mehr stehe ich hinter dem Tresen und poliere die Macchiato-Gläser auf Hochglanz, während der Verkehr an den Fenstern vorbeizieht.

Ich kann zufrieden mit mir sein. Mittlerweile habe nicht nur ich meinen Platz in meiner neuen Wirkungsstätte gefunden, sondern auch zwei meiner Kaffeekreationen, die ich ausschließlich mit der *La Cimbali* zubereiten darf. Neben meinem Marocchino Fondente hat Eric das Repertoire seines Cafés um den *Cuore Bianconero* erweitert. Das »schwarz-weiße Herz« ist ein dunkler Schoko-Espresso, dessen Clou die weißen Schokoraspeln sind, die mit der Zeit in den heißen Espresso hineinschmelzen und für ein ganz besonders intensives Geschmackserlebnis sorgen. Mich erinnert diese Kreation an die nostalgische Stimmung von Schwarz-Weiß-Fotografien.

Eric nennt es schlichtweg die neue USP seines Cafés. Sein Alleinstellungsmerkmal, wie ich mittlerweile gelernt habe.

Besonders stolz aber bin ich auf meinen frisch gebrühten kolumbianischen Espresso mit einem Schuss perfekten Milchschaums, der dank seines niedrigen Säuregehalts ein so mildes Aroma offenbart, dass man das Gefühl hat, es würde einem flüssige Seide die Kehle hinunterlaufen. Deshalb habe ich diese

Kreation auch *Fondo Seta* getauft. Zunächst war Eric skeptisch, da die hierfür verwendeten Bohnen nicht gerade leicht zu besorgen und alles andere als günstig sind. Aber das Geschmackserlebnis hat ihn schließlich doch überzeugt. Mittlerweile kann er selbst nicht mehr genug davon bekommen und fordert seinen *Fondo Seta* ein, sobald er das Café betritt. Diese Kreation stellt vermutlich am besten unter Beweis, dass man keinen unnötigen Schnickschnack für einen richtig guten Espresso braucht, solange die Ingredienzen die bestmögliche Qualität aufweisen. Zudem hat sich schnell herauskristallisiert, dass die Kunden gern bereit sind, für dieses Geschmackserlebnis etwas mehr zu bezahlen. Der unangefochtene Verkaufsschlager ist jedoch der *Cuore Bianconero.*

»Also«, fordert Eric mich auf, der vor dem Tresen steht und über ein Blatt Papier gebeugt ist. »Erklär mir das doch bitte noch mal mit den Mischungsverhältnissen.«

Spielerisch rolle ich mit den Augen, tatsächlich aber freue ich mich darüber, dass ich etwas von Lorenzos Wissen weitergeben darf.

Ich werfe das Handtuch auf den Tresen, sauge theatralisch die Luft ein und sage: »Zuallererst: Sortenreiner Kaffee ist das A und O. Die Qualität ist natürlich entscheidend, und *wer* den Kaffee zubereitet. Es ist wie bei einem Musikinstrument.«

Eric neigt den Kopf schräg, wie ein Hund, der nicht versteht, was sein Herrchen von ihm will. Also werde ich konkreter: »Stell dir den Klang eines Soloinstruments vor, zum Beispiel das konzentrierte Hörerlebnis einer einzeln aufspielenden Geige.«

Eric verzieht das Gesicht. »Ich hasse Geigen.«

Ich atme hörbar aus. »Dann eben eine Oboe!«

»Geht auch eine E-Gitarre?«

»Meinetwegen. Also, da wäre dann der virtuose E-Gitarrist, der sich gerade einem perfekten Heavy-Metal-Solo hingibt.« Ich mache ihm kurz die Luftgitarre. »Eine Kaffeemischung hingegen ist vergleichbar mit dem Mehrklang einer ganzen Band. In einer perfekten Abstimmung bekommst du den vollen, komplexen Klangkörper zu hören, der alle Instrumente zu einer Einheit werden lässt.«

Eric schüttelt den Kopf. »In der Ausbildung hat man uns beigebracht, dass Kaffeesorten auf keinen Fall miteinander vermischt werden sollten.«

Ich nicke betont langsam. »Stimmt, wenn man keine Ahnung hat, sollte man die Finger davon lassen.«

Er braucht einen Augenblick, bis er versteht, dass ich diese Bemerkung spöttisch meine.

»Und was ich da gerade trinke …«

»… ist eine Mischung aus würzigen Arabica- und milden Robusta-Bohnen. Eigentlich nichts Ungewöhnliches, beide Sorten aber eben von bester Qualität und perfekt auf den Punkt geröstet.«

Er nippt an seinem Espresso, und sein Gesicht hellt sich auf.

»Schmeckt's?«, frage ich ihn.

Er lächelt zufrieden, doch ich gebe mich mit dieser Antwort nicht zufrieden.

»Wonach?«, will ich von ihm wissen.

Eric überlegt. Dabei zieht sich seine Stirn leicht zusammen und eine steile Falte wird in der Mitte sichtbar. »Nach Kaffee«, sagt er schließlich. Dann grinst er mich an.

Ich blinzele wenig spaßig zurück.

»Bloß ein Scherz, Freya.« Er schüttelt sich, als wolle er den Schalk aus seinen Zügen verbannen. »Er hat eine dezente Schokoladennote.«

Ich nicke zustimmend. »Und weiter? Was schmeckst du noch?«

»Hm, irgendetwas Würziges. Vielleicht eine Spur Zimt und Nelke?«

»Genau! Und dieses würzig-elegante Aroma erreicht man nur mit der richtigen Mischung und dem perfekten Röstzeitpunkt.«

Eric beugt sich über das Blatt Papier und macht sich Notizen.

Neugierig werfe ich einen Blick darauf. Allerdings hat er eine echte Sauklaue, sodass ich kein einziges Wort entziffern kann. Ich kann nicht umhin, ihn mir genauer anzuschauen, während er in sein Schreiben vertieft ist. Der Abschluss des Poloshirts spannt sich eng um seine Arme, und die Muskeln zucken bei jedem Druck des Kugelschreibers auf. Für einen Mann hat er eine wirklich tolle Haut. Braun gebrannt und makellos glatt. Nahezu haarlos. Lediglich die Unterarme zeigen einen dezenten blonden Flaum. Mein Blick wandert hinauf und bleibt an seinem Kinn hängen, in dessen Mitte sich ein gerade mal zu erahnendes Grübchen befindet. Das ist irgendwie … sexy …

Eric schaut abrupt zu mir auf, woraufhin ich sofort den Blick senke. Vermutlich wieder eine Millisekunde zu spät. Ertappt. Ich spüre, wie mir das Blut in die Wangen schießt. Ich muss schlucken, als er mir tief in die Augen schaut. Etwas Unbestimmtes liegt in seinem Blick. Neugierde … und noch etwas anderes, das nicht so ohne Weiteres greifbar ist. Auf jeden Fall fühle ich mich unbehaglich – allerdings nicht auf eine unangenehme Weise, vielmehr …

»Möchtest du sonst noch etwas über Mischverhältnisse wissen?« Meine Stimme klingt trocken und kratzig, als hätte ich mir gerade eine Schaufel Sand in den Mund geschoben.

Er verneint mit einem kaum merklichen Kopfschütteln. »Nö«, sagt er schließlich und grinst. »Das wär's fürs Erste.«

»Okay!«, erwidere ich knapp und greife nach dem Handtuch, um mich wieder meinen Macchiato-Gläsern zu widmen.

Eric schnappt sich den Notizblock und wendet sich ab. Doch dann dreht er sich wieder ruckartig zu mir um.

»Ach, Freya?«

»Mhm?«

»Nimm dir morgen nichts vor, wir beide haben einen Termin, und es könnte etwas später werden, bis du zu Hause bist.«

Kapitel 11

»Wohin fahren wir denn?«

»Sagte ich doch bereits, es ist eine Überraschung.«

Ich werfe Eric, der grinsend hinter dem Steuer seines Porsche Cabriolets sitzt, einen intensiven Blick zu, in dem jeder, der mich kennt, einen Anflug von Ärger erkennen würde. Denn ich bin kein Freund von Überraschungen. Alles andere als das. Eric kennt mich nicht. Noch nicht. Er schaut mich bloß an und grinst unbeirrt weiter. In seiner Spiegelsonnenbrille sehe ich mich selbst. Nicht lächelnd.

Obwohl er sich äußerst gut gelaunt gibt, spüre ich seine Anspannung. Immer wieder fixiert er seine Armbanduhr, von der ich mittlerweile weiß, dass es eine *Glashütte* ist.

Natürlich bin ich im Stillen wütend auf ihn, weil er mich hinhält und mir die Kontrolle über die Situation entzieht. Aber ich komme nicht umhin festzustellen, dass er verdammt gut aussieht hinter dem Steuer dieses Sportwagens. Nicht, dass ich mir etwas daraus machen würde. Aber der dunkelblaue Anzug, den er trägt, dazu das weiße Hemd mit der schwarzen Krawatte, die gelockert um seinen Hals liegt, macht ordentlich was her. Und ich muss zugeben, dass ich mich nicht unwohl fühle in seiner Gegenwart.

Eric schaltet einen Gang runter und lässt den Boxermotor aufheulen. Im selben Atemzug zieht er auf die linke Spur und an einem holländischen Campingwagengespann vorbei. Ich werfe einen Blick auf den Tacho: Einhundertfünfzig und die Nadel bewegt sich weiter nach oben. Ich werde förmlich in den Sitz gepresst. »Müssen wir wirklich so rasen?«, schreie ich über das satte Motorengeräusch hinweg.

Obwohl wir so schnell unterwegs sind und offen fahren, sind die Windgeräusche minimal. Zudem ist es extrem zugarm, sodass meine sorgfältig zurechtgelegte Frisur nicht allzu sehr in Mitleidenschaft gezogen wird.

Aber es ist frisch, und es friert mich an den nackten Beinen.

Zieh dir was Elegant-Schickes an, hatte Eric gestern noch zu mir gesagt, bevor er mir mitteilte, dass er um halb neun vor meiner Tür stehen werde.

Diesen Satz hätte er sich wohl verkniffen, wenn er jemals einen Blick in meinen Kleiderschrank geworfen hätte. Das einzig Elegante, das sich dort verbirgt, sind meine schwarzen High Heels und die schwarzen Stoffhosen, die ich stets im Café trage. Alles andere in meinem Besitz Befindliche passt definitiv nicht zu den geforderten Synonymen. Also war ich gestern noch shoppen und habe mir ein schwarzes Sommerkleid gekauft. Von der Stange. Im Schlussverkauf.

Eins von der Sorte, dessen günstigen Preis man ihm nicht auf den ersten Blick ansieht. Hoffentlich …

Eigentlich bin ich nicht der Kleidertyp, aber diesem ärmellosen Kleid mit dem in Falten gelegten, knapp über dem Knie endenden Rockteil kann ich durchaus etwas abgewinnen. Es hat einen jugendlichen Schnitt. Schlicht und dennoch elegant, wie ich finde. Dumm nur, dass ich nicht daran gedacht habe, mir eine passende Strumpfhose zu kaufen. Nun muss ich Eric meine ungefilterten blassen Beine präsentieren, die in diesem Jahr noch keine Sonne gesehen haben, und das auf dem engen Sportsitz.

Auch wenn das Kleid nicht teuer war, hatte sich die Investition spätestens bezahlt gemacht, als Eric vor mir stand und mich mit anerkennendem Blick musterte. Anscheinend gefiel ihm, was er sah.

Ebenso wenig scheinen ihn meine weißen Beine zu stören. Immer wieder ertappe ich ihn dabei, wie er sie von der Seite mustert.

Der Tacho ist mittlerweile bei einhundertachtzig angelangt. Die linke Spur gehört uns.

»Alles okay mit dir?«

Ich nicke angestrengt und versuche mich nicht zu sehr am Haltegriff festzukrallen.

»Wir sind leider später dran als geplant, ich hab den Verkehr unterschätzt. Auf diesem freien Stück versuche ich etwas Zeit aufzuholen.«

»Alles gut.«

Ich glaube, dass ich in meinem ganzen Leben noch nie so schnell über die Autobahn gerast bin.

Endlich muss Eric abbremsen, als ungefähr einen Kilometer vor uns ein anderes Auto die Frechheit besitzt, die linke Spur in Anspruch zu nehmen.

Doch mein Chauffeur bleibt cool. Entspannt reduziert er die Geschwindigkeit, drängelt nicht, spielt nicht mit der Lichthupe, setzt keinen Blinker. Nur der neuerliche nervöse Blick auf die Uhr verrät seine Angespanntheit.

»Valentino hat recht, du hast wirklich ein schickes Auto.«

»Man gönnt sich ja sonst nichts.« Eric grinst mich an und zeigt mir seine weißen Zähne. »Ich sag immer: Wer viel arbeitet, muss sich auch was gönnen können.«

Klar, das typische Machogehabe. Ich denke darüber nach, dass ich auch viel arbeite, mir aber trotzdem nichts gönnen kann. Dabei müsste es gar kein Sportwagen sein. Ein fahrbereiter Roller würde mir bereits genügen. Oder ein Fahrrad ohne platten Reifen.

Irgendwann verlassen wir die Autobahn und brausen eine Landstraße entlang, deren Tempolimit von Eric großzügig als Richtgeschwindigkeit ausgelegt wird. Er stellt sich als ein überaus guter Autofahrer heraus, der ziemlich sicher auch als Rennpilot eine gute Figur abgegeben hätte.

Während der Fahrt habe ich noch drei Versuche gestartet, ihm das Ziel unserer Reise zu entlocken, aber jedes Mal auf Granit gebissen.

Als die Landstraße in das Industriegebiet einer Großstadt mündet und ich kurz darauf ein mir allzu bekanntes Logo auf einem riesigen Firmengelände erblicke, wird mir die Sache allmählich klar.

Der aufgeregten Euphorie folgt die totale Ernüchterung.

»Du machst mit mir eine Geschäftsreise!« Innerlich verfluche ich mich. Womit hatte ich denn gerechnet. Mit einem Trip an den See? Mit meinem Chef? Denn das ist Eric nach wie vor und immer noch. Mein Vorgesetzter.

»Enttäuscht?« Eric grinst mich an – als könnte er meine Gedanken lesen.

»Nein!«, erwidere ich sofort viel zu schnell und zu laut. »Ich meine nur …«

»Lass dich einfach überraschen, Freya.«

Da ist es wieder, dieses unverschämt Spitzbübische, das ihm so unwahrscheinlich gut zu Gesicht steht. Auch ich lasse mich schließlich zu einem Lächeln hinreißen. Ich mag es, wie gefühlvoll er meinen Namen ausspricht.

»Tada, wir sind da.«

Er parkt seinen Porsche direkt auf dem Besucherparkplatz vor der komplett in getöntem Glas gefassten Eingangsfront, steigt aus und umkreist derart schnell den Wagen, dass er mir die Tür aufhalten kann, ehe ich auch nur in der Lage bin, den Knauf zu betätigen.

»Ganz der Gentleman«, staune ich regelrecht.

»Die Dame.« Eric hält mir die Hand hin und hilft mir beim Aussteigen. Sein Blick ruht ungeniert auf dem Rockende, während ich mühsam versuche, mich halbwegs grazil und würdig aus dem tiefen Sitz zu erheben, ohne dabei zu viel Sicht auf meine Unterwäsche preiszugeben. Ich weiß wirklich nicht, was ich von der Art meines Vorgesetzten halten soll. Einerseits gibt er sich distanziert und überaus zuvorkommend. Andererseits lässt er keine Gelegenheit aus, um mir auf den Hintern oder den Busen zu starren.

Er lässt meine Hand nicht los, während wir auf den Eingang zugehen.

Es dauert einen Moment, bis sich meine Augen an die diffusen Lichtverhältnisse des Empfangsbereichs gewöhnt haben.

Auch Eric nimmt die Sonnenbrille ab und verstaut sie in der Innentasche seiner Anzugjacke.

»Herr Jahnke!« Die Frau hinter dem Empfang springt auf und wirft Eric ihre Hand förmlich entgegen. Sie ist perfekt gestylt und könnte ebenso gut als Laufsteg-Model arbeiten. Mir entgeht nicht, wie sie Eric anschmachtet und ihre Wangen unter dem Make-up leicht zu glühen beginnen, als er ihre Hand ergreift und ihr sein entwaffnendes Lächeln entgegenwirft.

Mir schenkt sie allenfalls einen unbedarften Augenaufschlag.

»Sie werden bereits erwartet.«

Eric nickt und lächelt. Wie so oft in den letzten Stunden.

»Möchtest du mir nicht endlich sagen, was das soll?«

»Eine Überraschung, sagte ich doch.«

Wieder greift er nach meiner Hand und zieht mich ungestüm hinter sich her. Ich kann es überhaupt nicht leiden, wenn man an mir herumzerrt wie an einer Marionette. Aber ich habe keine Chance gegen seinen festen Griff.

Er wirft mir ein abgehetztes »Nun komm schon« entgegen. »Sie haben es nicht gern, wenn man sie warten lässt!«

»*Wer* denn?«

Aber in diesem Moment bleibt Eric vor einer Tür stehen. Er strafft sich, richtet seine Krawatte und streicht seinen Anzug glatt – obwohl der das gar nicht nötig hat. Er blickt zu mir herunter und schenkt mir ein aufmunterndes Lächeln. Dann klopft er fest gegen das schwere Holz und tritt ohne eine Antwort abzuwarten ein.

Nun weiß ich, wen man nicht warten lassen darf. Die deutsche Geschäftsleitungsriege des internationalen Kaffee-Imperiums *San Café*. Den Vorstand.

Eric schiebt mich vor sich her in einen großen Raum, der von dunklen Möbeln und schweren Gardinenvorhängen beherrscht wird. Um das Kopfende eines in der Mitte befindlichen ovalen Tisches sitzen Menschen, die uns erwartungsfroh anschauen.

»Guten Tag, die Herren«, sagt Eric zur Begrüßung. Und es stimmt. Es sind ausschließlich Männer, die an diesem imposanten Konferenztisch sitzen und uns anblicken. Insgesamt sehe ich sechs ältere Herrschaften, allesamt in dunklen Anzügen, die ganz sicher mehr gekostet haben als mein Monatsgehalt.

Eine Frauenquote für Top-Positionen scheint hier keine Rolle zu spielen.

»Entschuldigen Sie bitte die Verspätung, aber der Stau auf der A…« Der Mann am Kopfende schneidet ihm mit einer unwirschen Handbewegung das Wort ab. »Nun sind Sie ja da, Herr Jahnke.«

Der Blick des Mannes ruht auf mir. Ich schätze sein Alter etwa auf das von Lorenzo. Er betrachtet mich erwartungsvoll, vielleicht mit einem Hauch Skepsis. »Ich bin Arthur Falk, der Vorstandsvorsitzende dieses Unternehmens.« Seine Stimme ist angenehm leicht und unbefangen. »Und Sie sind …?«

»Freya Sturm«, sage ich knapp.

»Es ist mir ein Vergnügen, Sie kennenzulernen.« Arthur

Falk lächelt milde. Ein Lächeln, dem sich nach und nach die anderen Herren anschließen.

»Ganz meinerseits.« Ich lächele auch. Womöglich sieht es etwas gequält aus.

Mit seiner Hand deutet er schräg von sich. »Nun dann«, beginnt er. »Wir sind schon sehr gespannt.«

Irritiert folge ich seiner Handbewegung und fange einen Beistelltisch ein, auf dem eine hochwertig aussehende zweigruppige Siebträgermaschine und eine Kaffeemühle stehen.

»Herr Jahnke war so frei und hat uns die Zutaten für Ihren *Cuore Bianconero* durchgegeben.«

Verdattert wechselt mein Blick zwischen Eric und den Vorstandsmitgliedern. »Ich verstehe nicht.«

Eric grinst vor sich hin, ohne mich auch nur anzusehen.

»Wir möchten, dass Sie uns Ihre Kreation zubereiten, Frau Sturm.«

Mir klappt die Kinnlade herunter. Auf einmal fühle ich mich noch unwohler in meiner Haut.

»Ich soll Ihnen einen Espresso machen?«

Für meine entrüstete Frage ernte ich unterdrücktes Gelächter.

»*Cuore Bianconero*«, korrigiert Eric mich und nickt mir mehrmals aufmunternd zu. Nein: auffordernd!

»Bitte, wir sind wirklich sehr gespannt. Herr Jahnke hat in den höchsten Tönen davon gesprochen.«

Ich verstehe überhaupt nichts mehr. Weshalb hat Eric seinem Vorstand von meiner Kaffeekreation erzählt? Da aber niemand gewillt zu sein scheint, mich aufzuklären, füge ich mich meinen Vorgesetzten.

»Okay, gut«, erwidere ich langsam.

Meine Füße schieben sich Schritt für Schritt zur Maschine, als würde eine unheilvolle Bedrohung von ihr ausgehen. Ich spüre, wie sich ein feiner kalter Schweißfilm auf meinem

Rücken bildet. Als Eric mich heute Morgen abgeholt hat, habe ich mit allem gerechnet. Aber ganz bestimmt nicht damit, dem Vorstand des *San Café* einen Espresso zubereiten zu müssen.

Dutzende Augenpaare ruhen auf mir, beobachten jede meiner Bewegungen. Hätte ich mir doch bloß ein längeres Kleid zugelegt!

Als ich die bereitgestellten Bohnen in die Mühle fülle, erheben sich die Herren von ihren Stühlen, kommen auf mich zu und stellen sich im Halbkreis um die Espressomaschine.

Ich stelle fest, dass Herr Falk nicht wesentlich größer ist als ich, was ihn mir noch eine Spur sympathischer werden lässt.

»Nur zu«, fordert er mich auf. »Stellen Sie sich einfach vor, wir wären nicht da und Sie befänden sich hinter der Theke Ihres Cafés.«

Eric reicht mir die ersten beiden Tassen und klopft mir auf die Schulter.

Als ich trotzdem unentschlossen die Maschine fixiere, mustert mich der Geschäftsführer akribisch. »Stimmt etwas nicht, Frau Sturm? Haben Sie noch Fragen?«

Ich schüttele unmerklich den Kopf, atme tief durch und mache das, was ich am besten kann.

Einen *Cuore Bianconero,* der seinen Namen verdient.

Kapitel 12

Sie ist tot, und es zerreißt mir das Herz. Dabei hätte ich darauf vorbereitet sein müssen. Sie war schon alt und konnte den immer größeren Anforderungen einfach nicht mehr standhalten. Dennoch vermisse ich sie und ertappe mich immer wieder dabei, wie ich den nunmehr leeren Platz wehmütig absuche, wo sie einst treu und tapfer in meinem Rücken stand.

Der Techniker kam zu dem Schluss, dass die Brühgruppe nun endgültig hinüber sei und sich auch nicht mehr ohne Weiteres reparieren ließe. Damit ist sie gestorben, meine *stille Revolution,* noch ehe sie überhaupt in die Nähe des Throns gelangen konnte. Sogar Eric wirkte etwas mitgenommen. Nun, wo er selbst auf den Geschmack von gutem Kaffee gekommen ist und fortan auf seinen täglichen *Fondo Seta* wird verzichten müssen.

Es ist Freitagmorgen, kurz vor neun, und das Café platzt aus allen Nähten. Ausgerechnet heute hat Stacey ihren freien Tag eingereicht und mich ganz allein im Café gelassen.

Dabei hält der Freitag immer die schlimmsten Morgenstunden bereit. Wenn die Scharen von Bankangestellten und Beamten das *San Café* stürmen, um sich vor Dienstantritt noch einen Espresso, einen Latte Macchiato oder Milchkaffee zu genehmigen.

Als wollten sie sich selbst dafür belohnen, dass sie die ganze Woche durchgehalten haben.

Fünf Anzug tragende Männer in nahezu gleichen Farben stehen vor mir, blicken auf mich herab und warten ungeduldig auf die Ausführung ihrer Bestellungen. Ich bin am Rotieren, bediene alle fünf Düsen des Automaten gleichzeitig, während ich die Becher und Tassen aus den Regalen fische. Wobei heute eindeutig die Getränke zum Mitnehmen bevorzugt werden.

Auch von Eric ist weit und breit nichts zu sehen, obwohl er mir versprochen hat, für Stacey einzuspringen.

»Kann ich den Latte auch mit einem Schuss Vanille-Sirup haben?«, dringt eine laute Stimme zu mir durch.

»Den Milchkaffee aber bitte nicht mit zu viel Milch.«

Meine Züge dehnen sich zu einem angestrengten Lächeln aus. »Da habe ich leider keinen Einfluss drauf, die Mischung gibt die Maschine vor.«

Ich spüre, wie meine Ohrenspitzen zu glühen beginnen.

»Für mich bitte einen Caffè Latte.«

Ein weiteres Gesicht taucht hinter der Schulter des vorne stehenden Mannes auf. »Und für mich einen Espresso Macchiato!«

Ich denke nicht mehr, ich funktioniere nur noch, ertappe mich dabei, wie ich mich vom Stressgehabe der Gäste anstecken lasse und ebenfalls fahrig werde. Für Schönheit und Detailverliebtheit ist kein Platz mehr, es geht ausschließlich darum, schnell zu sein und die Wunschliste abzuarbeiten.

»Einen doppelten Espresso, bitte.« Die dünne, altersschwache Stimme lässt mich kurz aufhorchen, da sie weder gehetzt noch dringlich klingt. Doch da läuft auch schon der Milchschaum des Caffè Latte über, da ich den Knopf versehentlich zweimal direkt hintereinander gedrückt habe.

»Einmal doppelter Espresso!«, bestätige ich die Bestellung, »kommt sofort!«

Wo ist denn nur der verdammte Lappen!

Als das Malheur endlich beseitigt ist, mache ich mich an die Zubereitung, indem ich die entsprechende Tasse unter eine der Düsen stelle und den richtigen Knopf drücke. Während sich die Flüssigkeit röchelnd aus der Düse drückt, beginne ich bereits mit der Reinigung der anderen Düsen.

»Bitte sehr, der Herr. Ihr doppelter Espresso.« Mit einem halbherzigen Lächeln stelle ich die Tasse auf dem Tresen ab und bediene die Kasse.

»Macht dann drei Euro fünfzig.«

Die Tasse bleibt unberührt auf dem Tresen stehen.

»Drei Euro fünfzig«, wirft mir die brüchige Stimme entgegen, die ich von irgendwoher kenne. Ich blicke auf.

»Che Sfacciataggine! Was für eine Frechheit!«

Ich reiße die Augen auf, ungläubig.

Ich kann nicht fassen, wen ich da vor mir stehen habe.

»Lorenzo?« Ein leiser Schrei.

»*Sì*, wer sonst?«

Er ist es, eindeutig. Und dann auch wieder nicht. Dieser Mann, der da vor mir steht, sieht vielmehr aus wie die Karikatur seiner selbst.

Seine Wangen sind hohl und der Mund ist nichts weiter als ein schmaler, farbloser Strich, der das Gesicht durchschneidet. Ihn als verwahrlost zu bezeichnen, wäre eine glatte Untertreibung. Er muss sich seit Wochen nicht mehr rasiert haben. Und ebenso lange wird es wohl her sein, dass er sich zuletzt die Haare gewaschen hat. Sie sind noch länger, als ich sie in Erinnerung hatte, und hängen strähnig und kraftlos an ihm herunter.

»Lorenzo?«, frage ich noch einmal. »Was ist …« *passiert,* möchte ich von ihm wissen. Aber ich bringe kein weiteres Wort über die Lippen. Als mir endlich bewusst wird, wer da vor mir steht, mache ich dicht. Ich kann nicht anders. Ich stehe nur noch da und starre diesen Mann in seinen zerknitterten Klamotten mit dem gleichermaßen zerfurchten Gesicht an. Den Mann, der vor wenigen Wochen noch mein Leben bedeutet hat, der mich dann aber in die Ecke geschoben hat wie ein kaputtes Spielzeug. Eine unbeschreibliche Wut steigt in mir auf. Ich beiße mir fest auf die Lippen. So fest, dass ich Blut schmecke. Lorenzo beachtet mich nicht weiter. Er kramt in seiner Tasche und wirft abfällig Euros und Cents auf den Tresen, während er laut mitzählt.

»Prego, drei Euro fünfzig. Für einen Espresso!«

»Einen doppelten«, korrigiere ich ihn mechanisch und ernte dafür einen seiner tödlichen Blicke.

Er hebt die Tasse an. Mir fällt auf, dass er leicht zittert. Bevor er einen Schluck nimmt, riecht er an dem Espresso. Das macht er immer so. Ungeachtet der hinter ihm drängenden Masse, die es so furchtbar eilig hat.

Seine Nasenflügel blähen sich auf. Endlich berühren seine dünnen Lippen die Tasse, und er nimmt den Espresso unter lautem Schlürfen zu sich. Ein Ritual, das ich schon so oft bei ihm gesehen habe. Doch diesmal hält er mitten im Nippen inne und straft mich mit einem verachtenden Blick. Ehe ich etwas Beleidigendes erwidern kann, spuckt er den Espresso in einer Sprühfontäne über den frisch gereinigten Tresen. »Pfui, das ist ja abartig!«, stößt er eine wütende Tirade aus. »Wie kann man denn so etwas Espresso nennen! Und den dann auch noch trinken!«

Die erste Wutblase, gefüllt mit Gift und Galle, hat es an die Oberfläche geschafft und zerplatzt seifenblasenartig mit einem leisen Plopp. Ihr Inhalt breitet sich nun großräumig aus, ertränkt meinen Geist und fördert die fieseste Grimasse zutage, die mein Innerstes zu bieten hat. Mit dem Zorn schwillt auch meine Stimme an.

Die Gäste weichen einen Schritt zurück, doch Lorenzo steht einfach nur da und fängt alles auf, was ich ihm an Gemeinheiten entgegenzuwerfen habe. Es sind viele. Und einige davon ziemlich unschön. Sie zielen weit unter die Gürtellinie. Ich beschuldige ihn des Verrats, der Profitgier, des Verkaufs seiner, vor allem aber auch meiner Werte. Ich höre nicht einmal auf, als sein Gesicht vor mir zu verschwimmen beginnt, da die Tränen des Zorns und der bitteren Enttäuschung mir den Blick trüben. Während meiner Wutattacke bleibt Lorenzo vollkommen still und hält meinem Blick stand.

Seine Reglosigkeit macht mich noch wütender.

Schließlich schreie ich ihm ein inbrünstiges »Geh!« entgegen. »Ich will dich nie wiedersehen!«

Ich bin mir nicht ganz sicher, aber ich glaube, dass auch ihm Tränen in den Augen stehen. Schließlich wendet er sich von mir ab und befolgt, was ich von ihm verlange. Er geht.

Mit einer entschlossenen Geste klaube ich das Geld vom Tresen auf und werfe es ihm hinterher. »Und nimm deine drei Euro fünfzig mit!«

Ein paar peinlich berührte Gäste bücken sich und heben die Münzen auf, wollen sie Lorenzo reichen. Doch er lässt die Gesten an sich abprallen.

Er geht und lässt mich allein zurück. In dem Gebäude, das einst die Erfüllung seines Traums gewesen ist. Eines Traums, der schließlich auch meiner geworden war.

Kapitel 13

Die Begegnung mit Lorenzo ist nun schon eine halbe Stunde her, doch meine Tränen sind noch immer nicht versiegt. Das Café hat sich geleert, der Augenblick aber ist noch lebendig und zerreißt mich innerlich.

Etwas klirrt und zerspringt in hunderte Teile. Schon wieder. Der Zorn in mir drin hat sich so hoch angestaut, dass ich vor lauter Zittern bereits die zweite Macchiato-Tasse beim Abtrocknen fallen lasse. Gut, dass Eric nicht da ist. Nein, eigentlich ist das gar nicht gut. Ich hätte nun wirklich gern jemanden um mich, der mich von meinen zermürbenden Gefühlen ablenken kann. Aber selbst auf die Beamten und Bankangestellten ist an diesem Morgen Verlass. Sie sitzen vermutlich hinter ihren Schreibtischen und hauen Zahlenkolonnen in ihre Tastaturen, während sie gedanklich die Stunden bis zum Feierabend zählen.

Normalerweise liebe ich die ruhige Zeit nach dem Morgenansturm bis zur wieder stressigeren Mittagszeit. Doch nun ist diese Ruhe der Vorhof zu meiner ganz persönlichen Hölle geworden. Zwingt sie mich doch dazu, mich mit mir selbst auseinanderzusetzen.

Warum war Lorenzo da? Nach all der Zeit. Und warum war er derart ungestüm und unfreundlich? Warum hat er sich so gehen lassen? Das sieht ihm überhaupt nicht ähnlich. Er ist nie ein sonderlich eitler Mann gewesen. Überhaupt nicht vergleichbar mit Eric, der das Haus nie verlassen würde, wenn seine Frisur nicht perfekt sitzt. Aber Lorenzo hat immer auf ein akkurates Äußeres geachtet, sich nie gehen lassen. Ich kann nur vermuten, dass er sich seines Fehlers bewusst geworden ist und es ihn nun innerlich auffrisst. Doch selbst, wenn es so sein sollte, empfinde ich keine Genugtuung. Im Gegenteil. Zu meinem Zorn gesellt sich jetzt auch Mitleid, und genau das macht mich noch wütender, weil er das eigentlich gar nicht verdient hat.

Ein Hupen reißt mich aus meinen Gedanken. Durch das Fenster erblicke ich den roten Sportwagen, der seitlich zum Eingang geparkt hat. Das Verdeck ist offen, aber Eric sehe ich nicht, weil ein gigantischer Karton auf dem Beifahrersitz thront und alles andere verdeckt.

Ich stelle das halbtrockene Macchiato-Glas ab und gehe neugierig zur Tür. Erics Kopf erscheint hinter dem Karton. »Hilfst du mir bitte mal?«, schreit er über den Verkehrslärm hinweg.

»Klar doch.«

Ich ziehe beide Türen auf und lasse sie einrasten, dann packe ich am anderen Ende des großen Kartons an, den Eric mühsam aus dem Auto bugsiert. Ganz schön schwer, das Ding.

»Was ist das denn?«, frage ich außer Atem, nachdem wir das sperrige Stück vorsichtig auf der Theke abgestellt haben.

»Was das ist?« Er wischt sich über die Stirn, öffnet eine der Schubladen hinter der Theke, nimmt eine Schere heraus und schneidet die Paketbänder entzwei, woraufhin der Karton nach allen Seiten aufklappt und etwas zum Vorschein bringt, das mir den Atem verschlägt. Im selben Moment trifft mich Erics breites Grinsen, während er mir mitteilt: »Das, liebe Freya, ist dein neues Arbeitsgerät. Genauer gesagt handelt es sich hier um eine

La Marzocco GB5. Ich hab mir sagen lassen, dass sie auch bei der nächsten deutschen Barista-Meisterschaft verwendet wird.« Er wendet seinen Blick von der verführerisch silbrig-glänzenden Maschine ab und sieht mich erwartungsfroh an. »Ein hübscher Name, findest du nicht?«

Mit offenem Mund starre ich erst ihn und dann den Luxus-Automaten an. Ich bin nicht in der Lage, etwas Vernünftiges zu erwidern.

»Sie war mindestens so teuer wie sie schwer ist, wenn ich das hinzufügen darf.« Eric macht sich daran, die Maschine gänzlich aus ihrer Kartonverpackung zu befreien.

»Aber …«, bringe ich mühsam hervor.

»Ich schlage vor, dass wir sie da hinstellen, wo die alte stand.«

Ich stehe immer noch stumm da und betrachte die Maschine ehrfürchtig. Als Eric sie ganz ausgepackt hat, sehe ich, dass die Seitenverkleidung der dreigruppigen Siebträgermaschine in rotem Lack eingefasst ist – beinahe in derselben Farbe wie meine geliebte *La Cimbali.*

»Ich dachte, die Farbe könnte dir gefallen.« Eric schaut mich forschend an. Dann heben sich seine Schultern. »Ich weiß doch, wie viel dir diese Maschine bedeutet hat, aber ich glaube, diese hier dürfte einen adäquaten Ersatz darstellen. Laut unseren Haustechnikern gehört sie momentan mit zum Besten auf dem Markt. Also, gefällt sie dir?«

Mühsam nehme ich den Blick vom Siebträger und sehe Eric an, der irgendetwas hinter der Theke macht. »Sie ist wunderschön.«

»Dann passt sie ja hervorragend zu ihrer Betreiberin.«

»Aber warum, ich meine …«

Die Arme hinter dem Rücken verschränkt, kommt er hinter dem Tresen hervor und stellt sich vor mich – so dicht, dass ich den Kopf heben muss, um ihm in die Augen schauen zu können.

Eine Hand sucht die meine und hält sie mit sanftem Druck fest. Diese Geste irritiert mich, aber ich kann ihr nicht entweichen. Die andere Hand hält er noch immer hinter seinem Rücken versteckt.

»Weil du es dir verdient hast. Der Vorstand zeigte sich derart begeistert von deinem *Cuore Bianconero,* dass sie beschlossen haben, diese Kreation in das Angebot aller Filialen aufzunehmen.«

Mein Mund klappt auf. Und wieder zu. Und schon wieder bin ich nicht in der Lage, etwas zu erwidern.

»In der Konzernküche dürften gerade jetzt ein Dutzend Menschen damit beschäftigt sein, deine Kreation so umzusetzen, dass sie in kürzester Zeit das Sortiment unserer Automaten erweitern kann.«

»Ihr wollt den *Bianconero* als Automaten-Umsetzung?«, frage ich überdreht und etwas zu laut.

Eric lässt meine Hand los und legt seinen Zeigefinger auf meine Lippen. »Natürlich, du kannst doch nicht erwarten, dass unsere Service-Kräfte einen derart komplexen Kaffee von alleine hinbekommen.«

»Aber …« Der Druck auf meine Lippen wird fester.

»Aber dieses Café hier wird das Einzige sein, in dem es *das Original* gibt.«

Ich weiß nicht, ob er damit mich oder die Kaffeekreation meint. Und ich werde das Gefühl nicht los, dass er genau das erreichen wollte.

»Und deshalb diese wunderschöne Maschine hier – vom Vorstand abgesegnet. Mehr noch. Der Vorstand möchte wissen, welche genialen Einfälle sonst noch in diesem Köpfchen stecken.« Der Zeigefinger wandert von meinen Lippen streichelnd über meine Wangen und tippt dann zweimal gegen meine Stirn. Eine Gänsehaut überzieht meine Unterarme und will auch gar nicht mehr verschwinden.

»Fühle dich also frei, dich voll und ganz mit dieser Maschine vertraut zu machen.«

Er zieht den Zeigefinger zurück. »Sofern es der Publikumsverkehr zulässt, versteht sich.« Er lacht leise, dafür aber umso breiter. Doch dann werden seine Züge plötzlich wieder ernst. »Was ist denn, freust du dich denn gar nicht?«

»Doch«, erwidere ich sofort. »Natürlich. Es ist nur …« Ich verstumme. Was soll ich ihm auch erzählen? Dass Lorenzo da war und mir den Tag versaut hat? Da steht dieses großartige Edelstahl-Designer-Stück an der Stelle, wo vor Kurzem noch meine heiß geliebte *La Cimbali* ihren Dienst verrichtet hat, und scheint alle Werte mit Füßen zu treten, die einst alles in meinem Leben bedeutet haben. Nein, korrigiere ich meinen Gedanken. Daran hat nicht diese leblose Maschine Schuld, sondern einzig und alleine Lorenzo. Wieder steigt der Zorn in mir auf. Doch noch ehe er zu einer bedrohlichen Mauer werden kann, reißt Eric sie ein, indem er mir in die Wange kneift. IN DIE WANGE!

»Schluss mit Trübsal blasen«, bestimmt er. »Ich möchte nun meinen *Cuore Bianconero* von einer hübschen *und* gut gelaunten Barista serviert bekommen. Bekommst du das hin?«

Ich nicke souverän und versuche mich an meinem Chef vorbeizuschieben, der jedoch überhaupt nicht daran denkt, mir aus dem Weg zu gehen.

»Aber vorher gibt es noch etwas anderes zu feiern.«

Prompt zieht er die andere Hand hervor und präsentiert mir eine schmutziggrüne und vor Kälte beschlagene Sektflasche. Ich lese das Etikett und korrigiere meinen Gedanken: *Champagner Dom Pérignon Brut.*

Nachdem ich Zeit genug hatte, der Flasche mit meinem Blick entsprechend zu huldigen, macht sich Eric daran, sie von ihrem Drahtverschluss zu befreien.

»Ich wurde befördert«, sagt er schlicht. »Und das müssen

wir heute Abend ausgelassen feiern.« Der Schaumwein schießt den Korken mit einem lauten Knall aus der Flasche. Ich zucke vor Schreck zusammen, und Eric lacht befreit auf. Der Korken landet genau zwischen uns auf dem Boden. Erics Lachen erstirbt, als er mich mit todernster Miene fragt: »Würde dir gegen acht Uhr passen?«

Kapitel 14

In letzter Zeit muss ich mir für meinen Geschmack eindeutig zu oft Gedanken über die passende Kleidung machen. Nicht, dass es eine Rolle spielen würde, ob ich jetzt überpünktlich oder die obligatorischen fünfzehn Minuten zu spät komme (mittlerweile ist es eine halbe Stunde). Da ich nicht schon wieder in demselben Kleid aufkreuzen möchte, das ich bei unserem Ausflug in die Firmenzentrale getragen habe, habe ich mir noch ein neues gekauft, diesmal sogar mit den passenden Pumps. Die Frage, was das richtige Outfit für eine Firmenfeier ist, habe ich voll und ganz der Verkäuferin überlassen. Sie war der Meinung, dass ein mit petrolfarbenen Pailletten verziertes kurzes Cocktailkleid das richtige sein könnte. Es ist vielleicht ein wenig zu kurz, wie ich gerade im Alltagsgebrauch herausfinde. Und auch der Reißverschluss am Rücken, der bis zum Hintern geht, wirkt nicht mehr ganz so dezent, wie es in der spärlich ausgeleuchteten Umkleidekabine den Anschein hatte.

»Nicht zu schick. Nicht zu leger, mit einer dezenten weiblichen Note«, hatte die Verkäuferin gesagt. *Dezent. Von wegen!*

Und in diesem Fummel stecke ich nun. Mit den passenden Stöckelschuhen, in denen ich besser nur regungslos dastehen sollte, oder sitzen. Vielleicht liegen. Aber auf keinen Fall gehen. Doch genau das muss ich jetzt, und ich fühle mich wie der berüchtigte Storch im Salatbeet, als ich das Nobelrestaurant mit dem schlicht-schmucken Namen *Hugo* betrete und unsicher auf die Nische zustakse, auf die der Kellner gedeutet hat.

Da sitzt er, Eric. In einem Anzug, ohne Krawatte, das oberste Hemdknopfloch offen. Er lässt die Augen ungeniert an mir auf und ab wandern. Zu seiner Rechten steht ein Sektkübel, in dem schräg eine offene dickbäuchige Flasche steht. Vor ihm ein Gedeck. Und gegenüberliegend ein weiteres Gedeck. Das war's. Irritiert suche ich die Nische ab. Er ist allein. Keine Spur von Stacey oder der Putzfrau oder sonst irgendjemandem, der als Mitarbeiter durchgehen würde.

»Wo ist die Party?«, frage ich aufgewühlt.

Eric grinst und zeigt auf sich. »Voilà?«

Voilà?!

»Du siehst großartig aus.«

Nicht mein Verdienst, will ich sagen, aber ich belasse es bei einem knappen Nicken und versuche nicht allzu überrascht zu wirken, als Eric aufspringt, mir Küsse auf die Wange drückt und schließlich den Stuhl zurecht schiebt, damit ich mich an den Tisch setzen kann. Kurzum: Er macht alles, damit ich mich unwohl fühle. Ich kann es nicht leiden, wenn man zu viel Aufsehen um meine Person macht. Eric ist in dieser Hinsicht gerade dabei, ein ganzes Feuerwerk abzufackeln.

»Bist du hungrig?«, fragt er gut gelaunt, als er mir gegenübersitzt.

Ich könnte mich ohrfeigen, denn in diesem Moment wird mir bewusst, dass Eric nie etwas von einer Firmenfeier erzählt hat. »Das müssen *wir* feiern«, hatte er gesagt. Ein Wir, das allem Anschein nach nur ihn und mich einschließt. *Ich Idiotin!* Wie ein naiver Teenager tappe ich in die Falle, in der ich nun sitze.

In diesem Nobelrestaurant. In einer Nische. Allein mit Eric. Meinem Chef. Cheers.

Wir prosten uns zu.

Zumindest der Champagner schmeckt, auch wenn er die Röte meiner Wangen mehr als dezent zu unterstreichen vermag.

»So durstig?«, fragt Eric, der mir dabei zusieht, wie ich das Glas auf ex hinunterkippe. Er erweist sich als Gentleman und schenkt unaufgefordert nach.

»Seelisch und moralisch hab ich mich auf dein schwarzes Kleid von neulich eingerichtet, in dem du umwerfend aussiehst.« Er mustert mich intensiv. »Ich konnte nicht wissen, dass du noch eine Schippe drauflegen und mir Schnappatmung verursachen würdest.«

Er durchbohrt mich förmlich mit Blicken. Mein Hals wird heiß. Wie automatisch bedecke ich ihn mit der Hand, um die hektischen Flecken zu verbergen, die gerade aufblühen. Ich muss nicht in den Spiegel schauen. Ich weiß auch so, dass sie da sind.

»Wo sind denn die anderen?« Ich versuche die Frage beiläufig klingen zu lassen. Denn der Anblick des kleinen Tisches, gepaart mit Erics Auftreten, reicht völlig, um mir die Frage selbst zu beantworten.

Doch Eric weicht einer direkten Antwort geschickt aus. »Im Grunde ist es ja dein Erfolg.« Seine Stimme hebt sich gerade so über die Geräuschkulisse ab. Klirrende Gläser, auf Porzellantellern schneidende Messer, stilles Gemurmel, leises Gekicher. Während er spricht, hat er mich fest im Visier. »Meine Beförderung habe ich nämlich deiner Begeisterung für Kaffee zu verdanken. Mittlerweile verstehe ich, was Lorenzo meinte, als er sagte, du seist etwas ganz Besonderes.«

Ich greife reflexartig zum bereits wieder nachgefüllten Champagnerglas und nehme einen großen Schluck, was die hektischen Flecken auf meinem Dekolleté zu einem wilden Jive veranlasst.

»Wir hatten unsere Anfangsschwierigkeiten«, spricht Eric weiter in seiner dunklen, einlullenden Klangfarbe. »Und ich finde, wir beide haben viele Gründe, zu feiern.«

Wir beide?

»Du kennst mich noch nicht. Aber ich bin jemand, der sich erkenntlich zeigt. Deshalb möchte ich dir etwas überreichen.«

Mir wird ganz schwummrig, als er in sein Jackett-Inneres greift und ein Schmuckkästchen hervorzieht. Normalerweise kenne ich diese Szenen nur aus Spielfilmen, und ich muss zugeben, dass die Größe passen würde. Unwillkürlich lehne ich mich abwehrend nach hinten.

Eric prustet los, als er meinen perplexen Gesichtsausdruck folgerichtig deutet und sich im gleichen Maße der Tragweite der Situation bewusst wird. »Himmel, nein!«, sagt er sofort voller Inbrunst – für meinen Geschmack etwas zu inbrünstig.

»Mach es auf!«, befiehlt er mir. Und ich gehorche. Wieder einmal. In diesem Augenblick bin ich froh darüber, dass das Restaurant nur dezent ausgeleuchtet ist, so habe ich zumindest den Hauch einer Chance, dass Eric meine leicht zitternden Hände nicht bemerkt. Langsam halte ich mir die Schatulle vors Gesicht und öffne sie langsam – als wäre es die Büchse der Pandora. Tatsächlich springt mich ein glitzernder Gegenstand an, als ich die Box öffne. Doch es ist kein Ring, es ist ein …

»Schlüssel«, spricht Eric meinen Gedanken laut aus.

Ich betrachte den Klappschlüssel, auf dessen Vorderseite mich das Emblem eines italienischen Autoherstellers anlacht.

»Du schenkst mir ein Auto?« Meine Stimme überschlägt sich vor Überraschung, sodass sich einige Leute neugierig zu uns umdrehen.

»Du schenkst mir ein Auto?«, frage ich noch einmal etwas leiser, aber voller Unglauben.

»Na ja, nicht direkt ich.« Eric wirft mir ein verschmitztes

Lächeln entgegen. »Vielmehr der Konzern. Es ist ein Firmenwagen. Aber du kannst damit tun und lassen, was du willst. Du bekommst sogar eine eigene Tankkarte. Es ist ein tolles Auto, das kann ich dir versichern, habe ihn selbst für dich ausgesucht.«

Vorsichtig, als wäre es ein zerbrechliches Glas-Ornament, befreie ich den glänzenden Schlüssel aus seinem samtigen Gefängnis und mustere das Emblem.

»Ein 500er Fiat Cabriolet mit Sportausstattung, in Rot – deiner Lieblingsfarbe.«

Und wieder bin ich fassungslos. »Du kennst meine Lieblingsfarbe?«

»Na ja«, sagt er ausweichend. »Sollte ich das als Chef nicht wissen?« Als ich ihn weiterhin misstrauisch mustere, lenkt er ein. »Gut, Stacey hat es mir gesteckt. Aber das ändert nichts daran, dass …«

Er lässt den Satz unvollendet und für einen ganz kurzen Moment habe ich das Gefühl, als würde er etwas zurückhalten.

Doch er hat recht, es ändert nichts daran, dass dies ein Geschenk ist, das mich vollkommen überrumpelt. Ein Geschenk, das …

»Ich kann das unmöglich annehmen!«, beschließe ich.

»Aber das solltest du. Allein schon der finanziellen Vorteile wegen. Natürlich musst du ihn anteilsmäßig versteuern, aber das dürfte sich bei der dazu gehörigen Gehaltserhöhung eigentlich relativieren.«

Mein Mund klappt auf und denkt überhaupt nicht mehr daran, sich von alleine zu schließen.

Eric scheint zufrieden mit meiner Reaktion und grinst mich lausbübisch an. Er hebt sein Glas. »Auf uns, Freya.«

Auch das dritte Glas Champagner stürze ich in einem Zug herunter.

Und es bleibt nicht beim dritten.

Der Abend mit Eric vergeht wie im Rausch, im wahrsten

Sinne. Wir reden und lachen, trinken noch mehr Champagner, feiern das Leben, aber vor allem uns selbst. Das von Eric ausgesuchte Essen ist schmückendes Beiwerk, dem ich längst nicht die Beachtung schenke, die es verdient hätte. Sorgsam falte ich die weiße Stoffserviette auseinander und lege sie mir auf den Schoß. Beim Anblick der Besteckgabeln wird mir schwummrig, doch dann kommt mir die »Von außen nach innen«-Besteckregel aus *Pretty Woman* in den Sinn und ich entspanne mich etwas. Man serviert uns winzige Enten- und Gänseleber-Pasteten, Thunfisch-Carpaccio an einer asiatisch schmeckenden Vinaigrette und schließlich lauwarmen Hummer auf etwas, das sich Coco-Yuzu-Schaum nennt. Und dazu: immer wieder Champagner. Eric hat es ernst gemeint mit dem Feiern und scheint keine Kosten für unsere Zwei-Mann-Firmenparty zu scheuen. Die Zeit fliegt förmlich an uns vorbei. Ich erinnere ihn daran, dass ich morgen Frühschicht habe, doch er winkt nur ab und bietet mir grinsend an, mich krank zu melden, was für mich natürlich überhaupt nicht infrage kommt, da ich Stacey an einem Samstag unmöglich im Café alleine lassen kann.

Es ist eine gelöste Atmosphäre. Noch nie habe ich meinen Vorgesetzten so locker und entspannt erlebt. Trotz seiner makellosen Erscheinung wirkt er auf eine vertraute Art absolut menschlich. Es kommt mir vor, als würden wir uns schon jahrelang kennen. Auch wenn ich noch immer darauf achte, wie ich mich ihm gegenüber verhalte, was ich ihm von mir erzähle und was ich ihm lieber verschweige, weckt seine Anwesenheit in mir das Gefühl von Geborgenheit. Es fühlt sich gut und warm an. Eric erzählt viel, von seiner zwar behüteten aber harten Kindheit, in der es bereits im zarten Kindergartenalter vor allem darum ging, erfolgreich zu sein. Er erzählt von seinem Vater, der sich bei seinem Sohn niemals mit dem zweiten Platz zufriedengegeben hat. Eric musste stets in allem der Beste sein. In der Schule, beim Sport.

Ich hänge an seinen Lippen und sauge mich an seinen blauen Augen fest, die im Schein der Pendelleuchte, die über uns ihr schwaches Licht zerstreut, dunkel und unergründlich glitzern.

Ich erfahre von ihm, dass er jahrelang Rudersport betrieben hat und es beinahe sogar in die olympische Mannschaft geschafft hätte. Damit wäre dann also auch das Geheimnis seines muskulösen Bodys geklärt.

Der Abend ist perfekt. Das Essen, der Champagner, die Begleitung. Ich kann mich voll und ganz der Rolle der Frau hingeben, der alle Entscheidungen abgenommen werden. Eric bestimmt die Gerichte, den Nachtisch, wann bezahlt wird und wann wir aufbrechen.

Wie selbstverständlich legt er beim Verlassen des Restaurants den Arm um mich, als wären wir ein vertrautes Paar.

Der Champagner hat mich ziemlich benebelt und seine Stütze kommt mir sehr gelegen, da ich wirklich Probleme habe, mit dem Alkoholpegel und den immens hohen Absätzen die Pflastersteine halbwegs grazil zu bewältigen. Trotz meines angetrunkenen Zustands bekomme ich mit, dass seine Hand im Gehen wie beiläufig von meiner Hüfte tiefer rutscht und schließlich auf meinem Hintern landet. Ich halte sie nicht auf.

Wir schlendern zu seinem Porsche, den er unweit vom Restaurant geparkt hat. Wie selbstverständlich hält er mir die Tür auf und ich steige ein – wieder penibel darauf bedacht, nicht allzu viel nackte Haut preiszugeben. Was in diesen tief liegenden Sportsitzen wahrlich ein Ding der Unmöglichkeit ist. Nachdem sich Eric neben mir in den Fahrersitz hat plumpsen lassen, grinst er mich an und fragt, ob es mir gut geht. Ich erwidere sein Lächeln und nicke. *Ja, es geht mir gut.*

Dann erwachen die sechs Zylinder lautstark zum Leben, und das Raubtier startet seinen nächtlichen Streifzug.

Kapitel 15

Eric ist ein Lügner. Er setzt mich nicht bei mir zu Hause ab. Aber das kapiere ich in meinem angetrunkenen Zustand erst, als er den Sportwagen in eine Tiefgarage lenkt und ihn auf einen Platz stellt, an dem ein Schild mit seinem Kennzeichen befestigt ist. Die ganze Fahrt über hatte Eric die Hand auf meinem Oberschenkel abgelegt. Ich habe sie nicht weggeschoben, dafür hat sich die Berührung viel zu gut angefühlt.

Ich revidiere meinen ersten Gedanken. Eigentlich hat Eric nicht gelogen. Vielmehr hat er überhaupt nichts gesagt, als wir in den Wagen gestiegen und losgefahren sind. Ich bin einfach nur davon ausgegangen, dass er mich nach Hause fahren würde – was er nun ja auch getan hat: zu sich nach Hause!

Unruhig rutsche ich auf dem Sitz hin und her, suche den Blickkontakt zu ihm, doch Eric schaut nur geradeaus und tut so, als koste ihn das Einparken seine ganze Konzentration. Dann erstirbt der Motor und mit ihm jedes weitere Geräusch im Wageninneren. Ich halte die Luft an. Auf einmal ist es so still, dass ich sogar das Blut in meinen Ohren rauschen hören kann. Reglos bleibe ich sitzen. Abwartend.

Endlich wendet sich Eric mir zu. Er lächelt unergründlich. »Wir sind da!«

Ich sehe in das Gesicht, in dem sich dieses schelmische Grinsen abzeichnet, das mich so unglaublich kirre macht. Seine Hand streift meinen nackten Oberarm und beschert mir eine Gänsehaut. Dann steigt er aus.

Ich bleibe sitzen. Mein Puls rast.

Schreckhaft zucke ich zusammen, als Eric seine Tür sachte zuschlägt.

Wie habe ich es nur geschafft, mich aus dem Nichts heraus in diese Situation hineinzumanövrieren? Meine Gedanken fahren Kettenkarussell. Schneller und schneller. Doch ehe die Fahrt endet, wird meine Tür geöffnet und eine Hand streckt sich mir entgegen. Ich stoße einen tiefen Seufzer aus, ergreife sie und steige aus.

Hand in Hand schlendern wir schweigend die hell ausgeleuchtete Tiefgarage entlang zu einem Aufzug, der zu den oberen Etagen führt. Das Herz droht mir in der Brust zu zerspringen. Ich kann nicht glauben, worauf ich mich da einlasse, versuche mich selbst zu beruhigen, mir einzureden, dass es nur ein einziger Drink wird. Dann lasse ich mir von ihm ein Taxi rufen und fahre nach Hause. Allein!

Wartend stehen wir vor dem Fahrstuhl, und ich zucke zusammen, als die Glocke ertönt und sich die glänzenden Edelstahltüren zur Seite schieben. Eric geht voran. Ich folge ihm und sehe zu, wie er die höchste Zahl drückt.

Penthouse.

Hatte ich wirklich mit etwas Anderem gerechnet?

Wieder absolute Stille, während uns der Fahrstuhl nach oben fährt.

Als wir mit einem Ruck zum Stehen kommen, ergreift Eric wieder meine Hand und führt mich zur gegenüberliegenden Tür.

»Hier wohnst du also?«, höre ich mich sagen und beiße mir auf die Lippen. Etwas Blöderes hätte ich wirklich nicht von mir geben können. Der Meinung scheint auch Eric zu sein, da er mir keine Antwort gibt, sondern die Tür mit einer Schlüsselkarte entriegelt und sie aufzieht.

»Totales Klischee, ich weiß«, sagt er schließlich, »aber die Aussicht ist toll.«

Er stellt sich an die Türzarge und bittet mich mit einer einladenden Geste herein. In seinem Blick flackert Begierde.

Obwohl ich mich fühle wie das Dschungelkind im Angesicht der hypnotisierenden Schlange, nehme ich die Einladung an und betrete die Penthouse-Wohnung meines Chefs.

Als ich an ihm vorbeigehe, schauen wir uns eine Sekunde länger an als nötig. Eine Sekunde, in der ich in seinen tiefblauen Augen zu versinken drohe. Als ich mich endlich losreiße, folgt mir der herbfruchtige Duft seines Parfüms.

Alles in mir schreit auf, dass es unvernünftig ist, dass ich nicht hier sein sollte. Aber der überwältigenden Anziehungskraft, die von diesem Mann ausgeht, kann ich mich nicht erwehren. Und als ich an ihm vorbeigehe, zu ihm aufsehe und das Verlangen in seinen Augen aufblitzen sehe, wird mir klar: Ich will ihn!

»Ein Drink?«, fragt er meinen Rücken, als er die Tür zuzieht. Seine Stimme klingt rau, sexy und selbstbewusst.

Energisch schüttele ich den Kopf. Noch mehr Alkohol vertrage ich nicht – ich hatte ohnehin schon zu viel. Ich bleibe mitten im Raum stehen und lasse alles auf mich wirken. Erics Wohnung ist in keiner Weise mit meiner Wohnung zu vergleichen. Alles ist groß und edel und perfekt aufeinander abgestimmt. Eine riesige Panoramafront gibt den Blick auf das nächtliche Großstadttreiben unter uns frei. Die ganze Stadt scheint uns zu Füßen zu liegen.

Ich betrachte die Aussicht, die wunderschönen Lichter der Häuser und Straßen, die wie in der Luft stehende Glühwürmchen die schwarzdunkle Nacht durchleuchten.

So wenig Eric an der Inneneinrichtung gespart hat, so geizig zeigt er sich nun mit dem Licht. Aus einzelnen Quellen in Form von Deckenflutern und indirekten Beleuchtungseinheiten sickert es schwach zur Mitte des Raumes, der für mich gerade das Zentrum der Welt darstellt. Das riesige Wohnzimmer ist gerade hell genug, dass die Aussicht ihre ganze imposante Wirkung entfalten kann. Obwohl es sich in meinem Kopf dreht und mir das Geradestehen schwerfällt, bin ich mir dessen bewusst, dass dies Teil seines Plans ist, mich zu beeindrucken. Und weiß Gott, es gelingt ihm.

Wieder zucke ich zusammen, als ich zwei Hände auf meinen Schultern spüre. Eine Hand fährt in mein Haar und schiebt es mir aus dem Nacken. Ich schließe die Augen und kann ein lustvolles Aufstöhnen nicht unterdrücken, als ich seine weichen Lippen auf meinem Hals spüre.

Ich lege meinen Kopf nach hinten, gegen seine Brust. Eric drückt sich an mich. Er streichelt meine nackten Schultern, fährt mit den Fingernägeln sanft über meine Haut und bringt sie zum Kribbeln. Wie selbstverständlich wandern seine Hände weiter, umkreisen sanft meine Brüste, bevor sie sie schließlich umfassen. Millionen fleißige Ameisen arbeiten sich schnell meinen Unterleib hinab.

Mit einem sanften Ruck dreht er mich herum, sodass ich ihm direkt gegenüberstehe. Mein Magen schlägt Purzelbäume, als wir uns tief in die Augen schauen. Ich versuche mich aus seinem intensiven Blick zu lösen, doch Eric legt die Hand unter mein Kinn und zwingt mich ihn anzusehen. Dabei wandert die andere Hand weiter meinen Körper entlang, streift meinen Busen, gleitet weiter hinunter. Immer tiefer. Er umfasst meinen Nacken und neigt sich mir entgegen. Ein Schauer durchzuckt mein Inneres, als seine vollen Lippen auf meine treffen. Wie von allein öffnet sich mein Mund für ihn. Unsere Zungen finden sich und bewegen sich im perfekten Rhythmus zueinander, während sich seine Hand unter meinen Rock und in meinen

Slip stiehlt. Ich stöhne lustvoll auf, winde mich unter seinen Bewegungen. Sein verlangender Kuss raubt mir den Atem.

Alles um mich herum dreht sich.

Es ist eindeutig zu viel für mich. Zu viele Berührungen, zu viel Kribbeln. Zu viel Eric. Er riecht zu gut, sein Körper ist zu perfekt gebaut, und er weiß nur zu gut, was er tun muss, um meine Barrieren niederzureißen.

Wir spüren beide, dass es kein Halten mehr gibt.

Er lässt erst von meinen Lippen ab, als er den Reißverschluss aufgezogen hat und das Kleid wie von selbst von mir abfällt.

Ich stehe ganz dicht vor ihm, nur noch im Slip.

»Du bist wunderschön.« Der erotische Klang seiner Stimme nimmt mich gefangen. Sanft und zähfließend wie scharfer Honig. Seine vollen Lippen glänzen verführerisch, schreien förmlich danach, geküsst zu werden. Doch sein Mund reicht mir nicht. Ich will mehr. Ich will alles. Ich will *ihn!*

Er streift sich das Hemd über den Kopf.

Im Halbdunkel tasten meine Fingerkuppen über seinen nackten Oberkörper, befühlen seine Brust, die hervortretenden Muskeln. Glatt und makellos.

Eric drückt sich fest an mich, sodass ich seine Erregung spüren kann. Seine Bewegungen werden fordernder. Starke Hände umfassen meinen Rücken, krallen sich in meine Pobacken, rauben mir den Verstand. Ich dränge mich ihm entgegen, kann an nichts mehr denken, nur noch dieser Begierde nachgeben. Dem Verlangen, ganz und gar von ihm erfüllt zu werden.

Er senkt den Kopf, sieht mich an. In seinem Blick lodert die Lust. Dann küsst er mich erneut. Endlich! Diesmal rauer und verheißungsvoller. Auch ich kann meine Hände nicht mehr von ihm lassen, erkunde neugierig seinen perfekten Körper. Als ich sein Glied aus der Enge der Stoffhose befreie und es mit meiner Hand umschließe, stöhnt er lustvoll auf.

Und dann gibt es für uns kein Halten mehr.

Kapitel 16

Ich fühle mich wie eine Diebin, weil ich mich auf Zehenspitzen aus einer fremden Wohnung schleiche. Meine Knie zittern, als ich leise die Tür zum Penthouse zuziehe. Den Lift lasse ich links liegen und beschließe, die Treppe zu nehmen, um so schnell wie möglich einen Zustand der Klarheit zu erreichen.

Als ich unten angekommen bin und auf die Straße hinaustrete, sauge ich gierig die Luft ein. Als wäre ich zu lange unter Wasser gefangen gewesen und hätte es mit dem letzten Rest Sauerstoff geschafft, an die Oberfläche zu gelangen. Vermutlich ist es das erste Mal seit gestern Abend, dass ich wieder unbeschwert atmen kann. Die kalte Luft dringt in die entlegensten Winkel meiner Lunge, versorgt mein Blut mit einer Überdosis Sauerstoff und bewirkt, dass sich mein alkoholumnebelter Kopf nicht mehr ganz so schwer anfühlt.

So eilig ich es hatte, Erics Wohnung zu verlassen – nun schlendere ich mit seltener Gemächlichkeit durch die Straßen. Ich bin früh dran, meine Schicht beginnt erst in einer Stunde. Aber ich habe auch noch einen weiten Weg vor mir, der mich quer durch die halbe Stadt führen wird.

Im Schaufenster eines Schuhgeschäfts ertappe ich mein Spiegelbild dabei, wie es grundlos debil vor sich hin grinst. Wie ein Teenager nach seinem ersten Mal. Ich höre sofort auf damit. Und auch mit dem Summen eines unbestimmten Lieds, das mir das Unterbewusstsein in den Sinn gezaubert hat.

Ja, ich fühle mich gut, leicht und beschwingt. Und auch wieder nicht. Ich habe die Nacht mit einem absoluten Traummann verbracht, an dem nahezu alles perfekt ist. Die Art, das Auftreten, sein Aussehen. Sein Körper – Eric hat einen Wahnsinns-Body –, ganz besonders aber diese charmante, spitzbübisch-jungenhafte Art, die mich erst nach und nach in den Bann gezogen hat und der ich mich gestern einfach nicht mehr entziehen konnte. Dabei bin ich mir ziemlich sicher, dass es niemals soweit gekommen wäre, wenn da nicht der Champagner gewesen wäre. Aber wie heißt es so schön: Der Alkohol ist nur ein Verstärker, der die unterdrückte Seite eines Wesens zum Vorschein bringen kann. *Trotzdem,* rüge ich mich selbst, *er ist mein Chef, und ich bin bloß seine Angestellte.*

Mir graut schon davor, wenn ich ihm das nächste Mal gegenübertreten muss. Nichts wird mehr so sein, wie es war. Allein der Gedanke an das erste Wiedersehen nach gestern lässt mein Herz schmerzhaft gegen die Brust schlagen. Was erwartet er von mir? Was erhofft er sich? Vielmehr: Was erhoffe ich mir? Auch wenn die Hormone in mir schreien vor Glück, übe ich mich in Zurückhaltung. Ich habe Angst vor meinen Gefühlen, die ich Eric gegenüber empfinde. Zumal ich sie selbst nicht einzuordnen weiß. Ich fühle mich zu ihm hingezogen, das steht außer Frage. Doch ich weiß nicht, ob dieses Gefühl über ein sexuelles Interesse hinausgeht. Und noch weniger weiß ich, ob ich das alles überhaupt will. *Himmel, er ist mein Chef!*

Aber die Erinnerung an die vergangene Nacht vertreibt meine Zweifel.

Meine gute Stimmung trägt mich Straßenzug um Straßenzug weiter, ohne dass ich viel von meinem Weg mitbekomme. Die Pumps trage ich bereits seit der ersten Kreuzung an den

Riemen baumelnd in den Händen. Der kühle Asphalt fühlt sich angenehm an unter meinen blanken Füßen. Immer wieder lasse ich die vergangenen Stunden Revue passieren. Das gemeinsame Abendessen, das zu keiner Zeit unverfänglich war. Von Anfang an schien es genau darauf hinauszulaufen, dass wir in der Kiste landen.

Als ich meine Insel erreiche, stechen mir zwei Dinge ins Auge. Ein rotes Cabriolet vor dem Café und ein aschblonder Haarschopf, der gerade dabei ist, den Eingangsbereich zu fegen.

Stacey lässt vom Fegen ab, als sie mich erblickt, und starrt mich mit ihren stark geschminkten Augen geradezu herausfordernd an. Forschend hat sie die Hände auf den Besenstiel gelegt und lässt ihr Kinn darauf ruhen. Ich mag diesen selbstgefälligen Gesichtsausdruck nicht, der ihre Züge umspielt.

Eine Augenbraue zieht sich fragend nach oben, als ich näherkomme und schließlich vor ihr stehenbleibe.

»Wie siehst du denn aus?«, lautet ihre wenig freundliche Begrüßung.

»Warum?« Ich fahre mir durchs Haar und schlüpfe in meine Pumps.

Nun hebt sich auch die andere Augenbraue. »Es ist das erste Mal, dass ich dich in einem Kleid sehe.« Ein anerkennendes Nicken bringt ihren Kopf zum Wackeln. »Und dann noch in *so* einem.«

Ich weiß nicht, was genau sie damit meint, habe aber auch nicht die geringste Lust, es herauszufinden. Trotzdem ziehe ich mir in einer unbeholfenen Geste das viel zu kurze Rockteil nach unten.

»Eine Strumpfhose hätte deinen weißen Beinen gut zu Gesicht gestanden.« Ich lächle gekonnt über ihre bösartige Spitze hinweg und lasse mich zu einem »Gestern Abend hat das keinen gestört« hinreißen.

Sie reißt verblüfft die Augen auf, als würde sie mir alles

zutrauen – bloß keinen One-Night-Stand. Sie fängt sich aber sofort wieder. »Und in diesem Outfit willst du jetzt arbeiten, oder was?«

Ich zucke mit den Schultern. »Wird schon gehen. Außerdem habe ich da noch ein Poloshirt hängen, das werde ich mir überstreifen.« Jedoch graut es mir selbst davor, den halben Tag in diesen hohen Schuhen verbringen zu müssen. Ich kann nur hoffen, dass heute nicht viel los ist und ich mir viele, viele Barfuß-Pausen gönnen kann. Mein Salzhaushalt schreit nach Flüssigkeit, weshalb ich mich an Stacey vorbeischiebe und das Café betrete. »Schickes Auto übrigens«, ruft sie mir über die Schulter hinweg nach.

Ich drehe mich langsam zu ihr um.

»Eric hat mir erzählt, dass du nun einen Firmenwagen hast.« Sie schiebt die Unterlippe in gespielter Anerkennung nach vorn. »Nicht schlecht, wenn man bedenkt, dass du erst so kurz bei uns bist.«

Ich lächele verkrampft und lasse sie draußen stehen.

Doch Stacey folgt mir.

»Und dann der neue Siebträger.« Sie nickt knapp in Richtung Theke.

»Stimmt. Den hat Eric gestern vorbeigebracht.« Ich überlege kurz, ihr davon zu erzählen, dass mein *Cuore Bianconero* in das Sortiment aller Filialen aufgenommen wurde, entscheide mich aber dagegen. Irgendetwas gefällt mir an Staceys Mimik nicht.

»Übrigens hat er eben angerufen«, sagt sie in einem Ton, der bei mir sämtliche Alarmglocken läuten lässt. »Er wollte wissen, ob du schon da bist.«

»So?« Meine Stimme ist ein heiseres Krächzen.

So beiläufig wie möglich streife ich mir das knappe Poloshirt über und mustere mich in der Glasfront.

»Ich hab ihn gefragt, warum er das wissen möchte. Und da

meinte er, dass er sich Sorgen macht, weil …«

Ich horche auf, doch Stacey tut mir nicht den Gefallen und spricht weiter. Stattdessen mustert sie mich abschätzig.

»Weil was?«, frage ich scharf.

»Das hat er mir nicht gesagt. Er ließ den Satz genauso unfertig im Raum stehen.«

»So?«

Ich dränge mich an Stacey vorbei und versuche mich mit der *La Marzocco* vertraut zu machen.

Im Grunde ist sie aufgebaut wie die *La Cimbali*, nur dass eben alles anders ist. Es dauert etwas, bis ich überhaupt den Startschalter gefunden habe.

Stacey mustert mich von der Seite. Ich greife nach zwei Espressotassen.

»Du warst die Nacht bei ihm.«

Mein Kopf schießt in ihre Richtung. Ich erkenne sofort, dass sie nur ins Blaue getippt hat, doch meine Reaktion hat ihre Vermutung allem Anschein nach perfekt bestätigt. Ich könnte mich selbst ohrfeigen!

»Hat er dich auch rumgekriegt?« Sie lacht laut und unschön auf. Ein Anflug von Triumph liegt in ihrem Gesicht.

Ich setze die Tassen ab und mustere sie. »Was meinst du damit?«

»Du und Eric, stimmt's?«

Ich sage nichts, merke aber selbst, dass meine entgleisten Gesichtszüge Antwort genug sind.

Stacey schüttelt langsam den Kopf. Es sieht nach Verachtung aus.

»Und wieder eine mehr«, sagt sie nur und erreicht damit, dass sich mein Magen zu einem Klumpen zusammenzieht.

»Eric ist wirklich gut darin, mit seinen Angestellten auf Tuchfühlung zu gehen.« Sie lächelt versonnen, als schwelge sie in irgendwelchen Erinnerungen, von denen ich überhaupt nichts wissen möchte. »Mir kommt es langsam vor, als wäre das für ihn so eine Art Jagdsport. Wahrscheinlich hängt er sich imaginäre Trophäen von uns an die Wand.«

»Von uns?«, frage ich schnell und beiße mir sofort auf die Lippen.

Sie nickt. Und wie sie nickt.

»Ja, Freya. Ich muss zugeben, dass auch ich anfangs seinem umwerfenden Charme erlegen bin. Er ist ja auch ein toller Typ. Er hat es wirklich drauf.«

Erst überlege ich, ob Stacey mich nur aufziehen will, doch dafür wirkt sie zu verbissen, und ja, auch verletzt. Ich werde das Gefühl nicht los, dass sie Gefühle für Eric hatte. Gefühle, die aufs Bitterste enttäuscht wurden.

»Vermutlich gibt es kein gut aussehendes Mädchen im ganzen Konzern, an dem Eric nicht schon dran war.«

Ich atme tief ein und gebe vor, mich voll und ganz dem neuen Automaten zu widmen, doch ihre Worte haben die Wirkung von Peitschenschlägen. Sie treffen mich ungebremst und brennen sich tief in meine Haut ein. Hat sie womöglich recht, ist Eric ein Schürzenjäger? Unwirsch schüttele ich den Kopf und beschließe, mich von Staceys giftigen Peitschenhieben nicht weiter treffen zu lassen.

»Oh, die Milch ist alle!« Ohne sie auch nur eines weiteren Blickes zu würdigen, marschiere ich an ihr vorbei in Richtung Vorratskammer.

Kapitel 17

Ich habe recht behalten: Meine Pumps haben einen Mordanschlag auf mich geplant und setzen alles daran, diesen in die Tat umzusetzen. Und so, wie es aussieht, werden sie es auch schaffen. Es ist kurz vor Mittag, und mit den warmen Sonnenstrahlen, die sich über die Stadt ergießen, strömen auch die Menschen in Scharen aus ihren Häusern, fluten die Straßen und Einkaufspassagen. Stacey und ich haben alle Hände voll zu tun, um dem Andrang gerecht zu werden. Routiniert greifen unsere Handbewegungen ineinander, spulen wir geübte Abläufe ab, die an Perfektion grenzen. Heute haben wir uns aufgeteilt. Sie ist für den Kassiervorgang zuständig, ich kümmere mich um die Espressokreationen.

Dennoch ist die Stimmung zwischen Stacey und mir – gelinde gesagt – eisig! Ein gekünsteltes Lächeln ist alles, was sie für mich übrig hat, und das auch nur, wenn sie in Gegenwart der Gäste mit mir kommunizieren muss. Die übrige Zeit bin ich Luft für sie. Mir ist das nur recht, zumal es in meinem Schädel immer noch hämmert und pocht und ich nicht die geringste Lust auf Small Talk habe.

Eric hat sich noch nicht blicken lassen. Ein Umstand, dem ich versuche, nicht allzu große Bedeutung beizumessen. Ob er mir aus dem Weg gehen möchte? Ich streife den Gedanken von mir ab und schiebe es immer wieder darauf, dass auch an ihm die Nacht nicht spurlos vorübergegangen sein wird. Der Alkohol, der wenige Schlaf … ich an seiner Stelle würde mich jedenfalls nicht vor Mittag aus dem Bett schälen, wenn ich die Möglichkeit dazu hätte.

Dennoch werfe ich in jeder freien Sekunde einen Blick auf das in der Thekenablage befindliche Smartphone – in der Hoffnung auf eine Nachricht von ihm. Fehlanzeige. Es gibt weder einen verpassten Anruf noch eine SMS von ihm im Postfach.

Dafür werden die *La Marzocco* und ich allmählich miteinander vertraut. Ich habe heute Morgen bereits den sechsten *Cuore Bianconero* zubereitet, und die Einstellungen gehen mir immer leichter von der Hand. Trotz der Schmerzen in meinen Füßen ist es eine wahre Freude, mir ihr zu arbeiten. Aus Freundlichkeit habe ich einen zaghaften Versuch gestartet, Stacey in die Zubereitung des Espressos einzuweihen, doch das Desinteresse daran war unverhohlen. Außerdem ist ihr anzumerken, dass sie von meiner Arbeit mit der neuen Maschine schon ziemlich genervt ist. Immerhin sieht sie sich in letzter Zeit immer mehr zu Handlanger-Tätigkeiten verdammt, da die Gäste den geschmacklichen Unterschied eines sorgfältig zubereiteten Kaffees mittlerweile zu schätzen wissen.

Als sich der erste große Ansturm gelegt hat, erlaube ich meinen Füßen eine Pause und schrumpfe hinter der Theke auf Liliputanergröße zusammen. Auf einem Bein stehend, rolle ich die Zehen zusammen und reibe mir über die Sohle. Dann ist das andere Bein dran. Wieder ziehe ich im Reflex mein Handy aus der Schublade hervor und inspiziere das Display.

Ganz kurz setzt mein Herzschlag aus. Sieben Anrufe in Abwesenheit.

Eric, schießt es mir durch den Kopf. Sofort fangen meine Hände an zu zittern, doch irgendwie schaffe ich es, die Tastensperre zu lösen, um mir die verpassten Anrufe anzeigen zu lassen. Gerade will ich über das Display wischen, da klingelt es schon wieder.

Noch ehe ich den Namen lesen kann, halte ich mir den Hörer ans Ohr.

»Hallo?«

»Freya!« Die Stimme klingt so dringlich und schneidend durch den Hörer, dass ich zusammenzucke.

»Tassilo?« Eine förmlich greifbare Enttäuschung wühlt sich durch meine Eingeweide.

»Freya, du musst herkommen. Schnell!«

Der Mann an meinem Ohr klingt vollkommen aufgelöst. Sofort bin ich in größter Sorge. »Was? Wohin denn? Ist was mit Valentino?«

»Nein, ihm geht's gut. Es geht um Lorenzo!«

Mein Körper verkrampft sich. Ich öffne den Mund, doch es kommt kein Ton heraus.

»Wir sind im Krankenhaus!«

Plötzlich ist da ein Rauschen. Aber es kommt nicht von außen, sondern von innen. Meine Ohren gehen zu.

Krankenhaus. Eine nervöse Unruhe ergreift von mir Besitz.

»Kommst du?«

Tassilos Stimme dröhnt in meinem Kopf. »Ja«, schreie ich gegen das penetranter werdende Rauschen an. »Natürlich komme ich.«

Sofort löse ich die Schleife meiner Schürze und werfe sie achtlos auf die Theke. Die neben mir stehende Stacey verfolgt meine Bewegungen mit Argusaugen. »Du kannst mich doch jetzt nicht hier alleine lassen?!«

Die Antwort darauf gebe ich ihr mit dem Verlassen des Cafés.

Als ich den Schlüssel aus der Handtasche krame und mich hinter das Steuer meines neuen Autos setze, muss ich hysterisch auflachen. Zum einen, weil ich mir die erste Probefahrt mit einem anderen Ziel gewünscht hätte. Zum anderen, weil an meinem Scheibenwischer ein Strafzettel klemmt.

Kapitel 18

Auf dem Weg vom Parkplatz zum Krankenhaus hat es zu regnen begonnen. Das wird mir erst bewusst, als ich mich selbst im Spiegelbild des Fahrstuhls erblicke.

Ich klemme mir meine klitschnassen strähnigen Haare hinters Ohr und verfolge die Zahl der Stockwerke, die rasant ansteigt. Immer und immer wieder hallt Tassilos Stimme in meinem Kopf wider. So aufgewühlt und besorgt habe ich ihn schon lange nicht mehr erlebt. Schon gar nicht, wenn es um seinen Vater ging, den robusten Mann, den Fels in der Brandung.

Als der Aufzug mit einem sanften Ruck stehenbleibt und sich die Türen mit einem dezenten Glockenton zur Seite schieben, trete ich auf den Flur und sehe mich ratlos um. Ich suche die gegenüberliegende Wand nach Hinweisen auf die Zimmernummer ab, die man mir am Empfang genannt hat, und eile den Gang entlang.

Bevor ich mir die Frage stellen kann, ob für Fußgänger in einem Krankenhaus auch rechts vor links gilt, ist es schon passiert. In vollem Schwung stoße ich mit einer Person zusammen, die von links aus dem Gang geschossen kommt. Ich spüre, wie ich durch die Wucht des Aufpralls das Gleichgewicht verliere und strauchle. Doch bevor ich mich auf die Nase lege, packt mich eine feste Hand am Oberarm und hält mich fest.

»Hoppla!«

»Passen Sie doch auf, verdammt!«, fahre ich den Mann wütend an. Der ungewollte Wutausbruch tut mir auf der Stelle leid. Doch der Mann, den ich spontan auf Anfang Vierzig schätze, ist mir nicht böse. Er hält mich fest und beginnt vor Schreck zu lachen.

Ich entschuldige mich kleinlaut und bedanke mich gleichzeitig. Er trägt einen weißen Kittel und darunter ein hellgrünes OP-Hemd mit passender Hose. Also hat mir ein Arzt die Vorfahrt genommen.

»Ist ja nichts passiert«, sagt dieser nur und streift sich den Kittel glatt, an den ich mich in meiner Verzweiflung gekrallt hatte. Wenn er über mein Outfit – das knappe Abendkleid mit dem orangefarbenen Poloshirt drüber – irritiert ist, so lässt er es sich nicht anmerken.

Ich nicke angestrengt und will gerade weitergehen, als der Mann sagt: »Sie sehen so aus, als würden Sie jemanden suchen. Kann ich Ihnen vielleicht weiterhelfen?«

»Oh, bitte, das Krankenhaus ist ja wirklich riesig. Ich bin auf der Suche nach der Zimmernummer dreihundertelf. Dort soll ein gewisser Lorenzo Mazzini untergebracht sein.«

»Herr Mazzini?« Die Augen des Arztes weiten sich vielsagend.

»Er hatte einen Unfall und ist wohl eben erst eingeliefert worden.«

Der Arzt nickt unbestimmt. »Herr Mazzini ist noch nicht auf seinem Zimmer. Soweit ich weiß, ist er von der Notaufnahme direkt zu weiteren Untersuchungen beordert worden.« Er mustert mich. Ebenfalls interessiert, aber nicht aufdringlich. »Sind Sie eine Angehörige?«

Ich weiß nicht, ob ich bejahen oder den Kopf schütteln soll, dafür ist das Verhältnis mittlerweile zu kompliziert. Also sage ich bloß: »Ich bin Freya Sturm.«

»*Sie* sind Freya?« Der Gesichtsausdruck des Arztes verändert sich komplett. »Lorenzo hat so viel von Ihnen erzählt. Ich bin Dr. Straubing, sein behandelnder Arzt. Es freut mich unwahrscheinlich, dass ich endlich Lorenzos Tochter kennenlerne. Und er hat recht, Sie sehen wirklich so aus, wie er Sie beschrieben hat. Er erwähnte bereits, dass Sie das Feuer von ihm geerbt haben.«

Ich greife nach der Hand, die er mir entgegenstreckt, und verstehe überhaupt nichts mehr. Lorenzo wurde aufgrund eines Unfalls ins Krankenhaus eingeliefert und er hat nichts Besseres zu tun, als dem behandelnden Arzt von mir zu erzählen? Und wieso gibt er mich als seine Tochter aus?

»Hatte er einen Autounfall? Ich habe ihm gesagt, dass er nicht mehr Auto fahren soll, weil seine Augen so schlecht geworden sind.« Plötzlich schießen mir Tränen in die Augen und sorgen dafür, dass ich den Mann vor mir nur noch verschwommen sehe. »Da war dieser Anruf … von Tassilo … und er meinte, ich solle sofort kommen, und …«

»Herrn Mazzini geht es den Umständen entsprechend«, erklärt der Arzt mit ruhiger Stimme, doch etwas in seinem Gesicht lässt mich aufhorchen. Und mir fällt auf, dass er seinen Satz nicht mit dem üblichen *gut* abschließt.

Wir sehen uns tief in die Augen, und die Art, wie er mich ansieht, sorgt aus irgendeinem Grund dafür, dass sich mein Herz verkrampft. »Herrn Mazzini war es ein großes Anliegen, dass es niemand erfährt«, beginnt er ausweichend. Ich merke ihm an, dass er seine Worte mit Bedacht wählt. »Aber ich denke, unter den gegebenen Umständen wird es Zeit, dass die nächsten Angehörigen – und ganz besonders Sie, als seine Tochter …« Er bricht mitten im Satz ab und schaut mich an.

»Nicht hier«, sagt er schließlich in einem dringlichen Tonfall. »Kommen Sie mit in mein Büro. Da sind wir ungestört.«

Seine rechte Hand vollführt eine wegweisende Geste, dann setzt er sich in Bewegung und ich folge ihm. Als wir auf Höhe der Fahrstühle angelangt sind, schieben sich die Türen auf und ein gehetzt dreinblickender Tassilo kommt herausgestürzt. Wortlos fällt er mir um den Hals, und wir umarmen uns lange und innig. Dr. Straubing steht geduldig wartend neben uns. Als wir uns endlich voneinander lösen, sehe ich, dass auch in Tassilos Augen Tränen schwimmen.

Mit in Falten gelegter Stirn schaut er an mir herab. »Was hast du denn da an?«

Unbeholfen zupfe ich an meinem Rockende und versuche den nicht vorhandenen Stoff nach unten zu ziehen.

»Herr Mazzini.« Dr. Straubing tritt einen Schritt vor und streckt Tassilo die Hand hin. »Schön, dass Sie da sind. Kommen Sie doch bitte auch mit. Es ist wirklich an der Zeit, dass ich mit Ihnen und Ihrer Schwester spreche.«

Als wir Dr. Straubings Zimmer betreten, bittet er uns höflich, auf den Stühlen vor dem Schreibtisch Platz zu nehmen, der mit Büchern und Krankenakten übersät ist. Tassilo und ich kommen der Bitte widerwillig nach. Anscheinend spürt er genauso wie ich, dass hier etwas nicht stimmt. Ich sehe mich um. Es ist ein kleines Büro, das vollgestellt ist mit Plastikmodellen von inneren Organen und Büchern über Büchern. Die komplette rechte Seite wird von einer funktionalen Schrankwand aus hellem Holz eingenommen, die bis auf den letzten Zentimeter mit Aktenordnern gefüllt ist.

»Nun, Herr und Frau Mazzini.«

»Frau Sturm. Sie ist zwar so impulsiv wie eine von uns, aber sie heißt nicht Mazzini.«

»Ich bin nicht die Tochter von Herrn Mazzini«, lasse ich die Katze aus dem Sack. »Ich bin eine … Freundin.«

»Du bist doch mehr als eine Freundin!«, echauffiert sich Tassilo lautstark. »Das weißt du ganz genau!«

Und dann fügt er lachend hinzu. »Du Kuckucks-Ei.«

Nun kann auch ich ein dankbares Grinsen nicht mehr unterdrücken.

Der Arzt mustert uns beide eingehend, wobei sein Blick besonders lange auf mir verweilt. »Eigentlich ist das ein Thema, das man nur mit den engsten Familienangehörigen besprechen sollte …«

Ich will gerade aufstehen, als Tassilo energisch den Kopf schüttelt. »Sie ist Familie, basta! Was Sie mir erzählen möchten, ist auch für Freyas Ohren bestimmt.«

Er streckt seine Hand zur Seite, und ich ergreife sie dankbar. Er lässt sie nicht mehr los.

Der Arzt lächelt uns milde an.

»Herr Mazzini wurde ins Krankenhaus eingeliefert, weil er ohnmächtig wurde.«

»Ja!«, mischt sich Tassilo sofort ein. »Der Kreislauf. Ich habe ihm schon so oft gesagt, dass er unbedingt kürzertreten und sich schonen muss. In seinem Alter. Und außerdem isst er viel zu unregelmäßig. Da ist es doch kein Wunder, dass sein Kreislauf verrücktspielt. Gerade bei diesem Wetter.« Er zeigt nach draußen. Es regnet noch immer.

»Bei der Hitze muss er unbedingt mehr trinken.«

Er schaut mich an, lächelt traurig. »Du hättest dabei sein sollen, Freya. Eben noch unterhalte ich mich mit ihm in der Küche, während ich die Zwiebeln schneide und er seinen Espresso trinkt, und von einem Moment auf den anderen nehme ich wahr, wie die Tasse auf dem Fliesenboden zerschellt und Babbo hinter mir der Länge nach auf den Boden fällt, wo sich gleich darauf ein dunkler Blutfleck ausbreitet. Hat sich einfach die Stirn aufgeschlagen. Als wäre er von einem Preisboxer ausgeknockt wurden.« Tassilo lacht über seinen Vergleich. Doch es ist kein heiteres Lachen.

Ich schließe die Augen und sehe die terrakottafarbenen

Natursteinfliesen, auf die sich schwarzer Kaffee ergießt und mit dem Blut von Lorenzos Kopfwunde vermischt. Eine bittere Übelkeit steigt in mir auf.

»Die Hitze«, sagt er wieder und schaut nach draußen. In den Regen.

Der Arzt schüttelt langsam den Kopf.

»Sein Kreislauf ist nicht die Ursache für die Ohnmacht.« Das gutmütige Lächeln ist verschwunden. Dr. Straubings Miene ist zu einer ernsten Maske geworden. Mit einem Schlag. Ohne Vorwarnung.

Er beugt sich nach vorn und legt die Handflächen auf dem Schreibtisch ab. »Ihr Vater ist bereits seit einiger Zeit bei uns in Behandlung.«

Tassilo und ich reißen die Augen auf. Der Arzt lässt seine Schultern rollen, als ringe er mit sich selbst. Schließlich öffnet sich langsam sein Mund. »Ich sehe wirklich keine Möglichkeit, Ihnen das schonend beizubringen. Ihr Vater, Herr Mazzini, hat ein Lungen-Karzinom. Leider in einem fortgeschrittenen Stadium, das nicht mehr operabel ist.«

»Krebs?«, höre ich Tassilo nach Luft ringen. »Sie wollen mir sagen, mein Vater hat Lungenkrebs?«

Dr. Straubing kämpft sich ein angestrengtes Nicken ab.

»Es ist nicht ungewöhnlich, dass die Metastasen das Gehirn befallen und auf verschiedene Bereiche drücken, die für diese Aussetzer sorgen können, wie Sie es heute selbst erlebt haben.«

»Metastasen.« Tassilos Kopf geht vor und zurück. Wie ein unrhythmisches Pendel. »Das heißt, der Krebs hat gestreut?«

»Ja, schon seit geraumer Zeit.«

In meinem Kopf rauscht das Blut nun so laut, dass ich mir am liebsten die Handflächen auf die Ohren drücken möchte, um gar nichts mehr hören zu müssen.

»Es ist eine wirklich hinterlistige Krankheit. Dieser Krebs

bringt es leider mit sich, dass man erst dann etwas von ihm merkt, wenn es bereits zu spät ist. Als Herr Mazzini uns aufgesucht hat, bestand nur noch die Möglichkeit, den Krebs mit den uns zur Verfügung stehenden Mitteln einzudämmen. Leider nicht sehr erfolgreich, wie wir nun bei den jüngsten Untersuchungen festgestellt haben.« Tassilos Hand verkrampft sich noch mehr in meiner.

»Wichtig ist nun, dass sich sein Allgemeinzustand verbessert und wir die Behandlung fortsetzen können.«

»Und wenn er doch wieder gesund wird?«, will Tassilo wissen.

Der Arzt lässt sich Zeit mit seiner Antwort. »Die Hoffnung stirbt bekanntlich zuletzt.«

Ich selbst zergehe in Vorwürfen. Hätte ich etwas merken müssen? Auf einmal erinnere ich mich, wie ich ihm zuletzt im Café begegnet bin und ihn kaum wiedererkannt habe, weil er so dünn geworden war. Aber ich konnte doch nicht ahnen, dass es so schlimm um ihn stand … oder? Ich denke weiter zurück und erinnere mich, dass er bereits einige Wochen vor dem Verkauf des *Tranquillo* über Müdigkeit und Erschöpfung geklagt hatte. Aber das war doch völlig normal für einen Mann in seinem Alter, der Zeit seines Lebens wie ein Stier geschuftet hat … dachte ich.

»Ich kann Ihnen versichern, dass wir alles daransetzen werden, es ihm so angenehm wie möglich zu machen.«

Unwillkürlich lässt Tassilo meine Hand los und vergräbt sein Gesicht in den Händen.

»Was können wir denn für ihn tun?«, fragt er leise. In seiner Stimme schwingen Fassungslosigkeit und eine beinahe greifbare Angst mit. »Es muss doch eine Möglichkeit geben, wie wir helfen können.«

Dr. Straubing sagt nur:

»Seien Sie für ihn da. Das ist es, was Ihr Vater am allermeisten braucht. Seien Sie für ihn da.«

Nun bin ich es, die Tassilos Hand ergreift und nicht mehr loslässt.

Dr. Straubing faltet seine Hände und sieht uns abwechselnd an.

»Möchten Sie jetzt zu ihm?«

Kapitel 19

Auf dem Weg zum Krankenzimmer sprechen Tassilo und ich nicht miteinander. Wir gehen Arm in Arm, als suchten wir jeweils beim anderen Halt, um nicht in den Abgrund gezogen zu werden, der sich soeben unmittelbar vor unseren Füßen aufgetan hat. Ich sehe Tassilo an, wie er mit den Tränen ringt, sie krampfhaft zu unterdrücken versucht. Ich weiß, dass er seinem kranken Vater nicht schwächlich entgegentreten möchte. Ich will es genauso wenig. Wie ein Roboter, eine leblose Hülle, setze ich mechanisch einen Schritt vor den anderen.

Schweigend schieben wir uns wie in Trance durch den Korridor, vorbei an nummerierten Türen, bis Tassilo schließlich vor der Dreihundertelf stehenbleibt. Er zögert eine lange Sekunde. »Bereit«, formen seine Lippen lautlos.

Ich nicke entschlossen, obwohl ich mich so unsicher fühle wie nur irgendwas.

Er schaut mich an, atmet einmal tief durch und zwinkert mir zu – als wolle er mir Mut machen, doch die Geste wirkt vielmehr, als wolle er sich selbst die Angst vor dem unsichtbaren Monster nehmen, das hinter der Tür lauert.

Als wir das schwach beleuchtete Krankenzimmer betreten,

droht es mir endgültig den Boden unter den Füßen wegzureißen. Ich brauche einen Moment, bis sich meine Augen an das schummrige Licht gewöhnt haben. Die Fenster sind zugezogen mit orange-gelben lichtdurchlässigen Gardinen, die das Tageslicht in einem angenehmen pfirsichfarbenen Ton filtern.

Eigentlich wirkt alles friedlich und harmonisch – wäre da nicht die aschfahle Erscheinung des alten Mannes im Krankenbett, ein kraftloser und ausgemergelter Körper unter einer wuchtig-weißen Bettdecke. Trübe Augen richten sich auf uns, während wir uns mit betretenen Mienen ins Zimmer schieben.

Ich muss trocken schlucken, als ich Lorenzo ansehe.

Ein durchsichtiger dünner Schlauch liegt auf seiner bärtigen Oberlippe. Um seine Stirn ist ein weißer dicker Verband gewickelt. Der Kompressor der Sauerstoffanlage erfüllt den Raum mit einem tiefen Brummen, das mich entfernt an einen Schiffsmotor erinnert.

Die ersten Tränen laufen mir übers Gesicht, als Lorenzo uns aus müden Augen anlächelt und zu sich heranwinkt.

Auf einmal brechen die Dämme und ich stürze mich förmlich auf den im Bett liegenden Mann, schlinge meine Arme um ihn und beginne hemmungslos zu weinen. Obwohl es ihn sichtlich Kraft kostet, erwidert Lorenzo meine Umarmung, drückt mich fest an sich.

Ich weiß nicht, wie lange wir uns in den Armen liegen, wie lange ich seinen Nacken vollweine. Irgendwann lösen wir uns voneinander und ich setze mich auf die Bettkante. Lorenzo lässt meine Hand nicht los, und ich versuche, nicht auf die Kanüle zu achten, die in seinem Handrücken steckt und um die herum sich ein großflächig violetter Bluterguss ausgebreitet hat. Seine Haut wirkt dünn, wie altes Pergament.

Lorenzo folgt meinem Blick und lächelt schwach. »Die haben hier nicht das fähigste Personal.«

Seine Stimme ist leise, irgendwie benommen. Auch seine Augen glänzen feucht.

Tassilo zieht einen Stuhl heran und setzt sich zwischen uns beide.

»Hat er es euch erzählt?«, will Lorenzo von seinem Sohn wissen. Ich schaue Tassilo an, der zögerlich nickt.

»Das ist gut.« Lorenzo lehnt sich zurück. Sein halber Kopf versinkt im Kissen.

»Warum hast du uns nichts gesagt?«, frage ich vorwurfsvoll und drücke seine Hand noch ein Stück fester.

Tassilo reicht mir ein Taschentuch, damit ich meine laufende Nase in den Griff bekomme.

»Ich wollte euch nicht zu früh belasten. Ihr hättet doch ohnehin nichts tun können.«

»Doch«, erwidert Tassilo vehement. »Wir hätten dich unterstützen, dir Kraft schenken können.«

Lorenzos Kopf geht wie in Zeitlupe von links nach rechts. »Aber das habt ihr.« Er räuspert sich angestrengt, und allmählich kehrt die Kraft in seine Stimmbänder zurück. »Ihr habt alles für mich getan.« Er bedenkt mich mit einem milden Lächeln. Ich lächele zurück. Dennoch schießen mir erneut Tränen in die Augen, und ich kann nichts dagegen tun.

Lorenzo streichelt mir über den Unterarm. *Alles wird gut,* scheint sein Blick sagen zu wollen. Dabei sollte ich doch die Starke sein und ihn trösten.

»Was sagen die Ärzte denn genau?«, fragt Tassilo.

Lorenzos Brustkorb hebt sich, als er einen tiefen Atemzug nimmt. »Die *Medicastro?* Mal dies. Mal das«, erwidert er ausweichend.

»Wie wird man dich nun weiter behandeln?«, hakt Tassilo nach. »Es muss doch einen Weg geben, damit …« Er bricht ab, lässt die Schultern sinken und sieht ein, dass jedes weitere

Wort eins zu viel ist. Es hat keinen Sinn, die Zeit mit falschen Hoffnungen zu verschwenden, wenn die gemeinsamen Stunden gezählt sind und jeder weiß, dass es keinen Ausweg aus dieser Situation mehr geben wird.

Ich zwinge mich dazu, Lorenzo fest in die Augen zu schauen. »War das der Grund, warum du das Café verkauft hast?« Eigentlich kenne ich die Antwort auf meine Frage, aber ich muss sie dennoch stellen.

Er nickt schwach.

»Du hast recht, Cuculo, dieses Gespräch war längst überfällig und einen besseren Zeitpunkt wird es vermutlich nicht mehr geben.« Er ringt sich ein gekünsteltes Lächeln ab, auf das weder Tassilo noch ich einsteigen.

Also hört auch er damit auf und fährt fort: »Die Kosten für das Haus, für dein Studium.« Er nickt seinem Sohn zu. »All das ließ sich mit dem Café alleine nicht mehr tragen. Solange ich gesund war, hat alles funktioniert. Wenn auch in manchen Momenten äußerst knapp – und oftmals auch gar nicht. Solange ich noch mit beiden Händen anpacken konnte, hat es wenigstens gereicht, um über die Runden zu kommen.« Er ballt die Fäuste und schüttelt sie wütend. »Doch dieser verdammte Krebs hat mir keine andere Wahl gelassen. Er hat mich kleingekriegt, das Mistding!« Er grinst verzerrt. »Aber noch steckt Leben in diesem Körper. Und ein eiserner Wille!«

Seine Stimme wird rauer. Es ist ihm anzumerken, dass ihn dieses Gespräch viel Kraft kostet.

»Ich wollte euch doch ein besseres Leben hinterlassen. Keines, das auf meinen Schulden aufgebaut werden muss. Deshalb der Verkauf des Cafés. Es war mein Traum, aber es geht nicht mehr um mich. Ihr müsst nun an euch denken, an Valentino.«

Bei dem Gedanken an den kleinen Jungen kommt es mir vor, als würde sich eine eisige Faust um mein Herz krallen.

»Tassilo, was auch immer du am Zusammenbauen von Maschinen so toll findest. Du musst dein Studium beenden und deinen Weg gehen und das tun, was dich glücklich macht.«

So sehr sich Tassilo auch anstrengt, er schafft es nicht länger, seine Gefühle im Zaum zu halten. Eine einzelne Träne kullert ihm über die Wange, als er sie wegzublinzeln versucht.

»Und du, Cuculo. Fokussiere du dich voll und ganz auf die Meisterschaft. Beende deine Ausbildung, wie wir es besprochen haben. Lass all unser Üben nicht umsonst gewesen sein.«

Er richtet sich mühsam auf und blickt mich eindringlich an. »Es ist wichtig, dass du es zu Ende bringst. Wichtig für dich.«

Ich nicke knapp, weiß ich doch zu gut, worauf er hinauswill. Denn ich war schon immer gut darin, Dinge vorzeitig zu beenden. Studium. Job. Beziehungen.

Dennoch machen mich seine Worte wütend. Mehr noch, ich bin untröstlich. Wie kann dieser Mann in seinem Zustand nur so selbstlos sein und sich um uns mehr Sorgen machen als um sich selbst?

Als könne Lorenzo meine Gedanken lesen, sagt er: »Ich hatte ein wunderbares Leben, das mir einen tollen Sohn geschenkt hat und ein traumhaftes Enkelkind. Und als Zugabe habe ich noch dich bekommen, Cuculo.«

Er grinst und schließt dabei versonnen die Augen.

»Macht einen alten Mann glücklich, indem ihr glücklich werdet.«

Kapitel 20

Nichts ist mehr so, wie es war. Oder wie es vermutlich nie gewesen ist. Nichts lässt sich mehr einordnen. Nichts ist mehr richtig oder falsch. Die letzten Tage haben ein Chaos in mir hinterlassen, das sich nicht mehr aufräumen lässt. Ich habe keinen emotionalen Kompass mehr, von dem ich mir die Richtung anzeigen lassen kann. Da sind nur noch unkontrolliert ausschlagende Gefühle, die mich lähmen oder brennen lassen, mich mitreißen oder zu ertränken drohen.

Nachdem ich von Lorenzos Diagnose erfahren hatte, wollte ich weglaufen. Den Flur entlang aus dem Krankenhaus und immer weiter. Fort aus dieser Stadt, raus aus diesem Leben. Allem Lebewohl sagen, um endlich nichts mehr spüren zu müssen. Die Sorge, die Angst, die Wut.

Doch genau das kann ich nicht mehr, weil ich den Fehler begangen und Menschen zu nah an mich herangelassen habe. Tassilo. Valentino. Lorenzo.

Ich kann sie in dieser schweren Schicksalsstunde nicht alleine lassen. So gern ich es tun würde, so einfach es wäre, vor den Schmerzen und dem, was unweigerlich kommen wird, einfach davonzulaufen, ohne zurückzuschauen. Ich war schon immer gut im Fliehen vor meinen Gefühlen. Umso mehr ärgert es mich, dass ich es nun nicht mehr kann.

Eine unendliche Müdigkeit hat von mir Besitz ergriffen. Ich hatte noch nicht einmal die Gelegenheit, die Nacht mit Eric zu verarbeiten. Doch wenn ich abends endlich allein in meiner Wohnung bin und mich dem bitter nötigen Schlaf hingeben will, ist Lorenzo in meinen Gedanken. Alle Erinnerungen kommen plötzlich wieder hoch. Die Zeit, als wir uns kennengelernt haben, all die Dinge, die ich ihm zu verdanken habe, alle Hoffnung, die ich mit seiner Person verbinde. Er hat mir eine Zukunft geschenkt, als ich längst keine mehr hatte. Nun ist er es, der keine Zukunft mehr hat. Wie könnte ich ihn in dieser Situation im Stich lassen? Wie könnte ich länger seine Werte verkaufen – an dem Ort, der sein Heiligtum gewesen ist?
Ich stehe im Café, meinem ehemaligen Tempel, in dem nichts mehr so ist, wie es sein sollte, und fühle an jeder neu verzierten Ecke Verrat an Lorenzo. Dieser Ort hier war sein Traum, sein Lebenswerk. Und er hat sich selbst verraten, nur um Tassilo und mich zu schützen. Ich kann kaum in Worte fassen, was ich in diesem Moment, während ich hinter der Theke stehe und mir das ehemalige *Tranquillo* anschaue, schwelgend in wunderschönen Erinnerungen, für Lorenzo empfinde.

Auf alle Fälle werde ich nicht zulassen, dass ich mich am Ausverkauf des Lebenstraums meines Mentors länger beteilige. Ich bin eine angehende Barista und als solche werde ich Espresso nach der traditionellen Kunst zubereiten. Nichts anderes. Ich werde seine Ideale nicht länger verraten. Für keine Kaffeekette dieser Welt. Mehr noch: Ich werde mich mit Feuereifer auf die bevorstehende Meisterschaft vorbereiten und ihm zu Ehren alles geben. Wenn es sein Wunsch ist, dass ich seine Ausbildung auf diese Weise zu Ende bringen soll, dann werde ich genau das tun.

Als ich heute Morgen meinen Dienst antrat, habe ich mir gar nicht erst die Mühe gemacht, diesen riesigen modernen, fragwürdigen, Kaffee ausspuckenden Automatenturm anzuschalten.

Mir steht eine brandneue *La Marzocco* zur Verfügung. Mehr brauche ich nicht, um den besten Espresso dieser Stadt zuzubereiten.

Jeder Kunde, der heute das Café betreten hat, musste sich – bevor er mir seine Bestellung entgegenwerfen konnte – anhören, was ich ihm anzubieten habe. Und ich bringe meinen Kunden noch etwas bei: dass ein guter Espresso seine Zeit braucht.

Wer nicht bereit ist, auf den besten Espresso der Stadt zu warten, hat hier auch nichts verloren.

Mit dem Zenit der Sonne, die glutballartig über meiner Insel steht und eine Hitze ausstrahlt, die das Asphaltmeer zum Dampfen bringt, hat sich das Café gefüllt. Wieder und wieder führe ich dieselben Handbewegungen aus. Ich tampere meine gemahlene Bohnenmischung, atme das aufsteigende Aroma tief ein, regele den Wasserdruck, zähle bis 25 und summe den perfekten Klang der Milch mit.

Alles andere um mich herum blende ich aus. Die Menschen, denen es mit ihrer Bestellung nicht schnell genug gehen kann. Die Hektik des Verkehrs. Aber ich nehme das anerkennende Nicken wahr, wenn schließlich mit dem ersten Schluck die Entschleunigung einsetzt und klar wird: Das Warten hat sich gelohnt.

Es ist mein Vormittag. Meine Stunde ohne Sirup, Kondensmilch, Kaffeeweißer und künstliche Aromen aus sterilen Laboren. Es ist die Stunde des reinen Kaffees. Die Stunde der Barista.

Ich bin so sehr in meiner meditativen Arbeit versunken, dass ich gar nicht mitbekomme, wie Eric das Café betritt. Und als ich ihn erblicke, durchfährt mich ein Schauer, der sich tief in meinem Innersten einnistet und von dort auch gar nicht mehr verschwinden mag. Es ist das erste Mal, dass wir uns begegnen.

Seit unserer gemeinsamen Nacht.

Er sieht gut aus. Sein längeres Haar hat er diesmal nicht in Gel ertränkt. Es steht – zumindest für seine Verhältnisse – etwas ungeordnet ab und unterstreicht seine Männlichkeit nur noch mehr.

Ich bin nicht gerade der romantische Typ, aber eine etwas andere Begrüßung als ein »Was zum Henker ist denn hier los?« hätte ich mir schon gewünscht.

»Neunzehn, zwanzig … Siehst du doch«, erwidere ich atemlos. »Ich mache Espresso. Vierundzwanzig …«

Ich blicke kurz zu ihm auf. Wieder trägt er diese Anzughose, die ihm so gut steht. Die beiden obersten Knöpfe seines dunklen Hemds stehen offen, die Ärmel hat er lässig nach oben gekrempelt. Beim Anblick seiner muskulösen Arme machen sich Tausende Schmetterlinge in meinem Unterleib breit.

»Ja, das sehe ich, aber …« Er nimmt die verspiegelte Sonnenbrille ab, presst sich an den Leuten vorbei und kommt zu mir hinter die Theke.

Doch ich bemerke sofort, dass er mir nicht in die Augen schauen möchte. Stattdessen sieht er mit gehetzter Miene direkt an mir vorbei.

»Ist was mit der Maschine?«, fragt er besorgt. »Hast du schon den Techniker angerufen?«

»Nein«, erwidere ich irritiert aufgrund der Härte in seiner Stimme. »Sie ist nicht kaputt.«

Sein Kopf schießt förmlich in meine Richtung, doch sein Blick trifft noch immer nicht mich. »Ich habe sie nur nicht angeschaltet, das ist alles.«

Ich stelle zwei nahezu perfekte Espressos auf die Theke und kassiere ab.

»Darf ich mal«, frage ich höflich, schiebe ihn leicht zur Seite und öffne die Kassenschublade.

»Aber …«, stammelt Eric.

Lächelnd nehme ich die nächste Bestellung entgegen und mache mich an die Zubereitung des Cappuccinos. Eric steht einfach nur da und schaut mir zu.

»Der Laden ist voll und du hast den Automaten nicht angeschaltet?«

Obwohl ich mich hundertprozentig auf den Ton der Milch konzentriere, dringt seine Stimme schrill zu mir durch. Sie steht kurz davor, sich zu überschlagen.

Ich sehe ihn an und zwinge ihm meinen Blick förmlich auf: »*Esatto!* Ab sofort gibt es nur noch richtigen Kaffee!«

Seine Augen haben sich zu engen Schlitzen zusammengezogen.

»Du«, sagt er nur. Nein, er zischt es. Und auf einmal wird mir wirklich unwohl.

Er verschwindet aus meinem Sichtfeld, um nur wenig später wieder neben mir zu stehen und sich die orangefarbene Schürze umzubinden. Er nuschelt irgendetwas von »Zeit ist Geld« und drückt mit flink-routinierten Fingern auf dem Automaten herum, der träge zum Leben erwacht.

Parallel schaltet er den inneren Hebel um und schenkt zumindest dem vor ihm stehenden Kunden sein perfektes künstliches Lächeln. »Bitteschön, der Herr, was darf es denn für Sie sein?«

»Ich will auch so einen!«, schallt es ihm energisch von der anderen Seite der Theke entgegen. Ich blicke auf und erkenne einen Mann mit akkuratem Seitenscheitel und krausem Schnauzbart, der sich beim Sprechen hoch und runter schiebt.

Seine Hand zeigt stur auf mich.

Ich werfe Eric einen verstohlenen Blick zu. Seine Augen weiten sich so sehr, dass ich wieder das hübsche Blau seiner Pupillen erkennen kann.

»Aber …«, raunt er. »Einen Espresso kann ich Ihnen auch

hiermit machen.« Seine Hände werfen sich hilflos in Richtung Höllenmaschine.

Der Schnauzbartträger schüttelt entschieden den Kopf. »Danke, die Plörre können Sie heute selber trinken. Ich will so einen.« Bei jedem Wort schiebt sich sein Zeigefinger nach vorn. Auf mich.

Ich kann mir ein triumphales Grinsen nicht verkneifen, während ich die nächsten Espressos vorbereite. Die *La Marzocco* schnurrt vor mir wie ein Kätzchen und zeigt keine Ermüdungserscheinungen.

Obwohl wir uns noch nicht lange kennen, frage ich mich, wie ich all die Zeit nur ohne sie auskommen konnte. Eric steht konsterniert neben mir und schaut tatenlos dabei zu, wie ich meine wundervollen Schöpfungen aus der Maschine zaubere.

Das geht eine ganze Weile so. In einer perfekten One-Woman-Show nehme ich die Bestellungen entgegen, bereite mit ruhiger aber flinker Hand die Getränkekreationen zu und versuche mich mit jedem Espresso und Cappuccino selbst zu übertrumpfen. Die Schlange vor mir mag gar kein Ende nehmen. Für jeden Kunden, dem ich seine Bestellung aushändige, treten zwei Neue an die Theke.

Die Hitze des Wasserdampfs setzt sich auf meiner Stirn ab.

Während ich den nächsten Schwung zubereite, wage ich einen vorsichtigen Blick in Erics Richtung, der mich unverhohlen anstarrt. Ich vermag seine Gedanken nicht zu erraten.

Schließlich, nach einer geschlagenen Sekunde, nickt er. Aber es scheint nicht mir zu gelten, sondern einzig und allein ihm selbst. »Brauchst du mehr Tassen?«, fragt er schließlich. »Soll ich dir welche bringen?«

Auf einmal sehe ich eine etwas heruntergekommene Gestalt unschlüssig im Türspalt stehen. Er sieht sich fragend um, doch sein Gesicht erhellt sich sogleich, als er mich erblickt.

Ove!

Er trägt eine leuchtend rote Blume vor sich her. Ich hebe meine Hand, um ihn heranzuwinken, doch auf einmal umrundet Eric in Windeseile die Theke und stürmt auf den Mann zu. »Raus hier, wir wollen keine Rosen kaufen! Los, mach, dass du Land gewinnst.«

Ehe ich reagieren kann, ist Ove auch schon verschwunden.

Entgeistert und fassungslos starre ich Eric an, der sich – noch immer etwas außer Atem – neben mich stellt.

»Wo kämen wir denn da hin, wenn wir hier jeden reinlassen würden.« Er spricht mehr zu sich selbst, blickt aber dennoch Bestätigung heischend kurz zu mir rüber.

Ich schaue stur geradeaus. Auch, als ich von meinem Chef Tassen herangetragen bekomme und er mir gut gelaunt die neuen Bestellungen entgegenträllert. Was sind wir doch für ein tolles Team an diesem Tag.

In mir drinnen brodelt es. Wegen der herzlosen Behandlung, die Ove erfahren musste. Wegen Eric, der ein wahrer Meister darin ist, so zu tun, als wäre nichts geschehen.

In keiner Weise. Während unserer ersten gemeinsamen Schicht verliert er kein Wort über unsere gemeinsame Nacht. Als hätte es sie nie gegeben.

Kapitel 21

Er lächelt. Es gefällt mir, wenn ich ihn dazu bringe. Nicht, weil ich etwas Witziges gesagt habe, sondern einfach deshalb, weil ich da bin. Für ihn. Das merke ich. Er muss es mir nicht sagen.

Im vertrauten Schweigen schlendern wir nebeneinander den schmalen Kieselsteinpfad entlang und genießen die warmen Sonnenstrahlen, die durch den dichtgrünen Blätterhimmel den Weg zu uns finden.

Es ist der Vormittag eines gewöhnlichen Wochentags, und Tassilo hat sich ausnahmsweise von der Uni freigenommen, damit wir in Ruhe sprechen können, bevor Valentino aus dem Kindergarten abgeholt werden muss und einem mit seiner lebhaften Energie die Selbstbestimmung raubt. Ich habe heute Spätdienst, also den ganzen Vormittag Zeit für die wichtigsten Menschen in meinem Leben.

Es ist die erste Redepause, seitdem wir unterwegs sind. Ein Luftholen, um die schweren Gesprächsbrocken zu verdauen. Alternative Behandlungsmethoden. Lebensverlängernde Maßnahmen. Hospiz.

Erdrückende Themen für so einen schönen Frühsommertag, Themen, die einem jegliche Lebenslust zu rauben vermögen. Aber dieses Gespräch muss sein, denn Lorenzos Zustand ist nicht aufschiebbar.

»Ich weiß nicht, was werden soll, wenn er nicht mehr da ist.« Tassilo spricht ganz leise, und es kommt mir vor, als versuche er, den Worten ihren Schrecken zu nehmen, indem er sie nicht allzu laut ausspricht.

Ich bewundere ihn für seine gedankliche Klarheit. Mein Bewusstsein ist noch nicht so weit, das Unvermeidliche zu akzeptieren.

Dennoch sage ich: »Es wird weitergehen. Es wird immer irgendwie weitergehen.«

Bereits nach der letzten Silbe verfluche ich mich dafür, dass ich diesem Mann einen derart dämlichen Spruch um die Ohren haue, der ohne Weiteres einem Abreißkalender entstammen könnte.

»Ich weiß nicht, was ich Valentino sagen soll.«

»Er wird es verstehen. Irgendwann.« Ich sage es, weil ich das Gefühl habe, dass er das von mir erwartet. Doch allein die Vorstellung von Valentinos Reaktion, wenn er erfährt, dass sein Opa bald nicht mehr da sein wird, zerreißt mich innerlich.

Wir setzen uns auf eine blütenweiße Parkbank vor einem Teich, der so dicht mit Seerosenblättern bewachsen ist, dass man kaum mehr das Wasser sieht. Wir sitzen genau in der Mitte. Ich lehne meinen Kopf an seine Schulter und betrachte die einzelnen Luftbläschen, die zwischen den riesigen Tellern auftauchen und mit einem leisen Ploppen zerspringen. Wir waren schon oft in diesem Park, saßen ebenso oft auf dieser Bank. Meist mit Valentino, der stets einen riesigen Spaß daran hat, die weißen Kieselsteinchen so ins Wasser zu werfen, dass sie auf den Blättern liegenbleiben. Doch so erdrückend wie heute hat sich dieser Besuch noch nie angefühlt.

Tassilo hat mir von Lorenzos Patientenverfügung erzählt und wie sehr er seinen Vater für die Tapferkeit bewundert, mit der er sich seinem Schicksal stellt. Als wir schließlich alles bis ins kleinste Detail zerlegt und uns gegenseitig Hoffnung zugesprochen haben, sitzen wir stumm nebeneinander und versenken unsere Gedanken in den Teich, dessen Wasser man nicht sehen kann.

Eine Bank weiter sitzen zwei Männer im Rentenalter und scheinen die Mittagssonne zu genießen. Ich kann sehen, wie Tassilos Blick an den beiden hängen bleibt.

»Ich habe Alessandra angerufen.«

Der plötzlich aufklingende Name seiner Exverlobten stört mein inneres Gleichgewicht.

»So?«

Er weicht meinem Blick aus, fixiert wieder die Seerosenblätter.

»Vielleicht sollte ich Valentino für eine Weile zu ihr bringen. Nach Italien. Für die Zeit, in der Babbo …« Er lässt das lose Ende eine Weile baumeln, greift den Satz aber nicht wieder auf.

»Weißt du, wir waren damals blind vor Liebe und naiv. Sie ist ungewollt schwanger geworden, es war ein Unfall, wie man so schön sagt.« Er grinst unbeholfen. »Als Valentino dann da war, ist auf einmal alles auf sie eingestürzt. Sie stand am Anfang ihrer Karriere und wurde quasi von heute auf morgen in eine Rolle hineingezwängt, für die sie noch nicht bereit war. Und dann hatte sie auch noch einen Partner an der Seite, der nicht wusste, was er wollte, sein Jurastudium abbrach und ein neues begann.«

»Das Bauingenieur-Studium.«

»Esatto.«

»Das ändert nichts daran, dass sie ihre Familie im Stich gelassen hat. Dich und Valentino.«

»Glaubst du, das weiß ich nicht? Aber ich kann es mir nicht so einfach machen. Sie ist nicht grundlos gegangen. Das

Schwierigste an einer Familie ist, alle Bedürfnisse unter einen Hut zu bekommen.«

Ich drücke Tassilos Hand und könnte ihn ohrfeigen und umarmen zugleich. Er ist einfach zu gut für diese Welt und versucht in allen Menschen das Gute zu sehen. Selbst wenn sie seine Gefühle mit Füßen getreten haben.

Lorenzo meinte einmal, dass er diese Eigenschaft von seiner Mutter geerbt habe. Umso bedauerlicher, dass ich nicht die Gelegenheit hatte, Vittoria kennenzulernen.

Tassilo nimmt den Blick von den Seerosen und schaut mich an.

»Es war eine schwierige Zeit damals, und ich habe es ihr auch nicht gerade leicht gemacht. Ich war gekränkt, weil sie so unglücklich mit der Situation war. Ich habe nicht erkannt, wie groß ihr Heimweh war. Sie hat sich in Deutschland nie richtig zu Hause gefühlt. Eigentlich war sie ja auch nur zum Studieren nach Deutschland gekommen und hatte immer vorgehabt, wieder nach Sizilien zurückzukehren. Aber ich fühlte mich von ihr im Stich gelassen. Sie hat oft versucht, mit mir darüber zu reden, doch ich war für sie eine unüberwindbare Blockade, 1,85 Meter ablehnende Energie.« Tassilo reibt sich entschlossen die Hände. »Tja, und dann ist sie irgendwann gegangen.« Er stößt einen tiefen Seufzer aus. »Es heißt ja oft, Menschen verschwinden über Nacht. Aber das stimmt nicht. Alessandra hatte sich schon lange vorher von uns verabschiedet. Ich habe es nur nicht wahrhaben wollen. Anfangs hat sie oft versucht, sich zu erklären, wenn sie Valentino über die Ferien zu sich nahm. Doch ich habe ihr wohl mit meiner unterkühlten Art klargemacht, dass sie sich damit zum Teufel scheren soll.« Er schaut mich an und lächelt gequält. »Kindisch, ich weiß.«

»Verständlich.«

»So, wie es jetzt ist, ist es besser für alle. Ich kann es ihr wirklich nicht verdenken, dass sie zurück in ihre Heimat gezogen und in das Unternehmen ihres Vaters eingestiegen ist. Sie hat dort eine bessere Zukunft, als wir sie in Deutschland jemals hätten haben können. Valentino verbringt ein- bis zweimal im Jahr eine unbeschwerte Zeit in Italien bei seiner leiblichen Mutter, und wir beide können mittlerweile halbwegs normal miteinander umgehen, ohne uns in gegenseitigen Vorwürfen zu ergehen. Schließlich möchten wir beide nur das Beste für ihn.«

»Das ist gut.« Mehr kommt mir dazu nicht über die Lippen. Ich mag den Gedanken nicht, dass ich Valentino nicht um mich habe. Und ich glaube auch nicht, dass es Lorenzo gefallen wird, wenn er von Tassilos Vorhaben erfährt. Gerade in seinem Zustand könnte ihm die Anwesenheit seines Enkels enorme Kraft geben. Aber es steht mir nicht zu, das zu entscheiden. Deshalb sage ich nichts und nicke nur stumm vor mich hin.

Tassilo tut es mir gleich, bis er plötzlich laut aufseufzt.

»Ich habe mal ein Bild gefunden von Lorenzo, als er gerade neunzehn geworden war. Mit stolzer Brust auf einem Moped, das kurz davor war auseinanderzufallen.« Er lacht bei dem Gedanken daran. »Das auf dem Foto hätte ich sein können. Ich frage mich, ob ich im Alter auch so aussehen werde wie er. Mit schütterem Haar und so vielen Falten im Gesicht.«

Er fährt sich durch seine widerspenstige Mähne und beginnt zu lachen.

Ich lächele zurück, obwohl mir mehr nach Heulen zumute ist.

»Scheiße«, flucht er plötzlich. »Das ist einfach nicht fair.«

»Tassilo.« Meine Stimme klingt dumpf, und wieder komme ich nicht weiter.

»Ich musste ihm versprechen, stark zu sein.« Seine Stimme bricht und er muss sich räuspern. »Stark für Valentino«, spricht er weiter. »Und für dich.«

Ich streiche ihm sanft über den Handrücken, immer und immer wieder. »Du musst nicht stark sein für mich. Lass uns gemeinsam stark sein, um Valentino den Abschied zu erleichtern.«

Er seufzt innig. Ich spüre, wie mir die Tränen kommen. Er dreht den Kopf in meine Richtung, und ich muss mich zwingen, ihn anzuschauen. Auch seine Augen glänzen feucht.

Als sich unsere Blicke treffen, müssen wir beide lachen. »Du siehst bescheuert aus, wenn du heulst!«, sage ich neckisch. Natürlich ist es eine Lüge. Ich kenne niemanden, der so verletzlich und schön zugleich aussieht, wenn er weint. Tassilo ist einer von den Menschen, die einen förmlich dazu überreden mitzuweinen. Ich streiche über sein buschig-lockiges Haar und muss wieder lachen, da es sich kein bisschen von mir zähmen lassen will.

Tassilo stiehlt mir eine Träne von der Wange. »Ich weiß nicht, was ich ohne dich machen würde, Freya«, flüstert er.

»Dazu sind Freunde doch da.«

Tassilo nickt zustimmend, schüttelt dann aber den Kopf. »Freunde«, er lässt das Wort im Mund zergehen. Es kommt mir vor, als würde er darauf rumkauen, um alle Geschmacksnoten entschlüsseln zu können.

»Alles okay?«, frage ich.

Er nickt, zieht die Nase hoch. »Es fühlt sich nicht an wie nur Freunde«, sagt er schließlich. Er dreht seine Hand um und spreizt seine Finger in meine. »Vielmehr fühlt es sich an wie …«

Ein lautes Klingeln zerreißt die letzten Teile seines Satzes. Es kommt aus meiner Gesäßtasche und bringt meinen Hintern zum Vibrieren.

Ich springe auf und fische das Smartphone hervor.

Verwundert lese ich den Namen auf dem Display. Tassilo mustert mich interessiert.

»Jemand Wichtiges?«, fragt er forschend.

»Ja!« Ich schreie es ihm förmlich entgegen. »Ich meine: Nein.« Meine Stimme wird ruhiger. »Es ist Eric. Mein Chef.«

Kaum habe ich das Gespräch entgegengenommen, presst sich auch schon Erics Stimme in meinen Gehörgang. Ohne eine

Begrüßung legt er los. »Freya! Gut, dass ich dich erreiche. Ich weiß, du hast erst in zwei Stunden Dienst. Aber Stacey ist mir abgesprungen. Leider muss ich auch ganz dringend weg. Also …« Ich höre ihn tief Luft holen. »Könntest du einspringen?«

Ich kann nichts dafür, aber innerlich macht sich eine tiefe Enttäuschung in mir breit. Beinahe so, als hätte ich gehofft, er würde aus einem anderen Grund anrufen, vielleicht um …

Ich schüttele den Gedanken ab und höre mich selbst sagen. »Klar doch, bin gleich da!«

Ehe ich noch etwas sagen kann, wirft er mir entgegen, wie »groß« er das findet, und legt mit einem unverfänglichen *Ciao* auf.

»Ciao«, sage auch ich in das mittlerweile tote Telefon und schaue es perplex an.

»Also klappt es nicht, dass wir Valentino gemeinsam vom Kindergarten abholen«, stellt Tassilo nüchtern fest.

Traurig schüttele ich den Kopf. »Leider nein, der Job.«

»Na ja«, Tassilo zuckt unbekümmert mit den Schultern. »Ich werde Valentino einfach berichten, wie umwerfend die schönste Frau der Stadt heute wieder ausgesehen hat.«

Mit seinen Fingern formt er eine Kamera und betätigt einen imaginären Auslöser. »Knips, eingefangen!«

Kapitel 22

Ich habe kein Problem damit, den Dienst für Stacey zu übernehmen. Dass ich mir jedoch die Beine in den Bauch stehen muss, weil es kaum etwas zu tun gibt, kann ich überhaupt nicht leiden. Denn das bedeutet, dass meine Gedanken zu kreisen beginnen und Richtungen einschlagen, die mir gar nicht gefallen.

Ich mache mir endlose Sorgen um Lorenzo. Gleichzeitig frage ich mich, wie ich das mit Eric einzuordnen habe. Vor allem aber, wie es so weit kommen konnte, dass ich mein großes Ziel aus den Augen verloren habe.

Auf einmal ist er wieder da, dieser Drang, das Gefühl, das nie ganz weg gewesen, doch so in den Hintergrund geraten war, dass ich es beinahe vergessen hätte: die Leidenschaft für den Espresso. Für den Weg zur Perfektion.

Wie früher im *Tranquillo* nutze ich die ruhige Zeit im *San Café*, um meine Technik zu verfeinern, um zu üben.

Ein berauschendes Gefühl überkommt mich, als ich den Duft des frisch gemahlenen Kaffeepulvers einatme und schlagartig zurück zu meiner inneren Ruhe finde. Ich kann spüren, wie ein breites Lächeln in meinem Gesicht Form annimmt – nur weil ich mich mit dem beschäftige, was mir so sehr am Herzen liegt.

Um mich an das Kernelement der Meisterschaft heranzutasten, habe ich beschlossen, mich an einem Espresso Ristretto zu versuchen. Einem stark gepressten, mit nur sehr wenig Wasser zubereiteten Espresso, der im Idealfall mit einer säuerlich-fruchtigen Note zu überzeugen weiß. Es gelingt mir überhaupt nicht, dafür aber werde ich immer vertrauter mit der professionellen Maschine und komme allmählich dahinter, wie ich den idealen Brühdruck aufbaue. Mein erster Durchgang kann sich sehen lassen. Er besticht mit einer tollen Crema, deren Optik eines Leoparden würdig ist. Nur schmeckt er leider nicht. Ab in den Eimer damit und weiter.

Auf meinem Gesicht liegt ein dünner Schweißfilm. Mit chirurgischer Präzision widme ich mich den einzelnen Phasen der Zubereitung. Meine Augen huschen von links nach rechts, haben sämtliche Anzeigen im Blick, während ich ein ums andere Mal bis fünfundzwanzig zähle. Ich bin so vertieft in meine Arbeit, dass ich gar nicht mitbekomme, dass jemand vor mir steht.

Erschrocken sehe ich auf, murmele automatisch ein paar Worte zur Begrüßung, verstumme aber, als ich Eric in die Augen sehe.

»Hi!«, sagt er knapp und grinst. »Nichts los?«, fragt er.

Ich schüttele den Kopf und wische mir mit der Schürze den Schweiß von der Stirn.

»Siehst gut aus.« Er schaut mich durchdringend an, mustert mich von oben bis unten. Ich spüre, dass ich rot werde. »Danke«, sage ich verlegen, was eigentlich total albern ist, nach unserer gemeinsamen Nacht. »Du auch.« Das ist nicht gelogen. Eric trägt ein eng anliegendes dunkles Hemd, unter dem sich seine trainierte Brust deutlich abzeichnet. Außerdem hat er sich heute Morgen nicht rasiert, was ihm einen Hauch von Verwegenheit verleiht.

Plötzlich schwingt er sich über die Theke und rutscht zu mir herüber. Er landet direkt in meinen Armen. Ich spüre seine

Hände auf meinen Hüften und wie eine Hand tiefer wandert, zu meinem Po.

Es durchzuckt mich von innen. Unsere Gesichter sind sich so nah, dass ich nichts anderes mehr sehen kann als diese Augen. »Du bist so schön!« Seine dunkle Stimme ist ein erregtes Flüstern. Ich erwidere nichts, halte seinem Blick stand und stemme meine Hände gegen seine Brust, versuche ihn auf Distanz zu bringen, da ich mit dem plötzlichen Sinneswandel überhaupt nicht klarkomme.

»Und heiß.« Sein Atem riecht nach frischem Pfefferminz. »Du glühst ja förmlich.«

»Die Maschine …«, presse ich angestrengt hervor. »Der Wasserdampf.«

Schließlich kommt er mir noch näher, sodass sich unsere Nasenspitzen berühren. Dann lasse ich es geschehen, ich kann einfach nicht anders, zu sehr zieht mich dieser Mann in seinen Bann. Ich schließe die Augen und erwarte seinen Kuss. Ich werde nicht enttäuscht. Eric küsst mich. Ich spüre seine vollen, weichen Lippen auf meinen. Wieder durchzuckt es mich wohlig. Er küsst so unwahrscheinlich gut.

»Ich könnte den Laden für eine halbe Stunde dichtmachen«, haucht er mir ins Ohr. »Was hältst du davon?«

Er hat nun definitiv jegliche Zurückhaltung verloren und unterstreicht mit eindeutigen Handgriffen seine Worte.

Ehe ich zu einer Antwort ansetzen kann, drückt er mir wieder die Lippen auf den Mund. Doch diesmal hat er jegliches Gefühl für Zärtlichkeit verloren. Er küsst mich hart und fordernd, lässt mich kaum mehr Luft holen. Sein Kuss wird so intensiv, dass mir schwindelig wird – aber diesmal nicht auf angenehme Weise.

Ich presse die Hände noch stärker gegen seine Brust, um ihn auf Abstand zu halten.

»Nein«, quetsche ich angestrengt hervor.

»Komm schon, ist doch nichts dabei. Ich will dich!«

»Ich ... ich kann nicht!«

Eric lässt von mir ab, weicht zurück und schaut mich entgeistert an.

»Du, ich mache da privat gerade einiges durch, und mir steht momentan wirklich nicht der Kopf nach ...«

»Verstehe«, sagt er bloß. Auf einmal klingt seine Stimme eiskalt und distanziert. Er lässt mich einfach stehen und schiebt sich an mir vorbei.

Ich verspüre nicht die geringste Lust, ihm von Lorenzo zu erzählen, aber irgendetwas möchte ich ihm doch sagen. Auf keinen Fall will ich, dass er die Abfuhr persönlich nimmt, aber ebenso wenig will ich sein Sexspielzeug sein.

»Eric, hör mir zu ...« Doch in diesem Augenblick meldet sich das Überdruckventil des Siebträgers lautstark zu Wort und gewinnt seine Aufmerksamkeit.

»Was machst du hier eigentlich?« Ich folge seinem Blick, der starr auf den Espresso-Eimer gerichtet ist.

Unwillkürlich heben sich meine Schultern. »Du erinnerst dich doch bestimmt an die Barista-Meisterschaft, die demnächst hier stattfindet und ...«

Eric hebt die Hand und ich schweige. »Du willst mir jetzt nicht erzählen, dass du während der Arbeitszeit für diese Meisterschaft übst und dabei den Kaffee eimerweise wegkippst.«

Ich schaue ihn fassungslos an, weiß nicht, wie ich mit der plötzlichen Kälte umgehen soll, die mir entgegenschlägt. Eben noch hat er mich geküsst, und nun verpasst er mir eine verbale Ohrfeige.

»Aber ich habe doch keine andere Wahl«, stammele ich. »Ich habe es ihm versprochen.«

»Wem?«, kommt es mechanisch aus seinem Mund. Doch dann fegt er seine Frage mit einer weiteren resoluten Handbewegung weg. »Das kann echt nicht angehen!« Sein ganzer

Zorn gilt jetzt mir. Er baut sich in seiner vollen Größe vor mir auf. »Auch wenn du einige Privilegien genießt, hast auch du dich an die Richtlinien zu halten. Es mag zwar sein, dass du gut bist in dem, was du tust. Aber ich erwarte von dir, dass du verdammt noch mal deinen Job machst. Und zwar so, wie ich es dir sage. Die Aktion neulich habe ich dir durchgehen lassen, weil …«, er lässt den Satz unvollendet, aber ich springe gern ein.

»… ich mit dir ins Bett gestiegen bin?«

Ich starre ihn an und erkenne den aufflackernden Zorn in seinem Blick.

»Vielleicht, ja.«

Erics Worte tun weh. Es kommt mir vor, als würde ich unter seinem Blick immer kleiner werden. »Aber darum geht es nicht. Ich kann Sex vom Beruflichen unterscheiden. Ich muss mich auf dich verlassen können, wenn ich dir das Café anvertraue. Aber es ist jetzt schon das zweite Mal, dass du dieses Vertrauen maßlos ausnutzt.«

»Aber das ist doch überhaupt nicht …«, versuche ich mich zur Wehr zu setzen.

»Wenn ich noch einmal erlebe, dass du während der Arbeitszeit mit Dingen beschäftigt bist, die nicht zu deinem Aufgabengebiet gehören, werde ich dir eine Abmahnung verpassen. Ganz egal, was zwischen uns gewesen ist.«

Gewesen ist?! Mir schießt das Blut in den Kopf. Ich will einfach nicht begreifen, was da gerade vor sich geht. Er behandelt mich wie seine Angestellte, und der Umstand, dass ich genau das bin, macht es beinahe unerträglich.

»Du kannst mich mal!« Endlich finde ich meine Fassung wieder. »Ich bin eine Barista und werde Espresso kochen. Und ich werde üben, damit ich die beste Barista von allen werde. Ob es dir passt oder nicht. Das bin ich ihm schuldig!«

Eric schüttelt vehement den Kopf, auch seine Wangen sind mittlerweile rot angelaufen. »Nicht während der Arbeitszeit!«, stellt er lautstark klar. »Nicht in *meinem* Café.«

»Dann musst du mir schon die Hände abhacken, wenn du mich aufhalten möchtest.«

»Das reicht«, sagt er resolut. »Ich lasse nicht zu, dass du so mit mir sprichst. Dann eben auf die harte Tour. Gib mir den Schlüssel des Firmenwagens.«

Ich hole tief Luft, mein Brustkorb wölbt sich, doch ich bin nicht in der Lage, noch etwas zu erwidern. Mir wird klar, dass jedes weitere Wort alles nur noch schlimmer machen würde.

»Ich kann nicht glauben, dass ich mit dir im Bett war.« Wütend drehe ich mich um und ziehe meine Handtasche aus der Schublade.

»Komm mir jetzt nicht so«, höre ich ihn hinter mir. »Du hast es doch komplett drauf angelegt, dass ich dich abschleppe.« Er lacht verächtlich auf. »Der kurze Rock, dieses ›Ich bin ja so angetrunken‹-Getue. Du wolltest doch von mir flachgelegt werden!«

Erics Worte fühlen sich an wie Messerstiche. Ich kann nichts dagegen tun, dass mir die Tränen in die Augen schießen, während ich den Autoschlüssel von meinem Bund löse.

»Barista-Meisterschaft«, schnaubt er verächtlich. »So ein Quatsch. Entweder kann man Kaffee kochen oder eben nicht. Was gibt es denn da großartig zu lernen.«

»Und genau das unterscheidet dich von einem Profi wie Lorenzo.«

Eric dreht sich um und schaut mich unverblümt an. Nichts in seinem Blick kommt mir mehr bekannt vor. Als stünde ein Fremder vor mir. Dann kommt er ganz nah an mein Gesicht. So nah, dass ich sein Parfüm riechen kann, dessen Süße ich plötzlich als unglaublich penetrant empfinde.

»Ich will dir mal was sagen, Freya. Dein Lorenzo ist ein Totalversager, der mit seinen Idealen beinahe das Café an die Wand gefahren hätte. Wäre ich nicht gekommen und hätte ihm das hier abgekauft, hätte er in einem Jahr Konkurs anmelden können. Bei den roten Zahlen.«

Ich halte seinem Blick stand. »Mag sein, dass er nicht das Marketing-Genie ist wie du, aber dafür hat er das Herz am rechten Fleck.«

»Ein hoffnungsloser Träumer ist dein Lorenzo. Mehr nicht. Ein Idiot.«

Es ist ein Reflex, der meine Hand nach vorn schießen und sie in Erics Gesicht landen lässt. Ein Reflex, hinter dem eine Menge Wumms steckt. Es klatscht laut. In meiner Handfläche kribbelt es schmerzhaft. Eric reißt erschrocken den Mund auf, und für eine Millisekunde erkenne ich in seinem Blick eine derartige Wut, dass ich befürchte, postwendend eine Antwort zu erhalten. Doch die Beherrschung, die er in diesem Moment aufbringt, ist so unübersehbar wie der weißliche Abdruck meiner Hand auf seiner Wange. Dafür glüht der Rest seines Gesichts leuchtend rot auf.

»Er ist kein Idiot«, flüstere ich. »Sag das nie wieder.«

»Du bist gefeuert«, lautet Erics knappe Antwort. Auch er klingt völlig ruhig. »Verlass auf der Stelle das Café. Ich will dich hier nie wieder sehen!«

Wir starren uns noch eine ganze Weile an, und ich erschrecke mich vor dem Hass, den ich in seinen Augen lese.

Schließlich nicke ich knapp und wende mich von ihm ab. Ich spüre seinen Blick auf mir, während ich meine Habseligkeiten in Windeseile zusammenkrame und verbissen versuche, nicht loszuheulen. Es will mir nicht ganz gelingen. Als ich die hässlichen Loungemöbel streife, laufen mir bereits die ersten heißen Tropfen über die Wangen. Eine wahre Flut von Tränen überschwemmt mich, als ich die Tür des Cafés hinter mir zuziehe und von meiner Insel stürme.

Kapitel 23

Ich beobachte den Mann in dem verwaschenen Flanellhemd, dessen Farben auch im fabrikneuen Zustand niemals zueinander gepasst haben können, wie er sich meinen Lebenslauf anschaut und sich die Falten auf seiner Stirn immer dichter zusammenschieben. Er ist der Typ »väterliche Erscheinung« und trägt eine tropfenförmige Nickelbrille, deren Gläser dringend ein Poliertuch benötigen.

»Natürlich ist die fristlose Kündigung rechtens, Sie haben Ihren Vorgesetzten angegriffen.« Seine Augen liegen halb über dem Brillenrand. »Wirklich, Frau Sturm. Wenn es so abgelaufen ist, wie Sie es mir geschildert haben, können Sie von Glück reden, wenn er Sie nicht auch noch anzeigt.«

»Es geschah aus dem Affekt.«

»Das ist auch bei vielen Morden so.«

Meine Fingernägel krallen sich in meine Oberschenkel. Eigentlich bin ich hier, um Schützenhilfe zu bekommen, um gegen Erics ausgesprochene Kündigung anzukämpfen. Doch der Mann hinter dem Schreibtisch lässt sich nicht auf meine Seite ziehen.

»Und Sie waren dort angestellt als Service-Kraft …«

»Als Barista«, verbessere ich ihn. Ich halte kurz inne und

füge etwas leiser hinzu. »Eine angehende.«

Der Mann lehnt sich in seinem Sessel zurück, faltet in einer Engelsgeduld die Finger ineinander. »Sie stehen in einem Café hinter dem Tresen und verkaufen Kaffee. Also haben Sie bislang als Service-Kraft gearbeitet.«

»Eine Barista ist weitaus mehr als eine Service-Kraft. Hier geht es um die Zubereitung perfekter Espressokreationen. Das Zusammenspiel der einzelnen Elemente. Und ich brauche einen Job. Dringend. Am besten wieder in einem Café.«

Bevor er meine Atempause nutzt, füge ich noch schnell hinzu. »In einem gehobenen Café.«

Wie in Zeitlupe beugt sich der Oberkörper des Mannes nach vorn. Ebenso langsam legen sich seine Finger auf die Tastatur. Angestrengt betrachtet er den Bildschirm, der auf seine Eingabe hin etwas ausgespuckt zu haben scheint.

Aber er sagt nichts. Noch nicht. Stattdessen schüttelt er den Kopf und schiebt sich die Brille zurecht, die stetig von seinem Nasenrücken zu rutschen droht.

»Hm, auf 450-Euro-Basis könnte ich ihnen einen Job in einer Eisdiele vermitteln.«

»Davon bekomme ich noch nicht mal meine Miete gedeckt.«

»Frau Sturm. Es ist nicht gerade so, dass Sie einen lupenreinen Lebenslauf aufzuweisen hätten. Wenn ich richtig nachrechne, haben Sie mehrere Anläufe für das Abitur gebraucht und zwei Studiengänge abgebrochen.«

»War eben nicht das Richtige für mich.«

»Das mag sein. Aber nach solchen Leuten wie Ihnen schreit der Arbeitsmarkt nicht gerade. Es fehlt Ihnen an Qualifikationen.«

»Ich möchte als Barista arbeiten, und als solche habe ich die absolut richtigen Qualifikationen.«

Er lächelt gequält. »Das glaube ich Ihnen gern, Frau Sturm.«

Mir gefällt die Art nicht, wie er meinen Namen ausspricht. Aus seinem Mund klingt es irgendwie lehrerhaft. Doch ich bleibe höflich stumm und lasse ihn ausreden.

»Aber Sie haben nichts … Greifbares.« Auf meinen schrägen Blick hin fühlt er sich genötigt, zu erklären: »Zeugnisse, Empfehlungen, Zertifikate.«

Ich schließe die Augen, wünsche mich fort von hier. Fort aus diesem Leben. Vermutlich werde ich solche Gespräche nicht führen müssen, wenn ich die Meisterschaft gewonnen habe und man mich endlich ernst nehmen wird. Andererseits würde ich dieses Gespräch auch nicht führen müssen, wenn ich Eric keine gescheuert hätte. Beim Gedanken an ihn verknotet sich mein Magen. Wie konnte ich mich nur so in einem Menschen täuschen.

Es ist nicht nur so, dass ich meinen Job verloren habe. Das Problem ist, dass ich ohne eine Tätigkeit in einem guten Café nicht für die Meisterschaft werde üben können. Mir fehlt es an der nötigen Maschine, der professionellen Mühle, am Equipment, schlichtweg an allem.

»Also, die Eisdiele?«

Er dreht den Computer zu mir herum, und ich beuge mich nach vorn, um mir das Angebot näher anzusehen.

»Aber das ist ja am anderen Ende der Stadt!«

»Das Leben ist eben kein Wunschkonzert.«

»Aber ich habe kein Auto … mehr.« Ich seufze rau. »Außerdem muss ich mich an zwei Tagen die Woche um Valentino kümmern, wie soll ich das vereinbaren?«

»Da kann ich Ihnen leider auch nicht helfen, Frau Sturm.«

Es ist eine verzweifelte Situation, in der ich mich befinde. Das dringlichste Problem muss ich gelöst bekommen. Und zwar verdammt schnell.

»Vielleicht sollten Sie einfach die Optionen noch einmal gründlich überdenken, Frau Sturm, und es in anderen Bereichen versuchen. Ich bin zuversichtlich, dass wir Ihnen ziemlich schnell etwas in der Produktion vermitteln könnten.«

»Sie meinen am Fließband?«

Der Mann nickt bekräftigend. »Eine ehrliche und gut bezahlte Arbeit. Außerdem werden immer wieder gute Reinigungskräfte gesucht.«

Ich senke den Kopf und fühle mich auf einmal unendlich kraftlos.

»Es tut mir leid, Frau Sturm.« Der Mann beugt sich nach vorn und streift sich die Brille vom Gesicht. Sein Blick ruht hart auf mir. »Aber manchmal kommt man im Leben an einen Punkt, an dem man sich von seinen Träumen verabschieden muss, um weiterzukommen.«

Kapitel 24

»Tante Freya, glaubst du, dass Mama irgendwann zu mir zurückkommt?«

Valentinos Frage trifft mich völlig unerwartet. Ich bleibe regungslos stehen und schaffe es gerade noch so, ihn vom Kletterturm aufzufangen, den er als Absprungrampe in meine Arme benutzt hat. Ich kann es aber nicht verhindern, dass der nasse Spielplatzsand an seinen Schuhen meine Klamotten eindeckt und sich nur schwer von meiner Lieblings-Jeans abwischen lässt, was mein ohnehin schon, gelinde gesagt, lässiges Outfit nicht gerade optisch aufwertet.

Valentino hingegen sieht aus wie einem Modekatalog entsprungen.

So wahllos Tassilos Kleiderwahl manchmal erscheinen mag, auf das Aussehen seines Sohnes legt er immer großen Wert.

Vermutlich ist genau das der Grund, warum er selbst stets so ausschaut, als würde er morgens nie ganz mit sich selbst fertig werden. Immer ist da etwas Unfertiges in seinem Look. Ob es seine Haare sind, der zerknitterte Pulli, das falsch geknöpfte Hemd oder der nicht gestutzte Drei-Tage-Bart.

Wahrscheinlich bin ich mit meiner Vermutung verdammt nah an der Wahrheit. Tassilo investiert alle Zeit am frühen Morgen in seinen Sohn und nimmt es billigend in Kauf, dass er selbst dabei zu kurz kommt.

Heute hat er Valentino in eine tolle verwaschene Jeans gesteckt und ein blau-weiß kariertes Hemd angezogen, das lässig halb aus der Hose hängt. Nur das dicke dunkle Haar steht ihm unbändig vom Kopf ab. Die Mazzinis und ihre Haare. Die bekommen sie ebenso wenig in den Griff wie ihre Beziehungen zu den Frauen.

»Himmel, wie kommst du denn jetzt darauf?«

Ich bin wirklich überrascht. Seine Mutter ist ein Thema, das wir beide schon lange nicht mehr hatten. Vor allem aber ist es ein Thema, zu dem ich überhaupt nichts zu sagen habe. Sie war aus Tassilos Leben verschwunden, bevor ich Lorenzo traf. Ich kenne sie nur aus Erzählungen. Und es reicht mir schon, dass sie ihr Kind verlassen hat, um mir eine entsprechende Meinung über sie bilden zu können.

»Einer muss sich doch wieder mehr um mich kümmern. Jetzt wo Nonno so lange im Krankenhaus ist.«

»Aber das ist doch nur vorübergehend.« Eine glatte Lüge. Und der Blick, mit dem mich der kleine Junge bedenkt, verrät mir, dass er sie gnadenlos durchschaut.

»Er ist sehr krank, oder? Papa ist immer total traurig, wenn er aus dem Krankenhaus zurückkommt.«

Valentino lässt sich wie ein Sack aus meiner Umarmung fallen, kommt aber gelenk auf dem Sandboden auf. Ich nehme ihn an die Hand, und gemeinsam bummeln wir zu den Schaukeln. Dabei schlurft er mit den Füßen durch den Sand.

»Guck mal«, sagt er. »Ich hinterlasse Reifenspuren. Ich bin Optimus Prime!«

Ich drücke ihn an mich und bin über mich selbst erstaunt, dass ich mittlerweile weiß, wer Optimus Prime ist. Sein Lieblings-Autobot bei den Transformers.

Mit einem Schwung hebe ich ihn auf die Schaukel und stoße ihn kräftig an.

Valentino lacht befreit auf, und ich lache mit. Doch mit einem Mal verstummt er.

»Und?«

»Was und?«

»Ist er sehr krank?«

Ich stoße ihn noch zwei-, dreimal an und überlege mir eine kindgerechte Antwort. Mir wird schnell bewusst, dass es die nicht gibt. »Ja, Valentino. Dein Nonno ist sehr krank.«

»Wird er sterben?« Valentino fragt mit einer Direktheit, wie nur Kinder sie kennen, und es fällt mir schwer, damit umzugehen.

Wieder verstreichen ein paar Sekunden. Dabei hat er seine kleinen wachen Argusaugen auf mich gerichtet.

»Wir müssen alle irgendwann sterben, Valentino. Das ist der Lauf der Dinge.«

»Ja, wenn wir alt sind. Aber Nonno ist noch gar nicht so alt. Alt und faltig ja, aber noch nicht Dinosaurier-alt.«

Valentino bringt mich zum Lachen.

»Fang mich«, ruft er plötzlich ohne Vorwarnung und springt von der Schaukel ab. Ich bekomme ihn zu fassen, verliere aber das Gleichgewicht und komme ins Straucheln.

Gemeinsam landen wir im Sand. Ich auf dem Rücken, er auf mir. »Du solltest mich doch auffangen«, schimpft Valentino mich aus, kann sich aber wie ich vor Lachen kaum halten. Es dauert eine Weile, bis wir uns wieder beruhigen.

»Versprichst du mir was, Tante Freya?«

»Alles!« Ich rolle mich zur Seite und stütze meinen Kopf mit der Hand auf. Valentino sieht mich ernst an. Viel ernster, als es ein fünfjähriger Junge tun sollte. Ich streiche ihm eine Strähne aus der Stirn.

»Versprichst du mir, dass du mich nie verlässt? Bitte.«

Etwas in seinem Blick ist wie verändert, und ich befürchte, dass er gleich anfängt zu weinen. Doch ich komme ihm zuvor und puste ihm ins Gesicht. »Niemals, mein bester Freund. Niemals!«

Endlich strahlt er wieder. »Okay.« Er springt auf. »Los, komm jetzt, ich will auf die Seilbahn, und du stößt mich an, ja?«

Er streckt die Hand nach mir aus, ergreift meine und lacht sich halb tot, als er sie loslässt und wir beide wieder in den Sand plumpsen.

»He«, sagt er auf einmal. »Da ist was aus deiner Tasche gefallen.«

Ich folge dem Blick seines kleinen ausgestreckten Fingers und sehe es im Sand silbern aufblitzen.

»Ein Schlüssel«, ruft Valentino aus.

»Stimmt«, sage ich verdattert. »Der Zweitschlüssel für das Café.« Ich fische ihn aus dem Sand und reibe die Körner mit meinen Händen ab. Beinahe ehrfurchtsvoll betrachte ich den Schlüssel. »Den hab ich im Eifer des Gefechts völlig vergessen zurückzugeben.«

Valentino zupft an meinem Shirt. »Komm jetzt. Die Seilbahn!«

Kapitel 25

Es ist Wahnsinn, was ich hier mache, doch ich sehe einfach keine andere Möglichkeit, mich professionell auf die Meisterschaft vorbereiten zu können. Stunden, nachdem das *San Café* geschlossen und sich die Stadt allmählich zur Ruhe gelegt hat, habe ich meine Insel betreten und mir mit dem Zweitschlüssel Zugang zum Café verschafft. Es ist nicht das erste Mal, dass der Ort ruhig und dunkel vor mir liegt. Doch diesmal hat eine Aufregung von mir Besitz ergriffen, die mein Herz hart gegen die Rippen schlagen lässt. Ich rede mir ein, dass ich nichts Schlimmes verbreche. Doch genau genommen begehe ich Hausfriedensbruch und könnte mir ernsthaft Ärger einhandeln, wenn man mich erwischt.

Deshalb habe ich vorgesorgt und alle Bettlaken mitgenommen, die sich in meinem Besitz befinden. Mit diesen und Unmengen von Klebeband und Reißzweckstiften habe ich sämtliche Fenster verhängt und eine Art Dunkelkammer geschaffen.

Damit sich nicht doch ein verräterischer Lichtschein nach draußen stiehlt, arbeite ich mit minimaler Beleuchtung in Form einer Schreibtischlampe, die im ersten Tassenregal steht und ihr schwaches Licht halbkreisförmig auf die *La Marzocco* herableuchten lässt. Sie steht im Spotlight – im Mittelpunkt. Tatsächlich begrüße ich die innere Anspannung, die der Reiz des Verbotenen mit sich bringt. Schließlich werde ich auch bei der Meisterschaft unter enormem Druck funktionieren und perfekte Arbeit abliefern müssen. Doch davon bin ich in dieser Nacht noch weit, weit entfernt.

Die einfachsten Griffe wollen mir nicht von der Hand gehen. Es schockiert mich, wie schnell ich aus der Übung geraten bin, seit ich mein Training habe schleifen lassen. Ich brauche allein mehrere Durchgänge, um mir den korrekten Klang der Milch in Erinnerung zu rufen, und mein Gefühl für die gemahlene Pulvermenge hat mich derart im Stich gelassen, dass ich nun doch auf die Automatik-Funktion der Mühle zurückgreifen muss.

Mein Puls jagt das Blut durch meine Adern, während ich alles für den nächsten Durchgang vorbereite. Außer meinem angestrengten Atem und den Geräuschen des gemäßigten Straßenverkehrs, die dumpf durch die doppelverglasten Fensterscheiben den Weg zu mir finden, ist es absolut ruhig. Zumindest so lange, bis ich die Mühle einschalte und das Mahlwerk die Stille zerreißt. Angespannt schaue ich zu, wie die Bohnenmischung im Tank in Bewegung kommt und als feinstes Kaffeemehl in den Siebträger rieselt. Es dauert nicht lange, bis sich ein feines Häufchen in der Schale türmt. Vorsichtig ziehe ich das Sieb unter der Mühle hervor, streiche das Kaffeemehl etwas glatt und lege das Sieb auf die Vorrichtung zum Tampern. Konzentriert setze ich den Tamper auf das Mehl, drücke an und achte penibel darauf, eine gleichmäßig ebene Fläche zu erzielen. Ich ziehe den Tamper ab, klopfe das an den Rändern hängengebliebene Pulver locker und setze noch einmal an – diesmal mit einer halben Drehung aus dem Handgelenk heraus. Es ist eine Übung, die ich mittlerweile im Schlaf beherrsche, doch immer wieder sind es Nuancen, die am Ende den Unterschied ausmachen.

Diesmal hat alles geklappt, und ich kann mit gutem Gewissen den Siebträger in die Maschine einspannen. Noch eine letzte Druckkontrolle. Alles stimmt. Ich atme tief ein und halte die Luft in meinen Lungen gefangen, als ich die Bezugstaste drücke und zuschaue, wie sich die samtig-braune Flüssigkeit in die beiden kleinen dickbäuchigen Tassen ergießt. Ich zähle und beobachte.

Es zerreißt mir förmlich das Trommelfell, als neben mir in voller Lautstärke mein Smartphone aufschrillt und grell zu leuchten beginnt. Als ich umständlich das Handy zu fassen bekomme, lese ich eine mir unbekannte Nummer – *um diese Uhrzeit …*

Dann melde ich mich mit einem leisen, beherzten »Hallo?«.

»Ciao Cuculo.«

»Lorenzo!« Vermutlich hat meine Stimme ihm gerade das Trommelfell perforiert, so laut habe ich seinen Namen in den Hörer geschrien. »Warum rufst du mich an, um diese Uhrzeit?«

Mein Herz verkrampft sich augenblicklich, als mir die möglichen Gründe seines Anrufs durch den Kopf schießen. Ich senke sofort die Stimme und halte sicherheitshalber noch die Hand über die Muschel. »Ist alles in Ordnung mit dir?« Eine wirklich bescheuerte Frage in Anbetracht seines Zustands.

»Warum flüsterst du, Cuculo?«

Ehe ich etwas Sinnvolles erwidern kann, kommt er mir zuvor. »Entspann dich. Mir geht es gut. Es geht vielmehr darum … ich habe eine Bitte an dich.«

»Okay?«

»Ich möchte, dass du herkommst und mir etwas mitbringst.«

»Klar, ich komme gern zu dir. Wenn du magst, kann ich gleich morgen Vormittag vorbeikommen.«

»Ja, und warum nicht jetzt gleich?«

»Spinnst du, es ist schon fast zwölf.« Zur Vergewisserung werfe ich einen Blick auf die Uhr.

»Oh, ich verstehe, du hast etwas Besseres vor?«

»Nein, aber … ich kann doch nicht einfach so mitten in der Nacht ins Krankenhaus …«

»Natürlich kannst du, das ist doch kein Hochsicherheitsgefängnis!« Mein Blick fällt auf den vermurksten Espresso und den Dunstschleier, der sich im Licht der Lampe kräuselt.

Wahrscheinlich ist heute wirklich keine gute Nacht für Espresso.

»Na schön, ich komme.« Beim Anblick der Laken, die ich eben erst fein säuberlich aufgehängt habe und nun wieder sorgfältig abhängen muss, ohne verdächtige Spuren zu hinterlassen, sinkt meine Laune auf ein heutiges Rekordtief.

»Und was genau soll ich mitbringen?«

Kapitel 26

Mit einer Magnum-Packung Röstbohnen in den Armen betrete ich den grell ausgeleuchteten Eingangsbereich des Krankenhauses. Ein ziemlich müde dreinblickender junger Mann mit langen Haaren begrüßt mich mit einer gehobenen Augenbraue, um im nächsten Moment wieder in die bunte Welt eines grell aufleuchtenden Tablets zu versinken.

Also ziehe ich souverän an ihm vorbei zu den Fahrstuhlschächten, die mich keine Minute später auf der Onkologie ausspucken.

Die Leuchtkraft der Aufzugkabine setzt sich auf der Station nicht fort. Hier wurde das Licht heruntergedimmt und taucht alles in ein gelbwarmes Licht, das dennoch nichts Einladendes versprühen mag.

Es ist ein wenig unheimlich, mitten in der Nacht durch die Krankenhausflure zu streifen.

Alles ist still und wirkt menschenleer, was es natürlich nicht ist. Als ich Lorenzos Zimmer erreiche, klopfe ich so leise an, dass er es unmöglich hören kann, und schiebe die Tür langsam auf. Lorenzo sitzt in seinem Krankenbett, mit mehreren Kissen im Rücken. Der Fernseher läuft, aber ohne Ton. Neben ihm liegt eine zerlesene Ausgabe der *Gazzetta dello Sport.*

»Cuculo!« Seine Stimme hebt sich über das brummende Geräusch des Sauerstoffkompressors hinweg.

Er betrachtet mich aus klaren Augen und grinst. Die Hände ruhen zusammengefaltet auf seinem Bauch. Es wirkt beinahe so, als hätte er seit unserem Telefonat nichts anderes getan, als auf mich gewartet.

Ich muss mich zu einem Lächeln zwingen, da mich sein Anblick erneut in Schrecken versetzt. Obwohl ich ihn nicht zum ersten Mal in diesem Zustand sehe, mit dem dünnen Atemschlauch im Gesicht, fällt es mir schwer. Zu stark ist in meinem Gedächtnis das Bild eines kraftvollen Mannes verankert, der mit beiden Beinen fest im Leben steht. Ich gehe auf ihn zu, und mir wird schmerzlich bewusst, dass es diesen Mann bald nicht mehr geben wird.

Sein noch immer viel zu langes Haar ist noch dünner geworden und hängt ungekämmt an ihm herab. Ich weiß, dass Lorenzo mitten in einer Chemobehandlung ist. Und es ist so typisch für sein Wesen, dass sich selbst die Haare auflehnen und nicht im Traum daran denken auszufallen.

»Also, da bin ich.« Ich gebe ihm einen sanften Kuss auf die Stirn. Eine markante Aftershave-Wolke schlägt mir entgegen. Sie riecht frisch, als wäre sie gerade eben erst aufgetragen worden.

»Darf ich jetzt endlich wissen, was du mit den Bohnen vorhast?«

»Na, was wohl, Espresso kochen!«

Trotz der eingefallenen Gesichtszüge versprüht er den Charme eines Jungspunds, dem der Schalk im Nacken sitzt. Er scheint meinen perplexen Ausdruck zu genießen und lässt sich Zeit mit weiteren Erklärungen.

»Der Rollstuhl.« Er deutet mit dem Finger in die Ecke. Zunächst verstehe ich nicht. Ist er bereits zu schwach zum Gehen? Doch dann fällt mein Blick auf das auf dem Rollstuhl befindliche Bettlaken, unter dem sich eine quadratische Kontur abzeichnet.

»Tassilo war so nett, sie mir heute Nachmittag vorbeizubringen. Hat ganz schön geflucht, als er sie reingeschleppt hat.«

Ich erhebe mich von der Bettkante, gehe zum Rollstuhl und ziehe das Laken vom Sitz. Eine silberglänzende Chromschönheit strahlt mir entgegen, und es irritiert mich, den *Rocket*-Espresso-Siebträger außerhalb von Lorenzos Küche zu sehen.

Er lächelt. Das große alberne Lächeln, das ich sogar sehen kann, wenn ich die Augen schließe.

Ich hingegen kann Tassilo verstehen. Die robuste Maschine wiegt gut und gern dreißig Kilo. Neben der *Rocket* steht die Espressomühle, die ich ebenfalls das letzte Mal in der Küche der Mazzinis gesehen habe.

»Was konkret wird das jetzt?« Mein Blick wechselt zwischen dem dauergrinsenden Lorenzo und der Rocket hin und her.

»Sagte ich doch, Espressokochen!«

Mit erstaunlicher Kraft schwingt sich Lorenzo aus dem Bett und zieht den Atemschlauch aus der Wandeinlassung, um ihn in einen portablen Sauerstoffkonzentrator zu stecken, der neben dem Beistelltisch steht.

»Keine Panik, Cuculo. Ich käme auch ohne dieses Teil klar.« Es scheint, als hätte er die Sorge in meinem Gesicht gelesen. »Aber ohne werde ich immer so schnell müde. Und wir beide haben noch eine lange Nacht vor uns.«

Er zieht den Konzentrator wie einen Reisetrolley neben sich her und bewegt sich mit sicheren Schritten auf die Tür zu.

»Komm schon, du nimmst den Rollstuhl.«

Wenige Augenblicke später finden wir uns in der Personalküche der Krankenschwestern wieder, wo man uns bereits die Tür aufhält.

»Schwester Theresa, da ist mein Cuculo. Freya.«

Die Frau im mintgrünen Kasack streckt mir die Hand entgegen. Sie ist etwa in meinem Alter und ziemlich hübsch. »Freut mich, Sie endlich kennenzulernen«, sagt sie mit einem leichten, osteuropäisch klingenden Akzent. »Lorenzo hat uns schon so viel von Ihnen erzählt.«

Mit uns meint sie allem Anschein nach sich und die andere Schwester, die bereits in der Küche wartet und Lorenzo einen Platz anbietet, den er aber mit einer wegwerfenden Handbewegung ablehnt.

Unsicher schiebe ich mich mit dem Rollstuhl an ihr vorbei.

»Da«, sagt er nur und zeigt auf den freien Platz auf der Küchenablage.

»Geht das wirklich in Ordnung?«, frage ich die andere Krankenschwester, die sich mir als Claudia vorstellt.

Sie nickt und hakt sich bei Lorenzo ein. »Als könnten wir diesem sympathischen Herrn eine Bitte abschlagen. Und die Nachtschichten hier können schrecklich lang sein. Wir sind um jede Ablenkung dankbar.«

Schwester Theresa stellt sich zu uns und reicht mir eine Milchtüte. »Und wenn dabei noch ein starker Kaffee für uns herausspringt, umso besser!«

Ich kann nicht anders und muss darüber schmunzeln, dass Lorenzo auch in diesem Zustand seinen Schlag bei den Frauen nicht eingebüßt hat.

»Ich habe Theresa und Claudia den besten Espresso der Stadt versprochen. Also enttäusche sie nicht.«

Einen beinahe gehobenen Bruch und mehrere Handgriffe später stehe ich vor dem auf Betriebstemperatur laufenden Espresso-Siebträger. Neben mir steht Lorenzo mit einer Körperanspannung, als wäre er nie krank geworden, als befänden wir uns nicht auf dieser Krankenstation. Als hätte es die schlimmen Wochen, die hinter uns liegen, nie gegeben.

Er ist voll und ganz in seinem Element, überprüft die Bedienelemente, reißt die Bohnenpackung auf und saugt den

Geruch mit der Nase ein.

»Gute Bohnen«, befindet er schließlich. »Nicht perfekt, aber gut zum Üben.«

Dann wendet er sich an mich. »Natürlich sind das hier nicht die optimalen Wettkampfbedingungen. Du wirst immer nur zwei Espresso oder Cappuccino zubereiten können.«

Ich nicke, auch wenn ich noch immer nicht verstehe, was hier gerade passiert. Ich wage es aber nicht, Lorenzo zu unterbrechen. Etwas Dringliches geht von ihm aus, und ich bin nur zu dankbar dafür, dass ich endlich wieder von ihm lernen darf.

»Heute, mein Cuculo, erhältst du den letzten Schliff. Wir werden nicht eher Ruhe geben, bis du die Zubereitung perfekt beherrschst. Keine Uhr, keine Automatismen.« Er legt sich die flache Hand auf den Bauch, atmet tief ein. »Ich möchte sehen, dass das alles heute aus deinem Inneren herauskommt. Nicht darüber nachdenken, einfach tun. Intuitiv handeln.«

»Auftragen und polieren, ja, Mr Miyagi.«

Lorenzo schaut mich schräg von der Seite an, doch die beiden Schwestern lachen leise auf.

Er wackelt unwirsch mit dem Kopf. Vermutlich hat er *Karate Kid* nie gesehen. Schließlich klatscht er in die Hände und macht mir Platz. Während er mich mit Argusaugen beobachtet und unter den neugierigen Blicken von Theresa und Claudia beginne ich mit meinem ersten Durchgang.

Lorenzo ruft mir noch einmal alles Wichtige in Erinnerung.

Der Regler pendelt sich bei exakt 93 Grad ein. »Die Grundregel lautet: Alles, was mit der Espressozubereitung zu tun hat, muss warm sein«, erklärt Lorenzo mit lebhafter Stimme. »Der Siebträger, die Milch, die Tassen. Sind die Materialien zu kalt, wird der Espresso sauer, sind sie zu heiß, wird er bitter. Auf jeden Fall ist die richtige Temperatur das A und O. Bereits ein Grad Unterschied kann sich gravierend auf den Geschmack auswirken.«

Ich mahle die Bohnen intuitiv, verzichte auf Lorenzos Geheiß hin auf das digitale Menüprogramm, versuche mit bloßem Auge und innerem Zählen abzumessen, wann exakt die benötigte Menge in den Siebträger gerieselt ist.

Lorenzo schaut mich scharf an. *Bist du dir sicher?,* fragt mich sein Blick. Doch ich lasse mich nicht beirren. Mein Gefühl, meine Intuition sagen mir, dass ich richtigliege.

Also setze ich mich über seinen forschenden Blick hinweg und beginne mit dem Tampern, dem für mich schönsten Moment bei der Zubereitung, da ich direkt mit dem Espressomehl in Berührung komme und unter meinen Händen spüre, wie sich das Mehl zu einem gleichmäßigen Puck verfestigt.

Lorenzo nickt zufrieden. »Denk dran«, sagt er, als ich den Filterträger einhänge und kurz davorstehe, den Druckhebel herunterzuziehen. »Der Espresso muss so dünn und gleichmäßig herauslaufen wie das Schwänzchen eines Mäuschens.«

Ich drücke den Hebel herunter und beginne leise vor mich hin zu zählen. *Die goldene 25.*

»Nein!«, schreit es neben mir auf. »Hör auf damit. Es soll aus deinem Bauch herauskommen. Schau genau hin und konzentriere dich auf das, was du siehst. Kein Zählen mehr! Tutto bene?«

Ich nicke eingeschüchtert und starre auf den austretenden Espresso, der sich sirupartig in die Tassen ergießt.

Gemeinsam betrachten wir das Ergebnis. Die Crema ist fest, aber das Muster wirkt zu unruhig.

Lorenzo schwenkt mit dem Kopf hin und her. »Nicht perfekt. Mach einen Cappuccino draus.«

Widerstandslos fülle ich die Milch in den Chrombecher, lasse das Kondenswasser ab und beginne mit dem Milchaufschäumen. Dabei schließe ich die Augen und höre auf den Klang der Milch.

Lorenzo beobachtet mich akribisch. »Ziehe das Milchkännchen ganz leicht von dem Schwert weg, damit Sauerstoff hinzukommt. Denn dieser reagiert mit dem Eiweiß und erzeugt das Volumen.«

Ich nicke und versuche die Bewegung in etwa so hinzubekommen, wie er es mir erklärt. Anscheinend mache ich es nicht gut genug.

»Deine Hand«, sagt Lorenzo. »Halte sie unter die Kanne. Es muss sich anfühlen wie eine heiße Herdplatte. Wenn du den Schmerz nicht mehr aushältst, dann ist die Milch perfekt. Die Zweifinger-Methode.«

Er macht es mir vor, und ich mache es ihm nach.

Meine Finger ruhen nun unter der Kanne, und ich spüre die ansteigende Hitze unter meinen Fingerkuppen, während ich den Klang höre und die Milch kreisen lasse. Es wird warm und heißer. Heiß genug!

Ich weiß, dass ich den perfekten Zeitpunkt erwischen muss. Ein Sekundenspiel, das über Gelingen und Misslingen entscheidet.

»Die Bläschen«, ermahnt mich Lorenzo. Überflüssig. Ich bin bereits dabei, die groben Blasen herauszuklopfen, und halte die Milch in der Kanne in Bewegung – exakt so lange, bis ein feiner Glanz auf der Oberfläche entsteht.

»Die kreisende Bewegung ist wichtig, damit sich der eiweißhaltige Teil nicht vom nicht eiweißhaltigen Teil trennt.«

»Ich weiß«, entgegne ich etwas zu gereizt.

»Gut, dann vergiss es nicht!«

Für den Anfang entscheide ich mich für ein simples Blumenmuster und schwenke die aufgeschäumte Milch aus dem Handgelenk in die dickbäuchige Taste. Mit kleiner werdenden Seitwärtsbewegungen ziehe ich meine Blütenkreise, durch die ich zum Schluss einen feinen Strich ziehe, um den Blütenstängel darzustellen. Das Ergebnis ist so, wie es sein soll. Nicht unbedingt Latte Art par excellence, aber bodenständig und solide.

Die erste Tasse geht an Theresa, die sie dankbar in Empfang

nimmt. Als sie ihren ersten Schluck nimmt, sehe ich es in ihren Augen aufblitzen.

»Das … das ist fantastisch.«

Ich lächele ihr verschämt zu und freue mich über das Kompliment.

»Das ist nichts«, bremst Lorenzo meinen Höhenflug aus, bevor ich überhaupt in der Lage war, abzuheben. »Jetzt will ich sehen, was du wirklich kannst. Bist du bereit für die Perfektion? Mach mir einen Espresso!«

Ich schließe die Augen, nicke entschlossen und mache mich an die Arbeit.

Es geht die ganze Nacht so weiter. Tasse um Tasse. Stunde um Stunde.

Irgendwann ist die Nacht vorbei. Durch die großen Fenster der Krankenhausküche ist zu sehen, wie ein sanftes Lila die Schwärze des Nachthimmels durchbricht. Ich nehme es nur nebenbei wahr, während Lorenzo sich meiner jüngsten Espresso-Kreation widmet.

»Das war gut.« Er bedenkt den gefühlt zweitausendsten Espresso mit intensiven Blicken, riecht daran und nimmt endlich den ersten Schluck.

»Hast du es gespürt?«, fragt er mich.

Ich hebe unbeholfen die Schultern. Die Wahrheit ist, dass ich schon lange überhaupt nichts mehr spüre. Ich strecke mich und bringe mein Genick zum Knacken. Vom stundenlangen Stehen habe ich übelste Rückenschmerzen.

»Wir müssen uns noch über deine Eigenkreation Gedanken machen, über deinen Signature Drink.«

Ich unterdrücke ein Gähnen.

Auch Lorenzo sieht müde aus. Nein, mehr als das. Seine noch immer lebhaft glänzenden Augen liegen in den dunklen Schatten seiner Höhlen. Die Bartstoppeln lassen seine Wangen nur noch schmaler wirken.

»Du musst doch völlig erschöpft sein.«

Lorenzo winkt ab. »Und wenn schon. Schlafen kann ich noch genug, wenn ich tot bin.«

»Sie hat recht, Herr Mazzini«, bestimmt Schwester Theresa. »Es war wirklich eine lange Nacht. Ihr Körper muss sich erholen.«

»Ach, was«, befindet Lorenzo tapfer.

Die Schwester blickt ihn intensiv an. »Das war keine Bitte.«

»Wir sind aber noch nicht fertig, es gibt noch so vieles, was ich dir beibringen muss.«

Lorenzo fuchtelt wild mit den Händen, verheddert sich kurz im Schlauch seines Atemkompressors. Ich mache einen Schritt auf ihn zu, bringe seine Hände zur Ruhe. »Ich laufe dir nicht weg.« Ich spüre ein Lächeln auf meinen Lippen. »Wir lassen die Maschine hier stehen, und heute Abend komme ich wieder zu dir. *D'accordo*?«

Von der Klarheit in seinen Augen ist nichts mehr übrig. Er sieht einfach nur noch müde aus. Doch er deutet ein Nicken an. »*Va bene!* Und dann kümmern wir uns um die Königsdisziplin, deine eigene Kreation. Vielleicht habe ich auch bis heute Abend eine Idee, womit du sie alle übertrumpfen wirst.« Er legt meine Hand in seine, drückt sie, streicht zärtlich über die Oberfläche, während er mich wohlwollend anlächelt. Seine Hände sind kalt.

In diesem Moment wird mir klar, wie viel ich wirklich für diesen Mann empfinde. Es frisst mich innerlich auf, ihn so schwach zu sehen.

Schwester Theresa kommt auf uns zu, und einen Augenblick lang verfluche ich sie dafür, dass sie unseren innigen Moment zerstört. »Sie können den Automaten gern hier stehen lassen, ich sage der Morgenschicht Bescheid, damit die sich nicht wundern. Ich denke, einmal können wir noch ein Auge zudrücken, wenn dabei so ein guter Kaffee für uns herausspringt.«

Kapitel 27

Ein Gefühl der Euphorie trägt mich nach Hause. Ich bin total erschöpft, und alles in mir schreit nach Schlaf, dennoch bin ich glücklich und ganz bei mir selbst. Lorenzo hat in dieser Nacht mein Wissen über den Espresso noch einmal entscheidend gefestigt. Ich bin so dankbar, von diesem Mann lernen zu dürfen.

Ich fühle mich gut und von neuer Zuversicht geradezu durchtränkt, als ich um die Häuserecke biege und zwei Polizisten vor meinem Hauseingang stehen sehe. Ich wohne nicht gerade in der besten Gegend der Stadt, aber die beiden uniformierten Männer stellen doch einen eher ungewöhnlichen Anblick dar. Ganz besonders, als sie sich mir zuwenden.

»Sind Sie Frau Sturm?«, werde ich gefragt.

Ich nicke knapp, worauf die beiden einen vielsagenden Blick wechseln.

»Uns liegt eine Anzeige gegen Sie vor«, sagt der ältere der beiden schließlich. »Wegen Hausfriedensbruchs.«

»Bitte was?!«

Die beiden Herren schauen sich wieder an und betrachten mich forschend. »Dürfen wir erfahren, wo Sie heute Nacht gewesen sind?«

»Im Krankenhaus«, erwidere ich aus dem Affekt heraus, bis ich endlich verstehe, was es mit der Frage auf sich hat.

Schlagartig bin ich hellwach.

»Dann waren Sie heute Nacht nicht im Caféhaus *San Café*?«

Auf einmal kommt es mir vor, als würde ich mich von oben herab betrachten, als könnte ich aus der Vogelperspektive dabei zusehen, wie sich alles in mir verkrampft. Was soll ich tun? Leugnen? Weglaufen? Die Wahrheit sagen? Ich entscheide mich für die vierte Variante: Schweigen.

»Uns liegt eine Anzeige gegen Sie vor.«

Die Starre hat mich nun vollständig erfasst. In meinem Gehirn gibt es nur noch einen einzigen Gedanken. *Eric hat mich angezeigt!*

Ich schiebe mich an den beiden Herren vorbei, um der absurden Situation zu entkommen. Doch eine Hand umfasst meinen Oberarm.

»Frau Sturm. Sie täten wirklich gut daran, sich kooperativ zu verhalten. Wir möchten Sie bitten, mit ins Präsidium zu kommen, um alles aufzunehmen. Vielleicht handelt sich ja um ein … Missverständnis.«

»Auf gar keinen Fall«, höre ich mich selbst sagen. »Ich gehe nirgendwo hin. Ich habe eine anstrengende Nacht hinter mir und brauche Schlaf. Wenn Sie mich also bitte entschuldigen würden.«

Mit gesenktem Blick krame ich den Schlüssel aus der Handtasche und versuche an den beiden Polizisten vorbeizukommen. Doch sie versperren mir den Weg.

»Würden Sie mich bitte durchlassen.« Meine Stimme wird ungehalten, ich beginne zu zittern. »Das ist doch wirklich lächerlich! Sehe ich aus wie eine Einbrecherin?« Ich spucke die Wörter förmlich aus. »Eric und ich sind …«, versuche ich zu erklären, lasse es aber sein, da es die beiden Herren überhaupt nichts angeht, was Eric und ich sind.

Oder vielmehr waren.

»Es ist etwas kompliziert zwischen uns beiden. Ich kann mir beim besten Willen nicht vorstellen, dass er die Anzeige wirklich ernst gemeint hat.«

»Das spielt überhaupt keine Rolle. Anzeige ist Anzeige. Wir müssen sie nun wirklich bitten, mitzukommen.«

Ein älteres Pärchen geht eilig an uns vorbei, bleibt wenige Meter hinter uns stehen und dreht sich verstohlen um.

»Ich kann nicht«, entgegne ich gereizt. »Ich muss …« *mich auf mein Bett fallen lassen und mir die Seele aus dem Leib heulen.* Ich kann einfach nicht glauben, dass Eric wirklich so weit gegangen ist und die Polizei gerufen hat. Und wie hat er es überhaupt gemerkt? Ich hatte doch so sehr darauf geachtet, keine Spuren zu hinterlassen. Aber der überstürzte Aufbruch ins Krankenhaus … Nun fühle ich mich nicht mehr nur verletzt und ausgenutzt, sondern auch verraten. Mit einem beherzten Ruck schiebe ich mich zwischen den beiden Männern hindurch und versuche das Schlüsselloch der Haustür zu treffen – was angesichts meiner zitternden Finger gar nicht so einfach ist.

»Frau Sturm!«

Jemand fasst mir an die Schulter und ich reiße mich los.

»Das bringt doch nichts!« Eine starke Hand greift nach mir. Ich versuche, sie abzuschütteln, doch der Griff ist unbarmherzig.

»Lassen Sie mich los!«, schreie ich und schaffe es nicht mehr, die Tränen zurückzuhalten. Mein Blick verfängt sich in dem Gesicht der älteren Frau, die noch immer die Szenerie beobachtet. »Hilfe!«

Sie rührt sich nicht, schaut mich nur aus großen Augen heraus an. Das hier muss für sie besser sein als ein Kinobesuch.

»Jetzt beruhigen Sie sich doch.«

Aber ich will nicht! Ich will in meine Wohnung und in Selbstmitleid zergehen. Doch die beiden Männer denken nicht im Traum daran, mich gehen zu lassen. Ich zappele und versuche, mich aus dem Griff zu winden, der immer stärker wird. Als einer der beiden nach meinem anderen Arm zu greifen versucht, sehe ich rot und ramme ihm kurzerhand mein Knie in den Unterleib. Das heißt, ich versuche es, ich treffe ihn aber nicht ganz. Als hätte der Mann meine Reaktion vorausgeahnt, springt er im letzten Moment zur Seite und presst sich schützend die Hände vor den Unterleib.

»Das reicht jetzt!«, tönt es hinter mir, und ehe ich michs versehe, wird mir ein Arm hinter den Rücken gedreht. Ich schreie auf. Vor Schmerz und Schreck. Es geht alles so wahnsinnig schnell, dass ich überhaupt nicht reagieren kann. In Nullkommanichts finde ich mich mit im Rücken verschränkten Händen wieder. In Handschellen.

Ich befinde mich in einem Albtraum. So muss es sein. Und ganz bestimmt wache ich jeden Moment auf.

Doch das ist nicht der Fall. Nicht einmal dann, als die beiden mich über den Bordstein schleifen und ich wenig später auf der Rückbank eines Polizeiwagens sitze.

Kapitel 28

»Kannst du mir bitte mal erzählen, wie du es immer wieder schaffst, dich in solche Situationen hineinzumanövrieren?«

Tassilo hat sein bestes Hemd an und schafft es trotz dieser schwierigen Situation, gut gelaunt und aufbauend zu wirken.

»Ich weiß selbst nicht, was in mich gefahren ist.« Betrübt habe ich den Kopf gesenkt, vermeide es strikt, ihm in die Augen zu schauen. Ich schäme mich so maßlos für mich selbst.

Nachdem die Polizei meine Personalien aufgenommen hat und sich letztlich doch davon überzeugen konnte, dass keine weitere Gefahr mehr von mir ausgeht, durfte ich telefonieren.

Dieses berühmte Telefonat mit einem Anwalt. Wie in einer Krimiserie. Leider kenne ich keinen Anwalt, aber einen guten Freund, der zumindest einige Semester Jura studiert hat.

Dann war er da, mein Held, um mich aus den Fängen der Häscher zu befreien. Im dunklen Zweireiher, mit wehenden wilden Locken. Ich muss zugeben, dass sein Auftreten nicht nur die Polizisten beeindruckt hat. Erst recht, als er dann mit Paragrafen um sich geworfen hat und es gar nicht lustig fand, dass man mich gegen meinen Willen auf die Wache geschleift hat.

»Ist es denn wahr, dass du ins Café eingebrochen bist?«, möchte Tassilo von mir wissen.

»Ich bin nicht eingebrochen, ich hatte einen Zweitschlüssel.«

Tassilo nickt. »Das ist gar nicht so unwichtig und sollte sich positiv für dich auswirken.« Er lacht leise auf. »Wer hätte gedacht, dass sich mein abgebrochenes Jurastudium doch einmal auszahlen würde.«

Ich habe nicht die Kraft, dieselbe positive Ausstrahlung zu versprühen.

»Was passiert jetzt?«, will ich von meinem Hobbyanwalt wissen.

Tassilo reckt das Kinn und überlegt laut: »Anzeige wegen Hausfriedensbruch ohne Sachbeschädigung. Die Polizei wird die Anzeige an die Staatsanwaltschaft weiterleiten und letztlich entscheidet der Richter. Da du aber nicht vorbestraft bist, kann ich mir nicht vorstellen, dass es große Konsequenzen nach sich ziehen wird. Du hast ja auch nichts gestohlen oder beschädigt.« Wieder zaubert er ein schelmisches Grinsen von irgendwo her. »Aber ich denke, dass dir ein lebenslanges Hausverbot im *San Café* sicher ist.« Er nimmt mein Kinn in die Hand, drückt es nach oben und zwingt mich buchstäblich dazu, ihn anzuschauen. »Ist es wahr, Freya Sturm, hast du wirklich versucht, einem Polizisten in die Eier zu treten?«

»Er hat angefangen«, setze ich mich zur Wehr.

»Du kannst von Glück sprechen, dass dir das nicht gelungen ist und die beiden Herren von einer weiteren Anzeige wegen Widerstands gegen die Staatsgewalt absehen.«

Schmollend schiebt sich meine Unterlippe nach vorn.

»Schön. Und jetzt?«

»Was wohl. Jetzt bringen wir dich nach Hause, und dann kannst du dich erst einmal ausschlafen, du Herumtreiberin! Um alles andere kümmern wir uns morgen.«

Auf dem Weg zum Auto zieht Tassilo sein Handy aus der

Jacketttasche. Ich sehe, wie er die Stirn in Falten legt. »Nanu, drei Anrufe in Abwesenheit?«

Er bleibt stehen und drückt auf das Rückrufsymbol.

»Ja, hallo. Sie haben mich angerufen? Ja, ich warte.«

Ich nutze die Gelegenheit und rufe ebenfalls meine neuen Nachrichten ab. Als ich nach oben schaue, sehe ich sofort, dass etwas nicht stimmt. Tassilo hält noch immer das Telefon ans Ohr, aber sein Ausdruck ist leer.

»Tassilo, alles in Ordnung mit dir?«

Sein aschfahles Gesicht macht mir Angst.

»Ja … nein.« Er schüttelt sich. »Es ist wegen Babbo. Sie sagen … ich soll sofort ins Krankenhaus kommen.«

Kapitel 29

Sie haben Lorenzo verlegt. Von der Krankenstation auf die Intensivstation. Als Tassilo und ich den Raum betreten, muss ich einen Aufschrei unterdrücken. Ich war auf alles vorbereitet, dennoch trifft es mich wie ein Schlag, ihn dort liegen zu sehen. Hilflos und verletzlich. Als würde alles nur noch von diesen Maschinen abhängen, die den Takt der unbarmherzigen Endlichkeit und die Tonart in Moll vorgeben.

Das hereinfallende Tageslicht lässt Lorenzo schonungslos blass aussehen. Es ist, als könnte man förmlich dabei zusehen, wie das Leben mit jedem kraftlosen Atemzug aus ihm entweicht.

Panik ergreift von mir Besitz. Ich will nicht hier sein. Meine Beine wollen losrennen und nie wieder damit aufhören. Ich kann diese Situation nicht ertragen, ich bin einfach nicht stark genug dafür. Bislang bin ich vor Problemen immer davongelaufen, und auch jetzt will ich einfach nur weg und diesen Schrecken ausblenden. Doch ich kann nicht. Ich kann Tassilo in dieser abscheulichen Situation nicht alleine lassen.

Wir stehen vor dem riesigen Bett und starren auf Lorenzo hinunter.

Durch seinen Brustkorb geht ein unregelmäßiges Ruckeln. Als hätte er einen schlimmen Schluckauf. Dazu dieses rasselnde

Atemgeräusch, von dem ich weiß, dass ich es in meinem Leben nie werde vergessen können.

Der fingerdicke Schlauch auf seiner Oberlippe bläst ihm unentwegt frischen Sauerstoff in die Nase.

Elektroden kleben auf Lorenzos nackter Brust und führen zu einem Monitor, der seine Herzfrequenz darstellt, vermute ich. Jeder Pulsschlag manifestiert sich in einem digitalen Piepton, der zusammen mit dem nassklingenden Atem eine morbide Geräuschkulisse erzeugt.

Tassilo tritt nah an seinen Vater heran. Ich bleibe in gebührendem Abstand vor dem Bett stehen und umklammere die glatte, kühle Metallstrebe. Ungeschickt nach Halt suchend, hilflos. Ich muss an Valentino denken, der nichts ahnend im Kindergarten spielt. Wie wird er das verkraften?

Lorenzo scheint nichts mehr wahrzunehmen. Weder die Anwesenheit seines Sohnes, noch das letzte bisschen Leben, das in ihm ist und sich allmählich davonstiehlt. Beinahe so, als hätte er den ersten Fuß auf die Schwelle gesetzt, die ihn in eine andere Welt führen wird.

Tassilo beginnt mit ihm zu reden. Auf Italienisch. Ich verstehe kein Wort, doch es klingt vorwurfsvoll und wütend, bis sich schlagartig die Klangfarbe ändert und sich seine Worte mit Tränen vermischen.

Es fällt mir unendlich schwer, Lorenzo anzuschauen. Der Blick in seinen Augen, der keiner ist und niemandem gilt. Er hat die Lider halb geöffnet, aber die trüben Pupillen sind ins Leere gerichtet.

Ich zwinge mich, näherzutreten.

Tassilo streicht immer wieder über den Handrücken seines Vaters und redet unaufhörlich auf ihn ein. Ich lege meine Hand auf seine Schultern und schaue auf die beiden hinab, als wäre ich ein Zuschauer in der ersten Reihe, der das Schauspiel aus einer gewissen Distanz verfolgt. Als gehörte ich gar nicht dazu.

»Ich war gestern Nachmittag noch bei ihm.« Tassilo schaut aus verweinten Augen zu mir hoch. »Er wollte unbedingt, dass ich vorbeikomme und diese Maschine mitbringe, die *Rocket.*«

»Ich weiß. Er hat es mir erzählt.«

Tassilo reagiert nicht auf meinen Kommentar, er spricht unbeirrt weiter, während er immer wieder über Lorenzos Hand streichelt. »Er ahnte es«, sagt er schließlich aus dem Nichts heraus, den Blick noch immer stur aus dem Fenster gerichtet. »In den letzten Tagen hat er oft davon gesprochen, was sein soll, wenn er nicht mehr da ist.«

Ich sehe zu ihm auf. Sein Kehlkopf zuckt, als er angestrengt zu schlucken versucht, um nicht von den Emotionen überwältigt zu werden, die die Erinnerungen mit sich bringen.

»Ich weiß nicht, wie oft er mir gesagt hat, dass Valentino eine Familie braucht, dass ich die Verantwortung für den Jungen nicht alleine auf meinen Schultern tragen kann.«

»Tassilo.« Meine Stimme ist nicht mehr als ein Wispern.

»Als wüsste ich nicht selbst, dass ich ihm unmöglich gerecht werden kann.«

»Sag so was nicht, du bist ein toller Vater!«

»Auf jeden Fall wurde ich wütend und wollte gehen, doch dann hat er mich zurückgerufen – mit einer Stimme, die keinen Widerspruch duldete. So kenne ich ihn gar nicht. Auf einmal hat er angefangen, wirres Zeug zu reden. Er sprach von dir, Freya. Und er sprach zum ersten Mal über seinen Tod, als hätte er sein Schicksal endlich akzeptiert. Weißt du, was er gesagt hat?«

Ich schüttele den Kopf. »Nein.«

»Dass ich unbedingt im Keller nachschauen soll, ob ich unseren alten Siebträger noch zum Laufen bekomme. Kannst du dir das vorstellen? Da führe ich das wohl letzte Gespräch mit meinem Babbo und er schickt mich in den Keller.«

Tassilo stößt ein ungläubiges Lachen aus.

»Tut mir leid«, sage ich hilflos.

»Gar nichts muss dir leidtun, Freya.« Seine Hand tätschelt mein Knie. »Aber es ist so typisch für Babbo. Er war noch nie ein Mann großer Worte.«

»Ich weiß. Dein Vater ist ein Mann der Tat.«

Tassilo schaut nachdenklich auf das Bett.

»Ja, das ist er.«

Ich bleibe stumm, weiß nicht mehr, was ich sagen soll. Überhaupt nichts weiß ich mehr. Es kommt mir vor, als befände ich mich in einem Albtraum, aus dem es kein Erwachen gibt. Nie mehr! Es tut so verflucht weh, diesen Anblick zu ertragen. Ich kann nicht glauben, dass ich noch vor wenigen Stunden mit diesem Mann, dessen Hülle nun vor mir liegt, gelacht und gescherzt habe, dass ich mich von ihm habe maßregeln lassen für meine schlechten Espressokreationen.

Es ist so … unwirklich.

Es gibt doch noch so viel zu erzählen. Ich muss ihm doch noch sagen, wie viel er mir bedeutet und dass ich ihm einfach alles zu verdanken habe.

Mein Leben. Warum nur bin ich nicht eher über meinen Schatten gesprungen und habe den Frieden mit ihm zu schließen versucht. Weshalb musste es so weit kommen, dass wir beide aus falschem Stolz unsere wertvolle Zeit vergeudeten? Es war ein Fehler. Und die Gewissheit, dass ich ihn nie wieder werde gutmachen können, lähmt mich.

Auf einmal verändert sich das piepende Geräusch.

Lorenzos Oberkörper bäumt sich auf. Es ist ein kaum merkliches Anheben. Er verharrt einige Sekunden in dieser Position, reißt den Mund auf, die Lider noch immer halb geschlossen. Tassilo fasst seinen Vater bei den Schultern, will ihn stützen.

Doch da ist nichts mehr, was gestützt werden muss.

Die ohnehin unregelmäßigen Atemgeräusche klingen leise aus. Der auf- und absteigende Signalton weicht einem permanenten Summen. Lorenzo hat den Mund zu einem stillen Schrei geöffnet, doch kein Laut verlässt seine Lippen. Nie wieder.

Langsam senkt sich der Brustkorb, jegliche Spannung entweicht dem Körper.

Lorenzo ist tot.

Tassilos erstickte Schluchzer erfüllen den Raum, legen sich über das tinnitusartige Geräusch der Geräte. Ich stehe einfach nur hinter ihm und starre auf die reglose Hülle im Bett.

Ich weiß nicht, wie lange.

Irgendwann kommt Schwester Theresa herein. Sie zieht die Vorhänge zu und schaltet die Maschinen aus. Die nunmehr eintretende Stille macht Lorenzos Tod für mich erst richtig greifbar.

»Es tut mir so unendlich leid.« Als sich unsere Blicke treffen, sehe ich, dass ihr ebenfalls die Tränen in den Augen stehen. »Er war ein ganz besonderer Mann. Das weiß ich, obwohl ich ihn nur kurz kennenlernen durfte.«

Paralysiert beobachte ich die Schwester dabei, wie sie die Instrumente der Reihe nach ausschaltet, dann die Elektroden von der bleichen Brust entfernt. Schließlich legt sie die Handfläche auf Lorenzos Gesicht, um seine Augen ganz zu schließen.

Kapitel 30

»Was macht Valentino?«, fragt Tassilo, als ich das Wohnzimmer betrete. Ich sehe seine Gestalt als Scherenschnitt vor dem Fenster. Er hat die Lichter ausgelassen, steht völlig im Dunkeln da. Die einzige Lichtquelle sind die Mondstrahlen, die durch das Fenster scheinen.

»Er ist endlich eingeschlafen.«

Tassilo schaut mich nur ganz kurz an, dann wendet er den Blick wieder ab und betrachtet die ruhige Straße unter uns. Auf einmal fühlt sich dieses Haus unglaublich fremd an. Und dennoch vertraut. Lorenzos Geist ist allgegenwärtig. In den Wänden, den Möbeln. In der Luft.

Ob Tassilo es auch fühlen kann?

Unsicher bewege ich mich auf die Fensterfront zu, stelle mich neben Tassilo und betrachte mit ihm den fast vollen Mond, der auf uns herableuchtet. Vereinzelte Wolkenstrukturen zeichnen sich am Nachthimmel ab. Dunkelschwarz, beinahe bedrohlich.

Es wird ein Gewitter geben heute Nacht.

Im Mondschein sehe ich den feuchten Glanz in seinen Augen, als ich zu ihm aufblicke. Er lächelt schief.

»Kann einfach nicht glauben, dass er nicht mehr da ist.«

Ich greife nach seiner Hand und lehne mich an ihn.

»Es tut mir so unendlich leid für euch beide.«

Tassilo legt seinen Arm um mich. »Was soll denn jetzt nur aus Valentino werden, ohne ihn? Er hat ihn so sehr geliebt.« Tassilos Stimme wird von den Tränen erstickt, und auch mir schnürt es wieder die Kehle zu. Lorenzos Tod ist für uns beide tragisch, doch Valentino hat es den Boden unter den Füßen weggerissen. Das weiß ich nur zu gut aus eigener Erfahrung. An diesem Abend hat der kleine Junge viel zu früh ein großes Stück seiner Kindheit verloren.

»Es geht immer irgendwie weiter. Es muss.« Ich beiße mir auf die Lippen, verfluche mich dafür, einen derart platten Spruch hervorgebracht zu haben. Aber wie soll ich die richtigen Worte finden? Wie soll ich jemanden trösten können, wenn ich selbst am Schmerz zu zerbrechen drohe?

»Bronte«, kommt es leise aus Tassilos Mund.

»Was?«

»Ich muss ihn bei seiner Familie beerdigen. Bei Mama.«

Über mir höre ich ihn tief aufseufzen, was mich steil nach oben blicken lässt.

Ich verstehe nicht, worauf er hinauswill. Tassilo und Valentino sind seine Familie. Meine Stirn legt sich in Falten, zu einem großen Fragezeichen.

Tassilo lächelt matt. »Er muss zurück in seine Heimat. Ich weiß, dass er es so gewollt hätte.«

Etwas flackert in seinen Augen auf. »Babbos sterbliche Hülle gehört nach Sizilien. Gleich morgen werde ich mich um alles kümmern und die Überführung …« Er spricht nicht weiter, sein schmerzlicher Blick geht wieder zum Fenster.

»Er hätte es so gewollt. Ob es mir gefällt oder nicht.«

»Sizilien«, sage nun auch ich. Leise und schüchtern. Ich merke, dass ich auf meiner Unterlippe herumkaue. Tassilo streicht mir durchs Haar und fängt meinen Blick auf.

Im funkelnden Mondlicht wirken seine Augen noch unergründlicher. Die Art, wie er mich betrachtet, macht mich auf eine unbestimmte Weise nervös.

»Kommst du mit, Freya, begleitest du uns?«

Ich schnappe nach Luft. Die Frage trifft mich völlig unvorbereitet.

»Ich weiß nicht, ob ich das alleine schaffe.«

Wir sehen uns lange an und schließlich nicke ich stumm. Der Gedanke, nach Sizilien reisen zu müssen, um Lorenzo dort zu beerdigen, schnürt mir die Kehle zu.

»Ja«, sage ich. »Natürlich komme ich mit.«

Ein Erinnerungsfetzen drängt sich in mein Bewusstsein vor. Lorenzo und ich in der Krankenhausküche, wie er neben mir steht und mir unermüdlich sein Wissen eintrichtert. Es ist keine vierundzwanzig Stunden her, und doch fühlt es sich an wie ein Sprung in die Vergangenheit. Ich weiß, dass ich diese letzten lebensbejahenden Stunden nie vergessen werde und ihn genau so in Erinnerung behalten möchte. Als meinen Mentor, meinen väterlichen Freund.

»Bleibst du heute Nacht hier?« Tassilos Worte reißen mich aus meiner Gedankenflut.

Erschrocken blicke ich auf und sehe in sein bitteres, schönes Gesicht. Die unendliche Schwermut in seinem Ausdruck zerreißt mir das Herz. Es ist beinahe so, als könnte ich meine eigene Trauer in seinen Augen sehen. »Bei uns?«

Wir schauen uns an. Lange und intensiv. Tassilo schiebt sich vor mich, greift nach meinen Händen, drückt sie fest. Seine Stimme ist ein leises, eindringliches Flüstern.

Ich möchte etwas erwidern, ihm mein Beileid ausdrücken. Aber es kommt kein Wort aus mir heraus. Wie auch, wenn ich doch denselben Schmerz empfinde und es mich innerlich zerreißt. Ich merke, dass sich meine Augen mit neuen Tränen füllen, aber ich wische sie nicht weg.

Wir stehen dicht voreinander und betrachten uns in unserer gemeinsamen Trauer.

»Wir brauchen dich jetzt. Mehr denn je.«

Ich weiß nicht, was genau mich dazu verleitet, aber ich weiß, dass auch ich sie brauche. *Ihn!* In dieser ersten Nacht ohne Lorenzo auf dieser kalten Welt mehr als alles andere. *Ihn!* Den vielleicht einzigen Menschen nach Lorenzo, dem ich blind vertraue und für den ich mein Leben opfern würde. Plötzlich ist alles kristallklar. Als hätte sich ein dunkler Schleier gelichtet. Ich stelle mich auf die Zehenspitzen und antworte ihm mit einem Kuss.

Er ist zunächst als eine rein freundschaftliche Liebkosung gedacht. Ein zarter, flüchtiger, vertrauter, kurzer Kuss auf den Mund. Doch in dem Moment, als unsere Lippen aufeinandertreffen, ist es beinahe so, als löse sich etwas in uns. Als hätten wir mit dieser einen zarten Berührung die Kontrolle über uns aufgegeben und ließen uns fortan von einer höheren Gewalt lenken. Wie von selbst öffnen sich unsere Lippen, finden unsere Zungen zueinander. Es wird ein harter, leidenschaftlicher Kuss. Wir saugen uns ineinander fest. Er schmeckt nach dem Salz der Tränen und einem brennenden Verlangen, das wie ein Funkenschlag auf mich überspringt und sich tief in meinem Innern einnistet. Es bleibt nicht beim Spiel unserer Zungen. Auf einmal sind unsere Hände überall. Gierig reiße ich Tassilos Hemd auf, höre, wie die Knöpfe aus dem Stoff reißen. Ich fahre mit den Fingern fest über seine Brust, während er mich schwindelig küsst.

In einer Atempause werfe ich einen Blick auf seinen nackten Oberkörper. Es ist das erste Mal, dass ich Tassilo so sehe. Er ist ziemlich schlank, hat aber trotzdem ansehnliche Muskeln. Wieso war mir das vorher nie aufgefallen?

Tassilo vergräbt die Hand in meinen Haaren, drückt meinen Kopf nach hinten und senkt abermals seine Lippen auf meine. Meine Hände wandern über seinen Körper nach unten.

Er stöhnt lustvoll in meinem Mund auf. Als ich unter dem Stoff seiner Anzughose seine Erregung spüre, kribbelt es plötzlich überall in mir.

Wir zerren uns die Kleider vom Leib und lassen uns, ohne den Kuss zu unterbrechen, auf den kühlen Parkettboden fallen. Tassilo liegt auf mir, drängt sich fordernd zwischen meine Beine, die ich ihm bereitwillig öffne. Als er in mich eindringt, ist es, als würden unsere Körper ineinander übergehen. Er bewegt sich heftig in mir, und ich komme ihm im selben Rhythmus entgegen. Beinahe hat es den Anschein, als würden wir auf diese Weise versuchen, uns ganz tief zu berühren. Nicht aus bloßer Begierde, obwohl die Leidenschaft in mir brodelt und ich mich von diesem Mann, den ich in- und auswendig kenne, verschlingen lassen möchte. Auf einmal überkommt mich ein Gefühl von absoluter Vertrautheit, von blindem Verständnis und schmerzhafter Sehnsucht. Wir fallen förmlich übereinander her, sind wild und hemmungslos, als gäbe es nichts anderes als das Hier und Jetzt. Für immer.

Doch unsere leidenschaftliche, alles um uns herum vergessende Hingabe dauert nicht lange an. Viel zu schnell explodieren wir beide in einem überwältigenden Höhepunkt, dessen Nachbeben in mir einfach nicht verebben wollen und auch wieder den Schleier der Trauer mit sich ziehen. Ich zittere am ganzen Leib und empfinde eine Vertrautheit, die sich mit dem schmerzlichen Verlust vermischt. Ein unbeschreibliches Gefühl, das bodenlos tief geht. Ich kann spüren, dass es Tassilo genauso ergeht. Überwältigt von unseren gemeinsamen Erlebnissen liegen wir weinend nebeneinander auf dem Boden, fest im Arm des anderen, und versuchen uns gegenseitig Halt zu geben. Schweigend krallen wir uns aneinander. Mein Kopf liegt auf seiner Brust, und ich kann seinen Herzschlag hören. Es klingt wunderschön. Tassilo streicht sanft über meinen Rücken, und allmählich hört das Zittern auf. Mit der nachlassenden Anspannung überfällt mich eine schier unendliche Müdigkeit.

Kapitel 31

Es ist kein langsames Erwachen, sondern eines von der Art, wenn man verschlafen hat. Ruckartig, von null auf hundert. Mit dem ersten klaren Gedanken ist die Realität in all ihrer Schmerzhaftigkeit allgegenwärtig. Lorenzos Tod.

Meine Hände tasten die andere Bettseite ab, doch sie ist leer.

Blinzelnd beginne ich mit der Orientierung. Draußen ist es noch dämmrig, doch durch die Jalousien zeigt sich der Himmel bereits in einem rosigen Schimmer. Die Vögel zwitschern, es verspricht ein sonniger Tag zu werden.

Mein Blick fällt auf den Wecker: kurz nach halb acht.

Ich fühle mich merkwürdig und ängstlich. Mit den ersten Erinnerungen, die mein Bewusstsein ausfüllen, umspült mich gleichzeitig eine schmerzliche Leere. Sie setzt sich in jeder Pore fest, und ich habe das untrügliche Gefühl, dass sie es sich in mir bequem machen möchte.

Das mit Tassilo lässt sich nicht einordnen. Es war schön und intensiv, aber was war es genau? Jedenfalls fühlt es sich merkwürdig an, ihn nicht neben mir zu wissen, nach dieser ersten Nacht alleine aufzuwachen.

In die Krümmung seines warmen Körpers gekuschelt, seinen gleichmäßigen Atem tröstlich an meinem Ohr, war ich schließlich in absoluter Geborgenheit eingeschlafen. Ohne groß nachzudenken. Ob er es bereut? Mir wird flau bei dem Gedanken, ihm gegenübertreten zu müssen.

Aber ich möchte es schnellstmöglich hinter mich bringen. Flugs steige ich aus dem Bett und springe in die erstbesten Klamotten, die ich finden kann. Es ist mein Slip und Tassilos bestes Hemd, das zerknittert und teils knopflos vor dem Bett liegt.

Als ich es mir über den Kopf ziehe, werde ich von seinem Geruch eingehüllt. Ich atme ihn tief ein. Aufwühlende Erinnerungen werden wach.

Ich schleiche auf Zehenspitzen die Diele entlang, um Valentino nicht zu wecken. Doch weder im Wohnzimmer noch in der Küche ist eine Spur von Tassilo zu finden.

Plötzlich erregt ein dumpfes Geräusch meine Aufmerksamkeit. Es kommt von unten. Ich lausche in die Stille hinein. Und da ist es wieder, das Schieben von schweren Gegenständen, ein rabiates Klopfen. Es kommt aus dem Keller. Barfüßig folge ich dem Geräusch, tappe nach unten und stehe wenig später in der Türe zur Kellergarage.

Als Tassilo mich wahrnimmt, hält er inne und schaut mich an. Ich erkenne dieselbe Unsicherheit in seinen Zügen, wie ich sie selbst empfinde. Es ist merkwürdig, ihn anzuschauen.

Tassilo trägt nichts weiter als einen dunkelblauen und vor Dreck stehenden Overall und ein T-Shirt, das irgendwann einmal weiß gewesen sein muss. In diesem Outfit, umgeben von allen möglichen Gerätschaften und Werkzeugen verkörpert er trotz seiner großen, schlanken Erscheinung pure Männlichkeit. Als wäre er geradewegs einem Heimwerker-Katalog entsprungen – einem von der Art, die sich ausschließlich Frauen an die Wand pinnen, die mit Baumärkten im Grunde gar nichts am Hut haben.

Ich habe diesen Mann mit seinen lockigen Haaren schon

tausende Male angesehen, doch an diesem Morgen erkenne ich gänzlich neue Züge an ihm. Es ist beinahe so, als stünde eine völlig andere Tassilo-Version vor mir. Das bedeutet es also, jemanden mit anderen Augen zu sehen.

Und mir gefällt, was ich sehe.

»Guten Morgen«, sage ich leise.

Tassilo sagt nichts. Er schaut mich nur an und kommt langsam auf mich zu. Als er vor mir steht, beugt er sich herab und gibt mir einen sanften Kuss auf die Stirn. Meine Augen schließen sich wie von selbst.

»Hab ich dich geweckt?«

Ich schüttele den Kopf, blicke mich um. »Was machst du hier?«

Er folgt meinem Blick und wir beide betrachten die Werkbank, die beinahe die gesamte Breite des Garagenraums einnimmt.

»Ich konnte nicht mehr schlafen und musste mich irgendwie beschäftigen. Da ist mir Babbos Bitte eingefallen, vom Tag bevor …« Er seufzt, und ein stechender Schmerz durchzuckt mich.

»Und da dachte ich, dass ich mir das gute Stück einmal näher anschauen könnte.«

Ehe ich nachfragen kann, wovon er spricht, zeigt er auf die Werkbank. Und dann erkenne ich es selbst.

Mein Mund klappt auf. »Ist das eine …«

»*Sì*, das ist es! Eine originale *Faema*. Nicht nur irgendeine, sondern der Klassiker schlechthin. Eine E61.« Er schüttelt ungläubig den Kopf. »Ich hatte sie komplett aus meiner Erinnerung verdrängt. Ich hatte ganz vergessen, dass wir sie überhaupt noch besitzen. Andererseits scheint Babbo nie irgendetwas weggeworfen zu haben.« Er lässt seinen Blick durch den Garagenraum schweifen, fixiert dann aber wieder den antiken Siebträger. »Ist sie nicht schön?«

Ich bin nicht einmal in der Lage zu nicken, so angetan bin

ich von der Maschine. Obwohl ihr Körper unter der dicken Staubschicht nur zu erahnen ist, strahlt dieses Instrument eine absolute Erhabenheit aus. Beinahe so, als wäre sie nicht von dieser Welt. Sie ist ein Traum. Langsam und respektvoll trete ich zu ihr hin, um sie mir näher anzuschauen.

»Sie könnte gut und gern fünfzig Jahre alt sein, schätze ich.« Er wischt über die Oberfläche und zieht mit seiner Handfläche eine dichte Staubspur mit sich. Das stumpfe Chrom des Gehäuses wird sichtbar. »Genau weiß ich es erst, wenn ich sie auseinandergeschraubt habe.« Das Alter sieht man ihr deutlich an. Die Armaturen haben eine Patina angelegt, und der charakteristische rote Streifen auf dem weißen Hintergrund ist unter der grauen Schmutzschicht lediglich zu erahnen.

»Das Teil muss ein Vermögen wert sein«, staune ich.

Tassilos Kopf senkt sich. »Vermutlich – aber nicht in dem Zustand. Bin gespannt, ob ich sie überhaupt zum Laufen bekomme.«

Dennoch erkenne ich sein ehrfürchtiges Stirnrunzeln, als er das Gehäuse abnimmt, um sich das Innenleben zu betrachten. Er zieht die Luft ein. »*Cose da pazzi!* Sie hat sogar noch einen Kupferkessel!«

Seine Augen strahlen, als er zu mir aufsieht. »Bei den späteren Modellen wurden diese ausschließlich aus Edelstahlblech hergestellt. Schau nur, die Brühgruppen: massives Messing! Und wie die Leitungen verarbeitet wurden.«

Ich verstehe nicht viel von dem, was er mir da erzählt, erkenne aber die Ehrfurcht in seiner Stimme. Diese Maschine scheint wirklich etwas Besonderes zu sein.

»Und du glaubst, du bekommst sie wieder hin?«, frage ich vorsichtig.

Tassilo wiegt seinen Kopf hin und her, während er das Innenleben intensiv beäugt. »Vermutlich muss ich sie komplett auseinanderbauen, entkalken und mit neuen Dichtungsringen versehen. Aber im Grunde sind diese Teile unkaputtbar. Italienische Wertarbeit eben.«

»Natürlich«, erwidere ich mit süffisantem Unterton.

»Hab sie dort unter den Kartons gefunden.« Er deutet auf den hinteren Teil der Garage, der mit allerlei Dingen zugestellt ist.

Auf einmal wird mir bewusst, dass ich diese Garage gerade zum ersten Mal betreten habe. Zwar weiß ich schon lange, dass es sie gibt, weil ich schon unzählige Male außen daran vorbeigegangen bin. Aber nie stand sie offen, und zu suchen hatte ich hier unten auch nie etwas. Sie ist nichts weiter als eine übergroße Abstellkammer. Und genau so wirkt sie auf mich: wie ein Sammelsurium eines ganzen Jahrhunderts. Es stapeln sich Kartons über Kartons. Um mich herum stehen dutzende Gastronomiemaschinen in allen erdenklich schlechten Zuständen. Und in den Ecken erblicke ich immer wieder leere Kaffeesäcke. Manche davon grob aufgerissen, andere nie benutzt. Ich erinnere mich dunkel, dass Lorenzo lange vor meiner Zeit seinen Espresso selbst geröstet hat, sich dies aber im Lauf der Jahre nicht mehr rentierte. Ich erkenne die Umrisse einer alten Eismaschine, die vermutlich einmal Lorenzos Vater gehört hat, der seinerzeit auf Sizilien ein traditionelles Eiscafé geführt hat. Dabei fällt mir wieder ein, was Lorenzo mir einmal erzählt hat: wie seine Familie mit ihm gebrochen hat, weil er die Tradition nicht fortführen und sich stattdessen auf Kaffee spezialisieren wollte. Ein Weg, der ihn und seine Frau in den schlechten wirtschaftlichen Jahren Italiens schließlich Ende der 1960er-Jahre nach Deutschland geführt hat, weil sie hier ihr Glück suchen wollten. Gefunden hat er es nicht. Zumindest nicht mit seiner Frau, die ja vor vielen Jahren bei einem Autounfall ums Leben gekommen ist. Ich weiß nicht viel über diese Zeit, nur, dass sie ein dunkles Kapitel aus Lorenzos Vergangenheit darstellt, über das er nicht viel gesprochen hat. Tassilo war damals noch jung, keine fünfzehn, wenn ich mich recht erinnere. Seitdem gab es für Lorenzo keine andere Frau mehr. Nur seinen Sohn und das *Tranquillo*. Mir wird schwer ums Herz, wenn ich an all die verpassten Chancen seines Lebens denke. Wie er sich aufgeopfert hat, um zumindest den Traum eines eigenen Cafés zu verwirklichen, das ihm kurz vor seinem Tod dann doch noch aus den Fingern geglitten ist.

»Großpapa wollte immer, dass mein Vater die Eistradition fortsetzt.«

Ich zucke kurz zusammen, als ich Tassilos Stimme dicht an meinem Ohr höre.

Er grinst und weicht einen kleinen Schritt zurück. Schade.

»Mit Traditionen zu brechen, das scheint in der Familie der Mazzinis zu liegen.« Ich zwinkere Tassilo zu, der meinen lieb gemeinten Seitenhieb richtig auffasst. »Du wolltest schließlich auch nicht in seine Fußstapfen treten und Barista werden.«

Er lächelt verschmitzt. »Tja, wir Mazzinis haben eben unseren eigenen Kopf.«

Er zieht an einem vergilbten, verstaubten Laken. Was uns unter einer Staubwolke entgegenschlägt, raubt mir den Atem.

»Ui«, raunt Tassilo. Wir beide betrachten ehrfurchtsvoll den uralt anmutenden Kaffeeröster, der höher ist als ich. Augenblicklich fühle ich mich an die Miniaturvariante eines alten Dampflok-Kessels erinnert. Nostalgisch und wunderschön zugleich.

Sein Entdeckerdrang scheint geweckt. Nach und nach öffnet er jeden Karton und wirft einen eingehenden Blick hinein. Aus einem zieht er ein uraltes schwarzes Waffeleisen hervor und klappt es auf. Im Inneren ist ein wunderhübsches florales Muster zu erkennen. Er inspiziert es nicht minder interessiert als den Siebträger. »*Mamma mia!* Ich wusste gar nicht, dass sich das mittlerweile in unserem Besitz befindet. Weißt du, was das ist?«

Bevor ich etwas erwidern kann, kommt er mir zuvor. »Das

ist das Familienwappen unserer Familie. Hier, schau's dir an.« Er hält es mir dicht vor die Nase. So dicht, dass ich überhaupt nichts mehr erkenne und einen Schritt zurücktreten muss.

»Das ist eine Pistazienblüte, siehst du?« Seine Finger fahren die geriffelte Innenseite des Waffeleisens ab.

Ich nicke, obwohl ich in der Mitte des floralen Designs nichts weiter erkenne als ein paar ovale Vertiefungen, die mit viel Fantasie so etwas wie die Blütenrispe irgendeines Strauches darstellen könnten.

»Es war die Idee meines Urgroßvaters, das auf die Eiswaffeln zu brennen. Auf Pistazien baut die ganze Familientradition der Mazzinis auf, musst du wissen.«

»Ihr habt sogar die Waffeln selbst hergestellt?«, wundere ich mich.

Tassilo nickt unbestimmt und sieht sich suchend um. »Tradition eben. Schau, so geht's.« Er schaut suchend in den Karton, aus dem er das Waffeleisen hervorgezaubert hat, und hält mir einen kegelförmigen Holzstiel hin, der so alt ist, dass das Holz beinahe schwarz wirkt. »Weißt du, was das ist?«

Ich schüttele den Kopf.

»Ein Cornetti-Roller. Damit werden die Waffeln in die typische Eiswaffelform gebracht.« Er rollt über das Waffeleisen, um es mir zu demonstrieren. »Eigentlich total simpel. Großvater hatte damals in der ganzen Stadt die leckersten Eiswaffeln, weil er den Teig mit Pistazien angereichert hat. Richtig grün waren die.«

Oben im ersten Stock hören wir es rumpeln.

Wir blicken automatisch zur Decke mit den vielen Spinnweben, in denen sich Jahrzehnte alter Staub verfangen hat.

»Valentino scheint aufgewacht zu sein«, stelle ich fest. »Ich gehe mal nach ihm sehen und mache Frühstück.«

Tassilo nickt unbestimmt. »Okay, ich komme gleich nach, ich muss nur schnell …«

Er spricht nicht weiter, da irgendein anderer Gegenstand seine Aufmerksamkeit auf sich gezogen hat und ihn in einer weiteren nostalgischen Erinnerung schwelgen lässt.

Die unaufgeräumte Garage seines Vaters. Ein wahrer Schatz an schönen Erinnerungen an eine Zeit, die, wie es scheint, nie weiter entfernt gewesen ist.

Kapitel 32

Wir verbringen den halben Tag in der Garage und misten aus. Selbst Valentino hilft mit. Irgendwann hat Tassilo das Garagentor aufgezogen und den selbst für ihn unnützen Krempel einfach auf die Straße gestellt. Ich staune nicht schlecht, als ich mich umschaue. Die Garage ist zwar noch weit davon entfernt, als aufgeräumt zu gelten, aber Tassilo hat Platz geschaffen und in der Mitte des Raumes zwei nicht zueinander passende Tische zusammengeschoben und den betagten Siebträger mit ganz vielen anderen Utensilien drauf abgestellt.

Er wirkt vollkommen in sich versunken, wie er da an der Maschine schraubt. Gerade ist er dabei, eine Heizleitung zu überprüfen.

Valentino und ich kümmern uns derweil um alte Zeitschriften, die wir stapelweise aus einer der hinteren Ecken nach draußen befördern. Es sind ausnahmslos italienische Sportausgaben.

Offenbar tut es uns dreien gut, uns auf diese Weise mit Lorenzos Vergangenheit zu beschäftigen. Eine besondere Art der Trauerbewältigung. Tassilo und ich wissen, dass in den nächsten Tagen noch viele unangenehme Dinge auf uns zukommen werden. Der Termin mit dem Leichenbestatter, um die Überführung in die Wege zu leiten. Die Beerdigung in Italien. Doch all dies halten wir am ersten Tag ohne Lorenzo von uns fern und schwelgen in Erinnerungen an das interessante und vor allem gelebte Leben dieses Mannes. Mit jedem zutage geförderten Gegenstand tauchen wir tiefer in Lorenzos Vergangenheit ein. Tassilo weiß zu jedem Gegenstand eine weitere Anekdote seines Vaters vorzutragen, und jedes Mal lauschen Valentino und ich wie gebannt.

Ich kann sehen, wie Tassilo in der Arbeit aufgeht, die sein Vater ihm kurz vor seinem Tod auferlegt hat. Akribisch widmet er sich der Restauration des Siebträgers, überprüft jedes Ventil und jedes Rädchen und repariert, was repariert werden muss.

Am späten Nachmittag ist Tassilo endlich so weit, dass er sich an einen ersten Durchgang auf der *Faema* wagt.

Gebannt stehen Valentino und ich davor und hören der Maschine zu, wie sie sich von Tassilo zum Leben erwecken lässt. Aus ihrem jahrzehntelangen Dornröschenschlaf.

Es röhrt und gluckert und klingt gar nicht gut. Ich sehe, wie sich Tassilos Stirn sorgenvoll zusammenzieht. Schließlich nimmt sein Gesicht einen Ausdruck an, in dem sich Erkennen widerspiegelt. Und nach zwei, drei Handgriffen an den wohl richtigen Stellen verändert sich der Klang. Ein dunkles, monotones Brummen, das durch und durch gut klingt.

Ein Lächeln schleicht um Tassilos Lippen, und Valentino schreit freudig auf.

»*Va bene*, sie ist bereit für ihren ersten Durchgang.« Er schaut mich erwartungsfroh an, die wilden Haare tief in der Stirn. Erst, als Valentino mich mit zwei Espressotassen anstupst, können wir die Augen voneinander lassen.

»Also gut!« Ich atme tief ein und bereite mich auf den ersten Durchgang mit dieser betagten Maschine vor, deren Gehäuse so dick ist wie das eines Röhrenfernsehers.

Ich brauche einen Moment, um mich zu orientieren. Die Technik hat sich über die Jahrzehnte zwar nicht verändert, aber die Anordnung ist anders. Ich versuche mich an alles zu erinnern, was Lorenzo mir beigebracht hat. Den ersten Unterschied sehe ich sofort, die Temperatur steht auf nahezu einhundertzehn Grad. Zu heiß.

Also spanne ich den Siebträger aus, drücke die Bezugstaste und lasse das heiße Wasser ab. Es zischt und dampft.

Ich gehe oberflächlich zu Werk, schließlich ist es nur ein Testdurchlauf, und ich möchte der alten Dame nicht gleich zu viel zumuten. Als ich den Hebel betätige, reagiert sie nicht sofort, übt sich in Zurückhaltung. Sie verlangt nach einem dramatischen Auftritt mit Trommelwirbel und Getöse und dichtem Nebel, um die große Bühne zurückzuerobern. Und der kann sich sehen lassen. Zäh aber gleichmäßig ergießt sich die dunkle Flüssigkeit in die kleinen Tassen. Immer intensiver strömt das Aroma des gemahlenen Kaffees in meine Nase. Auch Tassilo und Valentino atmen den Duft der frisch gemahlenen Bohnen ein.

Tassilo kommt an meine Seite und stellt sich dicht neben mich, um den Espresso zu inspizieren. Der Ausfluss ist gleichmäßig und sieht gut aus.

»Ich muss sie noch besser einstellen«, sagt er mit seinem fachmännischen Blick, den er eindeutig von seinem Vater geerbt hat.

Ich antworte nicht. Mit seinem männlich-markanten Geruch brechen die Erinnerungen an vergangene Nacht über mich herein. Und der Gedanke reicht aus, um mir einen heißkalten Schauer den Rücken hinunter zu schicken. Ich hatte noch nicht viele One-Night-Stands in meinem Leben. Der mit Eric war einer davon. Aber das mit Tassilo war so vollkommen anders und einzigartig. Die pure Leidenschaft und dennoch vertraut. Als wären wir jahrelang aufeinander eingespielt. Ich ertappe mich dabei, wie ich die Augen schließe und an seinem Hals schnuppere, während er dabei zuschaut, wie der Espresso die Tassen füllt.

Wie kann ein Mann nur so gut riechen?

Als er mich versehentlich anrempelt, komme ich wieder zu mir.

»Und? Was meinst du?«, will er wissen.

Ich brauche eine Sekunde, bis ich verstehe, dass er den Espresso meint. »Hm, gute Farbe, feste Crema. Für den ersten Durchgang gar nicht schlecht.«

Tassilo nimmt eine Tasse, ich die andere. Während wir probieren, schauen wir uns an.

Es ist nicht der beste Espresso, den ich je zubereitet habe, aber ich muss zugeben, dass es die Lady immer noch draufhat.

»Gut«, findet auch Tassilo. »Vielleicht ein bisschen kalklastig. Und, hm, ölig? Definitiv steigerungsfähig. Ich werde sie noch ein wenig justieren und einige Reinigungsgänge durchführen müssen. Aber hey, nun steht deinem Training für die Meisterschaft nichts mehr im Wege.«

Ich blicke zu ihm auf. »Das Training«, wiederhole ich matt, und auf einmal fühle ich mich gar nicht mehr wohl in meiner Haut. Schmerzhaft werde ich mir dessen bewusst, dass es bis zum großen Tag nur noch zwei Wochen sind. »Ich weiß nicht, ob ich das kann.«

Tassilo wirft mir einen ernsten Blick zu, aber ich spreche weiter. »Die Meisterschaft … ich weiß nicht, ob ich das kann. Du solltest dich um wichtigere Dinge kümmern als um das hier. Du hast noch so viele Vorbereitungen zu treffen, für …« Meine Stimme bricht, ich schaffe es einfach nicht, über Lorenzos Beerdigung zu sprechen. Der bloße Gedanke, ihn in einem Sarg sehen zu müssen, droht mir den Boden unter den Füßen wegzureißen.

Wir schauen uns eine ganze Weile in die Augen. Lange und intensiv. Für einen Moment habe ich das Gefühl, dass es Lorenzo selbst ist, der mich anschaut. Das erste Mal erkenne ich ihn in Tassilos Zügen.

»Babbo hat es so gewollt. Dir diese Maschine herzurichten, ist das Mindeste, was ich tun kann. Das Mindeste, was du tun kannst, ist bei dieser Meisterschaft alles zu geben.«

Auf einmal sehe ich, wie ihm Tränen in die Augen steigen.

Ehe ich etwas darauf erwidern kann, wendet er sich ab und widmet sich weiteren Kartons. Mit allem, was er sagt, hat er recht, und ich schäme mich für den Anflug der Schwäche.

»Für Lorenzo«, flüstere ich mir selbst zu.

Mit einem fetten Kloß im Hals schnappe ich mir zwei weitere Tassen und mache mich an die nächste Zubereitung. Diesmal widme ich mich dem Espresso mit der nötigen Ernsthaftigkeit. Der Siebträger hat mir gezeigt, dass er es noch draufhat. Nun werde ich ihm zeigen, dass ich es ebenfalls draufhabe.

Keine zwei Minuten später stehen zwei weitere Espresso-Tassen vor mir.

Ich stelle sie zur Seite und widme mich den nächsten.

»Und was machen wir jetzt mit dem fertigen Espresso?«, fragt Valentino ratlos.

»Such dir einen Eimer, und dann kippst du sie da rein.«

Er starrt mich verständnislos an. Doch schließlich nickt er knapp, schnappt sich die beiden Tassen und verschwindet aus meinem Blickfeld.

Allmählich habe ich die Funktionen und die Eigenheiten der Maschine verstanden. Sie ist robust und ehrlich und legt eine Geradlinigkeit an den Tag, von der ich ziemlich angetan bin. Es ist mir ein Rätsel, wie man so ein tolles Arbeitsgerät aufs Abstellgleis rangieren konnte.

Die nächsten beiden Tassen sind fertig, und ohne ein Wort zu sagen, nimmt sich Valentino ihrer an. Ich blicke kurz zur Seite und sehe, wie sich Tassilo an dem riesigen Röster zu schaffen macht.

»Ein traumhaftes Teil«, höre ich ihn schwärmen.

Ich muss lächeln und werde durchflutet von intensiven

Emotionen, die in sämtliche Richtungen ausschlagen. Vorwiegend ist es die Trauer. Aber da ist noch mehr. Eine innige Verbundenheit und das aufregend Neue zwischen Tassilo und mir, das sich so schwer in Worte fassen lässt.

Das hier fühlt sich so richtig und verdammt echt an. Ich habe die beiden liebsten Menschen um mich, in der Garage eines Mannes, der viel zu früh aus dem Leben geschieden ist und uns etwas hinterlassen hat, was sich nach einem Neubeginn anfühlt.

Stimmengemurmel reißt mich aus meiner Konzentrationsphase. Ich versuche nicht mitzuzählen, wie Lorenzo es gefordert hat, sondern darauf zu achten, was ich sehe und spüre. Aber Valentinos freundliches Lachen lenkt mich ab.

Ich schaue auf und sehe ihn vor der Garage stehen. Doch nicht nur ihn, sondern auch ein halbes Dutzend fremder Menschen, die mich unverhohlen anstarren.

Nein, sie starren nicht, sie beobachten mich und schauen mir dabei zu, wie ich Espresso zubereite.

In den Händen halten sie alle eine Espresso-Tasse, und zwar die, die Valentino eigentlich in den Eimer hätte kippen sollen.

Was er aber nicht getan hat.

Gut gelaunt läuft er auf mich zu und schnappt sich die nächsten beiden Tassen. »Ich finde sie viel zu schade zum Wegwerfen.« Er strahlt mich mit seinen großen leuchtenden Augen an. »Da hab ich eben die Leute gefragt, ob sie vielleicht den besten Espresso der Stadt probieren möchten.«

Kapitel 33

Seit Lorenzos Tod sind schon drei Tage vergangen.

Ich habe noch immer keinen neuen Job und auch nicht die Kraft, mich darum zu kümmern. Es kommt mir vor, als befände ich mich in einem Tunnel, in dem ein Zug auf mich zurollt. Es ist eine Krux. Ich brauche Zeit und einen klaren Kopf fürs Training.

Also nutze ich meine viel zu freie Zeit und verbringe die Stunden in dieser Garage, hole Valentino vom Kindergarten ab und sauge Kraft aus unserer gemeinsamen Zeit, die uns beiden guttut. Er weint viel und ist sehr in sich gekehrt. Er vermisst seinen Großvater. Wir alle vermissen Lorenzo. So sehr, dass es körperlich schmerzt und einen lähmen kann, wenn man nicht dagegen ankämpft. Doch ebenso wissen wir, dass wir drei dagegen ankämpfen können, wenn wir nur zusammenhalten und uns gegenseitig Trost spenden. Die meiste Zeit bin ich bei Tassilo und Valentino, gehe nur zum Schlafen nach Hause, obwohl ich selbst das nicht müsste, wie Tassilo meint.

Doch er irrt sich. Ich muss. Ich würde mich sonst selbst verlieren.

Ich genieße die Nähe zu den beiden, und ich liebe die Stunden, die Tassilo und ich in der Garage verbringen. Er werkelt in sich gekehrt an dem Kaffeeröster, den er unbedingt wieder zum Laufen bringen möchte. Ich widme mich voll und ganz der *Faema E61,* mit der ich dem Espresso die letzten Geheimnisse zu entlocken versuche. Wir beide wissen, dass wir uns in dieser Garage in unsere Traumwelten flüchten und alles daransetzen, um nicht an das Unausweichliche zu denken. Stunde um Stunde ist Tassilo ganz in meiner Nähe.

Dennoch hat es den Anschein, als könnten wir nicht weiter voneinander entfernt sein, wenn wir uns gegenüberstehen. Wir tragen zu viel mit uns herum. Zu viel Vorsicht, zu viele Ängste und andere Gefühle. Zu viel von allem!

Ich weiß, dass Tassilo in dieser schweren Zeit vor allem einen Menschen um sich braucht, dem er vertrauen kann.

Jemanden, der Aufbauarbeit leistet und ihm zeigt, dass nicht alle Frauen so sind wie seine Exverlobte, die ihn so Knall auf Fall mit einem kleinen Kind im Stich gelassen hat.

Dabei wäre es einfach, einen Schritt auf ihn zuzugehen. Ihn zu küssen und nie wieder damit aufzuhören. Mein Körper will es, fühlt sich seit diesem gemeinsamen Erlebnis zu ihm hingezogen wie nie zuvor zu einem Menschen.

Aber ich kann nicht. Bei einem Mann mit seiner Vergangenheit sind Gefühle kein Spielzeug. Das ist mir zu sehr bewusst. Nicht einmal ich selbst weiß, wie es um meine Gefühle bestellt ist. Was empfinde ich für den Mann, dessen Vater mein Ein und Alles war und dessen Sohn den Fixstern in meinem Universum darstellt?

Ich verspüre tiefe Zuneigung und noch etwas darüber hinaus. Aber ist es Liebe?

Kann ich überhaupt lieben?

Ich weiß es nicht. Und solange ich mir selbst diese Frage nicht beantworten kann, werde ich überhaupt nichts tun.

Nachts, wenn ich alleine im Bett meiner Wohnung liege, verzehre ich mich nach den vertrauten Berührungen dieses

Abends, an dem die Trauer uns überwältigt hat und wir beide in den Zustand der Ekstase geflüchtet sind. Ich sehne mich nach diesem reinen Gefühl der Geborgenheit, als ich ihn ganz dicht bei mir hatte. Und jeden Morgen, wenn ich mich auf den Weg zu den Mazzinis mache, nehme ich mir vor, endlich über das, was zwischen uns geschehen ist, zu reden.

Doch dann stehe ich jedes Mal vor ihm, schaue in seine tieftraurigen Augen, die so verletzlich erscheinen, und bleibe stumm.

Nun stehe ich wieder in dieser Garage, die weitaus aufgeräumter ist als mein Inneres, und mache das Einzige, was mir noch einen annähernd festen Halt zu geben vermag.

Das Garagentor steht weit offen, und der Regen lässt die Welt da draußen zu schemenhaften Bildern verschwimmen. Vor mir sehe ich eine Wand aus Regenschirmen in den unterschiedlichsten Farben. Der durch die Straße pfeifende Wind beschert mir eine wohlige Gänsehaut auf den Armen. Ich begrüße sie, denn die unerwartete Sommerkühle stellt einen angenehmen Kontrast zu der Hitze dar, den die ackernde Maschine verströmt.

»Die nächsten sind fertig«, rufe ich in die wartende Masse der Regenschirmträger, die sich im Eingangsbereich der Garage tummeln und geduldig warten.

Zwei junge Frauen treten vor und greifen sich ihre Tassen.

Aber vorher füttern sie das Sparschwein. Ich weiß nicht, was ihnen mein frischgebrühter Espresso wert ist, aber es ist ein schönes Geräusch, wenn die Münzen in die Spardose gedrückt werden und klirrend auf die anderen fallen. Es gibt mir das Gefühl, etwas Wertiges zu schaffen.

»Heute Nachmittag soll es wieder aufklaren«, erklärt mir die Frau mit den kurzen blonden Haaren. Sie hält den Regenschirm von mir weg, um mich nicht vollzutropfen. »Typisches

Frühsommerwetter eben.«

»Und wenn schon, ich mag das ganz gern.« Ich blicke kurz auf und sehe in ein freundliches, kaum geschminktes Gesicht. Die Frau dürfte etwa in meinem Alter sein. Sie hat eine bunte Stofftasche geschultert, die weit offensteht und Lehrbücher enthält. Es macht sich bezahlt, dass das Haus der Mazzinis in der Einfallstraße zur Universität steht. Denn es scheinen ganz besonders die Studenten zu sein, die sich für das interessieren, was ich in der Garage fabriziere.

Ich mag mein Publikum immer mehr, das mich beim Espressomachen beobachtet und nur zu gern den Gratis-Espresso und -Cappuccino annimmt. Das Sparschwein ist lediglich dazu da, um die Kosten zu decken.

Alle sind entspannt, niemand hat es eilig. Als wäre diese Garage ein Wurmloch, das sich überraschend im Nirgendwo aufgetan hat. Eine willkommene Auszeit aus dem Alltagsstress, wie seinerzeit das *Tranquillo.*

Ganz besonders aber mag ich diese unverfänglichen Gespräche. Sei es über das untypische Sommerwetter mit dem vielen Regen, die Mode, oder eben intensive Unterhaltungen über mein Lieblingsthema, den Espresso.

Mit einem tiefen Atemzug schließe ich die Augen und denke daran zurück, wie ich heute Morgen das Garagentor aufzog und vom strahlenden Sonnenschein begleitet wurde, obwohl sich die dunklen Wolken bereits tief in den Himmel gezeichnet hatten.

»Ich liebe den Duft des Regens, wenn die ersten Tropfen auf den aufgeheizten Asphalt treffen. Dieses erdige Aroma.«

Die Frau nickt. »Ich verstehe sehr gut, was du meinst. So geht es mir übrigens mit deinem Kaffee.« Sie seufzt. »Oh ja, ich bin echt süchtig danach!«

Wir lächeln uns einvernehmlich zu, dann geht sie, um Platz für die anderen zu schaffen. Die kleine Tasse mit ihrem Espresso umklammert sie wie einen Schatz.

Mir gefällt es, dass wir uns in der Garage alle duzen.

Schuld daran ist Valentino. Er hat es uns mit seiner unbekümmerten kindlichen Art vorgemacht, mit der er einfach alles und jeden duzt. Wir Erwachsene haben von ihm gelernt und es übernommen.

Seit drei Tagen ziehe ich das Garagentor auf und lade die vorbeiziehenden Menschen indirekt auf einen Espresso ein. Ich bin überrascht, wie viele es mittlerweile sind, die stehen bleiben, mir zuschauen und sich eine meiner Espressokreationen gönnen.

Ich bin besser geworden, aber noch immer nicht so weit, wie ich sein sollte.

Wie ein Wildtier pirscht sich der Tag der Meisterschaft unabdinglich heran. Und ich habe nicht den Hauch einer Idee für meine Eigenkreation.

Ich werfe einen flüchtigen Blick auf die Uhr. Tassilo und Valentino müssten jeden Moment aus dem Kindergarten kommen.

Auch wenn in mir drin Chaos herrscht und ich nicht weiß, wohin mit meinen Gefühlen, so macht sich an diesem regnerischen Morgen dennoch das erste Mal seit Langem ein Zustand bemerkbar, den ich als Glück definieren würde.

Denn heute ist er mir das erste Mal gelungen. Der Drachen. Einfach aus dem Handgelenk heraus, als wäre es das Einfachste der Welt. Genau so, wie es Lorenzo immer gesagt hat.

Wehmut überfällt mich, als mir klar wird, dass ich ihm meinen Drachen nicht werde zeigen können. Nie mehr.

Aber ich habe ein Foto davon geknipst, damit ich ihn später Valentino und Tassilo präsentieren kann.

»Dürfte ich bitte einen Cappuccino haben?« Eine junge Frau lächelt mich einnehmend über den Tisch hinweg an.

»Kommt sofort!«

Auf der Stelle mache ich mich an zwei puristische Cappuccinos ohne Schnickschnack. Perfekter Espresso, perfekter Milchschaum. Einen für das freundliche Lächeln und einen für mich zum Üben.

Nachdem der Espresso in Mäuseschwänzchen in die Tassen geflossen ist, mache ich mich augenblicklich an das Aufschäumen der Milch. Ich schließe die Augen und lausche dem Klang. Ich bin eins mit der Maschine. Dann grinse ich still in mich hinein, weil ich mich auf einmal fühle wie eine Kung-Fu-Meisterin, die die Kampfkunst verinnerlicht hat und es mit jedem aufnehmen kann.

»Hallo Freya.«

Die Stimme zerfetzt den Klang der Milch. Ich weiß, wer vor mir steht, noch bevor ich aufblicke.

»Eric!«, fährt es erstaunt, überrascht und wütend zugleich aus mir heraus.

Alles ist weg. Das erhabene Gefühl, der Klang, und auch die perfekte Temperatur, weil ich vor lauter Schreck vergesse, die Milch im richtigen Winkel zu schäumen. Heiße Spritzer benetzen meine Unterarme und ich zucke schmerzhaft zurück.

»Was machst du hier?«, platzt es aus mir heraus.

Eric grinst, aber es sieht irgendwie schief aus. Wenig sympathisch.

»Dasselbe könnte ich dich fragen«, entgegnet er mit einem Unterton, der mir gar nicht gefällt.

»Das, was ich am besten kann …« Meine Stimme kommt kühl und distanziert von meinen Lippen. Und doch schaue ich automatisch zu ihm auf. Denn der Blick in seine Augen lässt alles wieder aufleben. Die flammende Leidenschaft, das verletzte Gefühl, die Kränkung, als er mich vor die Tür gesetzt hat.

»… Espressokochen.«

»Hier?« Er lässt den Blick durch die Garage schweifen.

»Guten Espresso kann man überall zubereiten.«

»Ganz wie du meinst. Aber hast du auch eine Genehmigung dafür?«

»Wozu eine Genehmigung? Ich verkaufe ihn ja nicht.«

Eric nimmt das Sparschwein in die Hände und schüttelt es. Die vielen Münzen darin schreien förmlich auf.

»Eine freiwillige Spende«, entgegne ich kleinlaut.

Er stellt das Sparschwein zurück und lächelt mich auf diese gekünstelt schmunzelnde Art an, die so viel aussagen soll wie: *Erzähl mir keinen Scheiß.*

»Hallooooo!« Eine helle Stimme erfüllt die Garage, und dann sehe ich Valentino auf mich zurennen, gefolgt von Tassilo, dem ich ansehe, dass er sich freut, mich zu sehen.

Dieser Ausdruck ändert sich jedoch schlagartig, als er den Mann erkennt, der vor mir steht.

»Hallo«, sagt er nur und sieht mich ernst an.

Ich muss schlucken.

»Hallo«, erwidert Eric. »Sie sind doch …«

Tassilo hebt die Hand. »Ich glaube, wir beide wissen selbst, wer wir sind. Was wollen Sie hier?« Er sieht mich an und fügt dann scharf hinzu. »In meiner Garage?«

Eric grinst überheblich und streckt sein Kreuz durch. »Nichts Bestimmtes.« Seine Stimme strotzt vor gespielter guter Laune. »Mich nur darüber informieren, ob alles seine Richtigkeit hat, was die Konkurrenz hier so fabriziert …«

»Konkurrenz?«, frage ich irritiert.

»Man macht sich eben schon so seine Gedanken als Filialleiter, wenn auf einmal von jetzt auf gleich die Umsätze einbrechen und einem dann von einem *Garagen-Café* erzählt wird.«

»Könnte am schlechten Kaffee liegen, den ihr eurer Kundschaft zumutet.« Für diesen Kommentar erntet Tassilo verhaltenes Gelächter von den umstehenden Leuten.

»Wir betreiben kein Café«, stelle ich klar – wie es aussieht, nur für mich selbst, da mir die beiden Männer keine Beachtung mehr schenken. Viel lieber liefern sie sich ein schweigendes Augenduell.

»Bist du mit deinem Porsche hier?«, fragt Valentino in die Stille hinein. »Steht er draußen irgendwo?«

Nur langsam nimmt Tassilo den Blick von Eric und wendet sich seinem Sohn zu. Behutsam legt er seine flachen Hände auf den kleinen Schultern ab.

»Hey, kleiner Cowboy, geh doch bitte schon mal nach oben und wasch dir die Hände, damit wir zu Mittag essen können.«

»Aber …« Valentino setzt zum Protest an, doch Tassilo macht ihm die Fingerpistole und zwinkert ihm dabei zu. Die Geste verfehlt ihre Wirkung nicht, und schon jagt Valentino zum Hintereingang, die Kellertreppe hoch.

Als sich Tassilo wieder umdreht, grinst er mich an. Auf eine Art, die ich unmöglich unerwidert lassen kann.

Aber dann verändert sich sein wohlwollender Gesichtsausdruck, als hätte man einen Schalter umgelegt. Nun steht er vor Eric, der einen ganzen Kopf größer ist, und blinzelt ihn scharf an. »Haben wir hier ein Problem?«, fragt er aus zusammengepressten Zähnen, und ich zucke zurück, weil selbst mich die Schärfe in seiner Stimme alarmiert.

Eric lässt sich nicht einschüchtern. Er lächelt kalt. Aber an seinem Hals steigt Röte auf. »Ich sehe hier jede Menge Probleme auf Sie zukommen, Herr Mazzini«, entgegnet er scharf. »Keine Einhaltung der Hygieneschutzbestimmungen …« Mit ausgestrecktem Zeigefinger tippt er Tassilo auf die Brust und zieht ihn nur langsam zurück. »Keine Registrierkasse …« Noch einmal geht sein Zeigefinger nach vorn.

»Nicht anfassen.« Tassilos Stimme ist zu einem bedrohlichen Flüstern verkommen. Die beiden lassen mit ihren Blicken nicht voneinander ab.

»Fehlende Gaststättenverordnung …« Mit jedem Wort

bohrt sich sein Zeigefinger erneut in Tassilos Brust.

»Ich habe doch schon gesagt, dass wir hier keinen Kaffee verkaufen«, mische ich mich ein. Ich möchte mich zwischen die beiden Streithähne stellen, doch Tassilo drückt mich sanft beiseite.

»Bitte nicht«, sagt er bloß, ohne mich anzuschauen.

»Und wo sind die Gesundheitszeugnisse?«, fragt Eric weiter. Doch ehe sich sein Finger abermals in Tassilos Brust schieben kann, bricht es aus diesem heraus. In einer unglaublich flinken Bewegung greift er nach Erics Finger und dreht ihn mit einer reflexartigen Drehung nach rechts, sodass Eric sich mitdrehen muss, um dem Schmerz zu entgehen. Alles geht so unglaublich schnell, und keine Sekunde später liegt Eric in seinem feinen Anzug mit dem Rücken auf dem staubigen Garagenboden und schreit auf. Über ihm thront Tassilo, der noch immer Erics Finger umfasst und – so wie ich das sehe – einen Hebel ansetzt.

»Ich sagte: Nicht anfassen!« Bei jedem Wort winselt Eric auf, da Tassilo den Druck verstärkt.

»Schon gut, Mann! Schon gut!«

Doch Tassilo lässt nicht sofort los. Mit warnendem Blick mustert er den Mann am Boden eindringlich und lockert seinen Griff erst, als Eric schließlich hektisch nickt.

Tassilo vollführt einen Schritt zur Seite und gibt Eric genügend Schwung, um ihm beim Aufstehen zu helfen.

Als sie sich wieder gegenüberstehen, sieht Eric so aus, als wolle er geradewegs auf Tassilo losstürmen. Doch mein Tassilo steht einfach nur vor ihm, die Beine leicht gebeugt, und hält ihm die Handflächen entgegen.

Die Anspannung weicht aus Erics Körper. Er scheint abzuwägen, ob er es in einem Kampf mit ihm aufnehmen kann, und entscheidet sich wohl dagegen. Seiner Überheblichkeit tut dies jedoch keinen Abbruch: »Mal schauen, ob du dich immer noch so überlegen fühlst, wenn ich dir das Ordnungsamt auf den Hals hetze.«

Ehe Tassilo oder ich etwas erwidern können, dreht sich Eric um und präsentiert uns seinen staubbedeckten Rücken.

Tassilo und ich stehen noch eine ganze Weile nebeneinander und versuchen die jüngsten Geschehnisse zu verarbeiten. Vereinzelter Applaus dringt an mein Ohr. Tassilo scheint nicht nur mich mit seiner Martial-Arts-Show beeindruckt zu haben.

Ich bin die Erste, die das Schweigen durchbricht.

»Du hast mir nie gesagt, dass du Kung Fu kannst.«

»Ach das«, winkt er ab. »Das war kein Kung Fu.«

Er grinst mich an, dann zwinkert er mir zu. »Das war WingTsun.«

»Trotzdem. Es war … beeindruckend. Wenn auch ein kleines bisschen vorpubertär.«

Ich spüre seinen Blick auf mir ruhen. Mit erhobenen Händen beteuert er seine Unschuld. »Was willst du von mir? Ich hab ihm gesagt, er soll mich nicht anfassen!«

Kapitel 34

Meinen apfelgrünen Reise-Trolley hinter mir herziehend, das Smartphone in der Hand, laufe ich die Straße entlang und höre mir an, was der Mann von der Arbeitsagentur mir an Jobmöglichkeiten anzubieten hat. Ich schenke ihm nur begrenzt Aufmerksamkeit, da jeder Satz aus so schwammigen Phrasen wie »Vielleicht wäre da« oder »Womöglich könnten Sie« und »Eventuell käme da noch das und das infrage« besteht.

Ich möchte ihn unterbrechen, ihm sagen, dass er aufhören soll, um den heißen Brei herumzureden, und dass er mir endlich handfeste Jobangebote vorschlagen soll, die im Zentrum liegen und auch halbwegs zu meinem Tätigkeitsprofil passen. Doch dann wird meine Aufmerksamkeit von drei großen Lieferwagen abgelenkt, die halb auf dem Bordstein, halb auf der Straße stehen und den Eingang zur Garage blockieren. Unmittelbar davor steht ein riesiger rostbrauner Container.

»Hallo? Frau Sturm?«, kommt es fragend aus dem Telefon, aber ich bin jetzt zu sehr abgelenkt, als dass ich mich um meinen langweiligen Gesprächspartner kümmern könnte. Ich lasse das Handy achtlos in der Tasche verschwinden und komme nicht mal mehr auf die Idee, das Gespräch zu beenden.

Irritiert schiebe ich mich weiter die Straße entlang, bis ich einen Weg zwischen den Kastenwagen hindurch finde und in die Garage gelange. Augenblicklich befällt mich grenzenloses Chaos. Überall sind beschäftigte Menschen, die Sachen von links nach rechts schieben, Wände vermessen, Kabel aus den Wänden reißen und mit Schlagbohrern und Vorschlaghämmern Löcher reißen, wo keine waren. Ich drehe mich halb im Kreis, um mich zu orientieren.

Ich erblicke Tassilo, der sich über den Lärm des Chaoskommandos angeregt mit zwei Herren in Blaumännern unterhält und mit den Armen in alle Richtungen fuchtelt.

»Freya!« Seine Hände bleiben in der Luft stehen, als er mich erblickt. Dann lässt er die beiden Männer stehen und kommt auf mich zugestürmt.

»Was machst du denn schon so früh hier?«, fragt er.

»Ähm, üben?«, frage ich zurück, wobei mir ein Gefühl sagt, dass daraus heute nichts wird.

»Keine Sorge, sie haben mir versichert, dass sie ganz schnell mit allem durch sind. So viel muss wohl auch gar nicht getan werden, außer …«

»Das Gebäude abzureißen«, schreie ich über den Lärm hinweg, als irgendwo eine Höllenmaschine anspringt und sich kreischend in die Wand frisst.

»Ein paar Schlitze müssen für die Kabel und Leitungen gefräst werden. Dann will ich einen tollen Fußboden haben, einen dieser edlen PVC-Böden in Holzpaneel-Optik, du verstehst?«

In einer energischen Bewegung ruckt mein Kopf von rechts nach links. Gar nichts verstehe ich.

»Komm mit nach draußen. Dann können wir in Ruhe reden.« Er legt seinen Arm um mich und führt mich aus der Garage zu all dem Zeug, das nun draußen lagert. Unter anderem die *Faema E61,* der Röster und alles andere.

»Sobald der Boden verlegt ist, kommt das natürlich alles wieder rein.« Er schaut sich den Haufen an. »Also, zumindest das, was wir noch benötigen. Alles andere schmeißen wir gnadenlos weg.« Er nimmt sich einen beliebigen Gegenstand zur Hand, von dem ich glaube, dass es sich um einen kaputten Lampenschirm handelt, und wirft ihn achtlos in den Container.

Ich folge der Bewegung und kapituliere. »Ehrlich, Tassilo. Das Zeug hier … all die Leute … ich verstehe überhaupt nichts mehr.«

Endlich kommt Tassilo zur Ruhe. Seine dunklen Augen blicken sanft auf mich herab. »*Momento*.« Auf einmal packt er mich an den Schultern und rüttelt mich. Dann lässt er mich alleine vor dem Container stehen. Doch schon in der nächsten Sekunde steht er wieder vor mir. Ich sehe, dass er einen Aktenordner in den Händen hält.

»Die Worte dieses *Eric* haben mir keine Ruhe gelassen.« Ich muss grinsen, denn er spricht den Namen aus wie eine seltene ansteckende Krankheit.

»Wir machen uns da tatsächlich angreifbar. Außerdem hat er mich auf eine längst überfällige Idee gebracht.« Ich schaue ihn nur an, unterbreche ihn nicht und lasse ihn weiterreden.

»Warum eigentlich nicht, habe ich mir gedacht.«

Ich blinzele ihn fragend an.

»Und deshalb habe ich nun Nägel mit Köpfen gemacht.« Mit überbreitem Grinsen hält er mir den Ordner hin und klappt ihn kopfüber für mich auf.

»Hier«, sagt er bloß. »Natürlich ist noch nicht alles vollständig, aber der erste Schritt ist getan. Jetzt gibt es kein Zurück mehr.«

Vor meinen Augen blättert er die Seiten um. Zu schnell, als dass ich deren Inhalt auch nur im Ansatz erfassen könnte. Aber sie sehen behördlich und wichtig aus. Dann verweilt er auf einer Seite. Exakt so lange, dass ich die Überschrift lesen kann. Es handelt sich um einen Handelsregistereintrag. Auf den Namen: Lorenzos.

Mit fiebrigen Augen fliege ich die Zeilen entlang.

Mir bleibt die Luft weg, als ich den Namen auf diesem amtlichen Papier stehen sehe. Ich schnappe nach Luft, doch irgendwie scheine ich diesen Reflex verlernt zu haben.

»Gefällt dir der Name? Ich fand ihn passend.« Er wirkt verschmitzt. »Ich weiß, ich hätte dich vorher fragen sollen, aber …«

Ich bin noch immer zu keiner Reaktion in der Lage.

»Weißt du, was das heißt?« Er schaut mich auffordernd an.

Ich kann nicht antworten. In meinem Kopf dreht sich alles. Natürlich weiß ich, was das bedeutet. Es bedeutet, dass …

»Ab heute sind wir unser eigener Chef!«, kommt Tassilo mir zuvor. Ich stehe ganz dicht vor ihm, und einen Augenblick lang sehe ich nur noch seine strahlenden Zähne, die noch weißer wirken, weil sein Gesicht vor Dreck steht.

Der Griff des Trolleys gleitet mir aus der Hand, als ich endlich begreife. Tassilo offenbart mir nichts weniger als die Erfüllung eines Traums.

Ich kann nicht anders und falle dem Mann, der mir diesen Traum ermöglicht hat, in die Arme. Doch das Glücksgefühl hält nicht lange an. Die ersten klaren Gedanken werfen dringliche Fragen auf.

Ich löse mich von ihm, schaue auffordernd zu ihm auf. »Wie soll das alles funktionieren, wovon soll das bezahlt werden?«

Tassilo lächelt noch immer, aber ein Teil der Euphorie bröckelt zusehends von ihm ab. »Es wird nicht perfekt sein«, räumt er ein. »Und für die nötigen Arbeiten habe ich Babbos Erbe eingesetzt.«

»Nein!«

Doch er nickt unbeirrt zu mir herab.

»Aber das war doch für dein Studium gedacht.«

Tassilos Schultern heben sich, dann geht er einige Schritte nach hinten und inspiziert irgendeinen Gegenstand im Container, ob er nicht doch noch gebraucht werden könnte. »Ich habe mich exmatrikuliert.«

Es dauert eine Sekunde, bis seine Worte zu mir durchdringen. Dann aber explodieren sie förmlich in mir drin. »DU HAST WAS?«

Sein Kopf lugt hinter dem Gegenstand vor. »Du hast mich richtig verstanden. Ich habe mich austragen lassen. Ich bin fertig mit dem Studium.«

»Aber … Tassilo!«

Langsam kommt er wieder auf mich zu, den Gegenstand achtlos hinter sich werfend.

»Ich bin lange genug vor meinem Schicksal davongelaufen.« Er spricht ruhig und mit absoluter Bestimmtheit. Als hätte er sich auf das Gespräch mit mir vorbereitet. Womit ich wahrscheinlich verdammt nah an der Wahrheit liege. »Es ist das Familienerbe, dagegen kann ich mich nicht verwehren. Und ich spüre, dass es der richtige Weg ist. Babbo hätte es so gewollt!«

»Lorenzo ist nicht mehr da.«

»Das weiß ich selbst. Ich war dabei, als er gestorben ist. Schon vergessen?« Seine Augen funkeln wütend, und ich merke ihm an, dass er die Worte am liebsten wieder zurücknehmen würde. Augenblicklich schlägt seine Stimme einen sanfteren Ton an. »Aber wenn wir das ins Leben rufen, wird ein Stück von ihm immer bei uns sein. Bei dir. Bei mir.« Er legt die Hand auf sein Herz und stößt einen tiefen Seufzer aus. »Und bei Valentino. Ich spüre förmlich, dass es die richtige Entscheidung ist. Und was das Üben angeht … wenn wir aus Sizilien zurückkommen, sind die hier mit allem fertig und du kannst dich voll und ganz deiner Aufgabe widmen.« Er schleudert seine Hand förmlich in die Garage: »Ich will, dass die beste Barista Deutschlands hinter dieser Theke steht.«

Wieder kann ich nichts anderes tun, als ihn anzustarren. Selten hat mich ein Mann derart aus der Fassung gebracht, wie Tassilo es immer wieder mit spielerischer Leichtigkeit schafft.

»Was sagst du, Freya. Ziehen wir das gemeinsam durch?«

Kapitel 35

Während sich Deutschland auf den Sommer vorbereitet, ist er in Sizilien längst ausgebrochen. Die Sonne scheint erbarmungslos in das nur spärlich klimatisierte Taxi, das uns vom Aeroporto di Catania-Fontanarossa nach Bronte bringen soll.

Obwohl es bereits auf den Abend zugeht und ich nur ein dünnes Sommerkleid trage, setzt sich die Hitze in meinen Poren fest und macht jede Bewegung schwer.

Es ist nicht so, dass Tassilos Verwandtschaft nicht angeboten hätte, uns vom Flughafen abzuholen, aber Tassilo befand, dass er den Zeitpunkt des Wiedersehens gern so weit wie möglich hinauszögern wolle. Ich weiß nicht, ob er es als Scherz gemeint hat. Andererseits ist uns schon seit einer ganzen Weile nicht mehr nach Scherzen zumute. Die ganze Reise fühlt sich komisch an. Wir befinden uns in einer beliebten Urlaubsregion. Der Flieger war voller Touristen, größtenteils Familien mit kleinen Kindern, die sich auf ihren zweiwöchigen Badeurlaub freuten. Wir aber sind nicht hier, um Urlaub zu machen, sondern um uns von einem geliebten Menschen zu verabschieden, der von Deutschland hierher überführt wurde, um im heimischen Boden beerdigt zu werden, wie es seit jeher der Brauch der Mazzinis ist.

Mir wird ganz mulmig, wenn ich daran denke, dass ich morgen vor Lorenzos Sarg stehen werde. Zwar war ich bei ihm, als das Leben aus ihm gewichen ist, doch noch immer fühlt sich sein Fortgang unwirklich an. Beinahe so, als wäre er selbst in den Urlaub gefahren und würde jeden Augenblick wiederkommen. Doch ich weiß, dass mit dem morgigen Tag das Endgültige besiegelt ist und ich erst dann mit der Trauerbewältigung werde beginnen können.

Ich bin froh, dass Tassilo die Überführung im Alleingang geregelt hat. Ich hätte nicht die Kraft dazu gehabt und bewundere ihn insgeheim für seine Stärke.

Gedankenversunken höre ich zu, wie er sich auf Italienisch mit dem Taxifahrer unterhält, und genieße es einmal mehr, ihn in dieser lebhaften Sprache reden zu hören. Valentino hat sich an mich gelehnt und ist eingeschlafen, kaum dass wir das Flughafengelände verlassen haben.

Es ist das erste Mal, dass ich italienischen Boden betrete, und es ist noch schöner, als ich es mir vorgestellt habe. Alles wirkt auf mich farbintensiv und lebensbejahend. All die Namen, die ich auf den Autobahnschildern lese. Taormina, Palermo und immer wieder und überall Ätna. Der berühmte Vulkan. Das Fernweh packt mich und ich möchte alles sehen. Ganz Sizilien in mich aufsaugen.

Je weiter wir uns von der Stadt entfernen, desto ruhiger und beschaulicher wird die Gegend.

Dennoch will das Kribbeln in meiner Magengrube nicht abflauen. Im Gegenteil! Mit jedem weiteren Meter, den sich das Taxi dem Ziel unserer Reise nähert, wühlt die Unruhe tiefer in meinen Eingeweiden. Ich habe Angst vor der Begegnung mit Lorenzos Familie. Wie wird sie reagieren? Für sie bin ich eine Fremde.

Ich frage mich, ob es wirklich eine gute Idee gewesen ist,

mitzukommen. Doch Tassilo hat darauf bestanden.

Gemächlich nähert sich das Taxi einer kleinen Stadt zu Füßen des monströsen Ätnas. Es ist ein erhabenes Gefühl, diesen aktiven Vulkan aus nächster Nähe zu erleben. Ich weiß nicht, ob ich das könnte, am Rande eines aktiven Vulkans leben, der jeden Moment ausbrechen könnte.

Lorenzo hat mir einmal erzählt, dass er selbst so manche heftige Eruption miterlebt hat. Wie der Vulkan Asche gespuckt hat und sich orange-leuchtende Lavaströme in das Tal heruntergeschoben haben, die erst wenige Kilometer vor der Stadt zum Stehen kamen.

Ich kann meinen Blick nicht von diesem Berg nehmen, der so mächtig über allem thront. Ehrfürchtig und wunderschön zugleich.

»Wir sind gleich da«, höre ich Tassilo vom Beifahrersitz aus sagen. Er deutet auf ein weißes Straßenschild, auf dem ich den Ortsnamen lesen kann: Bronte. Unser Ziel.

Beinahe in Schrittgeschwindigkeit schleicht das Taxi durch die engen Gassen und Passagen. Wir passieren den Dorfplatz, auf dem reges Treiben herrscht. Es ist Wochenmarkt, und durch das offene Fenster dringt der herrliche Duft von frischem Obst und Gemüse, gemischt mit italienischen Gesprächsfetzen, zu uns.

Das Taxi führt uns wieder aus dem Dorf hinaus und eine steile Straße hinauf. Das Kopfsteinpflaster schüttelt uns auf der Rücksitzbank ordentlich durch. Valentinos Schlaf wird unruhiger. Langsam öffnen sich seine Augen.

»Wir sind da«, begrüße ich ihn und streiche ihm die Haare aus der Stirn. Valentino strahlt mich geradezu an, als er mich erblickt. Das macht er jedes Mal, wenn ich ihn wecke. Für mich ist es unbegreiflich, wie man bereits mit dem ersten Augenaufschlag ein so fröhliches Gesicht machen kann.

Das Taxi hält unter einer Pinie, die ihren tiefen Schatten auf den Bordstein wirft.

Der Fahrer tippt auf das Taxameter. »Prego«, ist das Einzige, was ich verstehe.

Tassilo bezahlt, steigt aus dem Wagen und bleibt unschlüssig stehen, während er die Fassade des vor uns thronenden Anwesens betrachtet.

Ich steige ebenfalls aus und geselle mich zu ihm. Augenblicklich wünsche ich mich zurück in das klimatisierte Taxi. Die noch immer drückende Hitze setzt meinem Kreislauf zu. »Hier also?«, frage ich und betrachte das Gebäude. Viel erkennen kann man nicht, da das Grundstück von einer Steinmauer umgeben ist, auf der sich das Licht der tief stehenden Nachmittagssonne bricht. Dahinter versperren mehrere hohe, säulenartige Zypressen die Sicht und verbreiten ihren würzigen Duft.

Als wir vor dem gusseisernen Einfahrtstor stehen, zögert Tassilo einen Moment, bevor er die Klingel betätigt. Darüber hängt ein verwittertes Schild: *Familia Giuseppe Mazzini.* Ich erinnere mich daran, dass dies der Name von Lorenzos Vater gewesen ist. Das Landhaus, vor dem wir nun stehen, gehört Lorenzos Schwester Maria, die hier mit ihrem Mann, den beiden Söhnen und deren Familien lebt. Mehrere Generationen unter einem Dach. Wundervoll und beängstigend zugleich.

»Bist du bereit?«, fragt er, während er mich eindringlich ansieht.

Meine Lippen verziehen sich zu einem unsicheren Lächeln.

»Wirklich?«, fragt er noch einmal, woraufhin ich ihn mit einem genervten Blick abstrafe. Dann schiebt er den Finger nach vorn, und keine dreißig Sekunden später verstehe ich, worauf er hinauswollte.

Mit dem Öffnen des Tors bricht die Hölle auf uns ein.

Ich weiß nicht, wie viele Menschen es sind, die aus dem Gebäude stürmen und uns drücken und küssen. Den kleinen

Valentino erwischt es am schlimmsten, doch auch auf mich nimmt man keine Rücksicht. Auch wenn sie mich zum ersten Mal sehen, schließen mich Frauen und Männer jeglichen Alters erdrückend in ihre Arme. Es wird gelacht und geweint und laut geredet. Eine Flut an italienischen Ergüssen strömt auf mich ein und droht mich mitzureißen. Tatsächlich werden wir in den Hof geschoben. Aber viel Zeit zum Umschauen bleibt mir nicht, da eine wohlbeleibte, ältere Frau auf mich zutritt und sich mir als Maria Garbone vorstellt. Sie trägt ein knielanges, schlicht-schwarzes Kleid mit hautfarbenen Kniestrümpfen, die ihre besten Zeiten lange hinter sich haben. Sie ist mir auf Anhieb sympathisch – vermutlich, weil sie selbst nicht viel größer ist als ich. Als sie ihre Arme um mich schlingt, umnebelt mich ein intensiver Veilchenduft.

Sie hat überhaupt keine Ähnlichkeit mit Lorenzo. Erst als sie einen Mann wütend beschimpft, der meinen Trolley aus Versehen gegen das Treppengeländer manövriert, erkenne ich ihn in ihren wütenden Zügen und muss grinsen. Leider spricht sie nicht ein Wort Deutsch, sodass mir nichts anderes übrig bleibt, als ihren italienischen Redeschwall über mich ergehen zu lassen und sie freundlich-dümmlich anzulächeln.

Während sie mich an der Hand über den Hof führt, erkenne ich Traktoren und landwirtschaftliche Maschinen. Neben dem Bauernhaus steht eine große Scheune, in der sich Holzkisten stapeln. Und überall ist da der süßlich-aromatische Geruch von Pistazien, wie ich ihn von Lorenzo kenne. Valentino hat sich an meine andere Hand geklammert. Er wirkt ängstlich und von den vielen Menschen eingeschüchtert, die zwar seine Verwandten, aber doch fremd für ihn sind.

Die Meute schiebt uns weiter, bis wir uns hinter dem Haus auf einer riesigen Steinterrasse befinden, auf der eine gedeckte Tafel steht, die über und über mit Softdrinks, Kuchen, Keksen und mir unbekanntem Gebäck vollgepackt ist.

Ich lerne sie alle kennen. Tassilos zahllose bildhübsche Cousinen, Onkels, Neffen und noch mehr Tanten. Er hatte mich gewarnt, dass er aus einer großen Familie stammt, doch diese Anzahl an Leuten übertrifft alles Vorstellbare. Tassilo erklärt, dass sie nicht alle aus Bronte kommen, sondern viele Familienmitglieder aus ganz Italien angereist seien, um Lorenzo die letzte Ehre zu erweisen.

Nachdem mir einer nach dem anderen vorgestellt wurde, wobei auch Personen dabei waren, die Tassilo selbst nicht kennt, sitzen wir nun alle an den zusammengeschobenen Tischen und trinken Kaffee. Valentino weicht nicht von meiner Seite. Er hat sich ganz eng an mich geschmiegt. Er scheint genauso überfordert mit allem zu sein wie ich.

Neben mir sitzt Adriano, der Ehemann von Lorenzos Schwester. Ich vermute, dass er deshalb neben mir sitzt, weil er fließend Deutsch spricht und ich so zumindest eine Person habe, mit der ich mich verbal austauschen kann. Adriano ist ein Bär mit sympathischen Lachfalten, viel Bauch und einem staubgrauen Haarkranz. Auch ihn mag ich sofort, wenngleich er für meine Ohren etwas zu laut lacht.

An Tassilo gibt es für mich seit dem Verlassen des Taxis kein Herankommen mehr. Alle seine Cousinen und Neffen haben ihn in Beschlag genommen und reden gleichzeitig auf ihn ein. Was auch immer sie von ihm wissen möchten, er steht geduldig Rede und Antwort. Ich bin überrascht über die ausgelassene Stimmung, die hier herrscht. Sie alle haben sich zusammengefunden, um am nächsten Tag ein Familienmitglied zu Grabe zu tragen. Dennoch versprühen sie eine lebensbejahende Energie, die zwar immer wieder in Traurigkeit umschwenkt, der Grundton bleibt aber stets in Dur gehalten.

Dazu ist man redlich bemüht, mich in die Gespräche einzubeziehen. Immer wieder werde ich mit Brocken von deutschen Wörtern konfrontiert, die meist in irgendeiner Weise mit

Fußballspielern oder Biersorten zu tun haben.

Irgendwann, viele verkrampfte Lächeleinheiten später, wird das Abendessen aufgetischt. Es gibt Fisch und Nudelgerichte mit viel frischem Gemüse und Pistazien-Pesto. Und Wein. Davon am meisten. Adriano nimmt mir die Entscheidung ab und schenkt mir großzügig einen tiefroten Nero d'Avola ein.

Er ist zwar redlich darum bemüht, mir die wichtigsten Themen zu übersetzen, doch der Flug, das frühe Aufstehen und die vielen Eindrücke fordern ihren Tribut.

Hinzu kommt, dass er sich offenbar verpflichtet fühlt, mir alles über den traditionsreichen Anbau von Pistazienbäumen und deren Ernte zu erzählen.

Obwohl das Essen superlecker aussieht, bekomme ich kaum etwas hinunter. Noch immer wühlt sich die Anspannung durch meine Eingeweide. Der Gedanke, dass Lorenzo hier aufgewachsen ist, dass er seine Kindheit an diesem Ort verbracht hat und nun morgen hier beerdigt wird, zieht den Knoten in meinem Magen noch fester zu.

Ich bin froh, als ich endlich meinen herzhaft gähnenden Valentino zu Bett bringen kann und beschließe, mich ebenfalls zurückzuziehen.

Ich betrete das dunkle Steinhaus und bringe Valentino in sein Zimmer im ersten Stock, wo er sich wehrlos von mir ausziehen lässt und ungelenk in seinen gold-roten Iron-Man-Schlafanzug schlüpft.

Mit halb geöffneten Augen hält er noch bis zur Gutenachtgeschichte durch, doch bei unserem lieb gewonnenen Kuschelritual schläft er ein, bevor ich zum Refrain des Schlaflieds komme.

»Du hast eine wunderschöne Stimme.«

Ich erschrecke fast zu Tode, als ich Tassilos Silhouette im Türrahmen sehe.

»Wie lang stehst du schon da?«, zische ich ihn flüsternd an.

Behutsam befreie ich mich aus Valentinos Umklammerung und decke ihn mit dem dünnen Laken zu.

Als ich auf Tassilo zugehe, sehe ich ihm an den glasigen Augen an, dass er ebenfalls eine Menge Wein intus hat.

»Ist es sehr schlimm?«, fragt er, und ich weiß sofort, dass er die Konfrontation mit seiner riesigen Familie meint.

»Überhaupt nicht. Sie sind alle sehr nett.«

»Mhm.« Er macht eine kurze Pause, in der etwas Bedeutsames mitschwingt. »Freya?«

»Ja?«

Er schaut mich seltsam an.

»Findest du nicht, dass wir beide uns bald mal unterhalten sollten ... über das, was zwischen uns ist. Sollten wir nicht endlich aufhören, wie zwei pubertierende Fünftklässler umeinander herumzuschwänzeln?«

Tassilo steht nun ganz dicht vor mir. Sein Mund ist nur noch wenige Zentimeter von meinem entfernt, und es überrascht mich selbst, wie sehr ich mir wünsche, ihn zu küssen. Doch stattdessen sage ich: »Es war wirklich ein langer Tag.«

Tassilo betrachtet mich stumm. Seine Schlüsselbeine heben und senken sich am Halsausschnitt seines Hemdes. Ich sehe ihm an, dass ihn meine ausweichende Antwort verletzt. Aber was soll ich ihm sagen, wenn ich doch selbst nicht weiß, wohin mit meinen Gefühlen. Er und sein Sohn bedeuten mir so unendlich viel – einfach alles. Und ich weiß, dass ich mich völlig verlieren werde, wenn ich mich auf ihn einlasse. Diese Courage habe ich nicht. Noch nicht.

»Natürlich«, erwidert er tonlos. Als er versucht, mich in den Arm zu nehmen, tauche ich unter ihm durch. Es ist nicht so, dass ich mich nicht nach seiner Berührung sehne, aber die Angst, die Kontrolle zu verlieren, ist größer.

»Gute Nacht«, sage ich leise in seinen Rücken und eile den dunklen Flur entlang, ehe er etwas erwidern kann.

Kapitel 36

Eigentlich hasse ich kirchliche Anlässe und meide sie wie die Pest. Aber Tassilo bin ich das schuldig. Und natürlich Lorenzo – wenngleich mein Glaube nicht so weit reicht, dass ich mir vorstellen kann, er würde etwas davon mitbekommen. Er ist tot und damit schlichtweg nicht mehr da.

Er lebt in unseren Erinnerungen weiter. Und ich habe Tausende wunderbare an diesen Mann, den ich nun in einem fremden Land unter der glühenden Sonne Siziliens auf seinem letzten Weg geleite.

Wie all die anderen um mich herum bin ich ganz in Schwarz gekleidet, habe mir eigens für diesen düsteren Anlass ein neues Kleid gekauft. Mal wieder.

Diesmal ist es ein figurbetontes mit weit fallendem Rock und langen Ärmeln. Tassilo hatte mir dazu geraten. Aus Respekt vor den streng katholischen sizilianischen Gepflogenheiten, die zumindest in den älteren Generationen noch tief verankert sind.

Die Sonne scheint schonungslos vom wolkenlosen Himmel.

Mir ist so unerträglich heiß. Obwohl das Kleid aus dünnem Stoff ist, scheint es die Sonnenstrahlen wie ein Magnet anzuziehen.

Zudem sind meine Augenlider schwerer als sonst, was an einer unruhigen Nacht liegt. Bis tief in die Abendstunden hat die Mazzini-Sippe zusammengesessen – und das in einer Lautstärke, die für uns Deutsche doch recht ungewöhnlich ist. Ich habe sie lachen und weinen gehört, und auch mich hat irgendwann die Sehnsucht nach Lorenzo gepackt und nicht mehr losgelassen. Ich schäme mich nicht für meine Gefühle und trage meine verheulten Augenringe offen zur Schau. Schließlich will ich ebenso wie all die Familienangehörigen meine Trauer zum Ausdruck bringen.

Im Schleichschritt schreiten wir durch die schmalen Gassen von Bronte, sind dankbar für jeden Schatten, den der Weg für uns bereithält. Da ich nicht zur Familie gehöre, befinde ich mich ungefähr in der Mitte der Prozession, umgeben von fremden Menschen. Vermutlich Freunde und Bekannte der Familie. Tassilo und Valentino führen gemeinsam mit Lorenzos Schwester den Trauerzug an. Er sieht gut aus in seinem schwarzen Anzug und dem perfekt gebügelten weißen Hemd, das sich eng an seinen schlanken Körper schmiegt. Dazu trägt er eine schwarze Krawatte, deren Knoten er nicht ganz perfekt hinbekommen hat.

Es wundert mich, dass keine seiner unzähligen Cousinen auf dem Weg zur Kirche eingegrätscht ist und sich des Problems angenommen hat.

Valentino trägt den gleichen Anzug, was ihn aussehen lässt wie ein Miniaturabziehbild von Tassilo. Er sieht unglaublich süß darin aus.

Während wir über das Kopfsteinpflaster schreiten und sich das Klackern meiner Stöckelschuhe mit denen von Dutzenden anderer Frauen mischt, fallen mir die Traueranzeigen auf, die an den verwitterten Hauswänden kleben. Auf vielen von ihnen erkenne ich Lorenzos Foto in einer schlechten Schwarz-Weiß-Optik. Die öffentlichen Todesanzeigen wirken befremdlich auf mich, sorgen aber bestimmt dafür, dass wirklich jeder im Ort mitbekommt, wer von uns gegangen ist.

Nicht zum ersten Mal frage ich mich, ob es womöglich doch ein Fehler gewesen ist, hierher zu kommen. Ich fühle mich nicht dazugehörig unter all den Einheimischen, die einen Lorenzo gekannt haben, der mir so völlig fremd ist.

Man ist nett zu mir, lächelt mich freundlich an, ist um mein Wohlwollen bemüht. Dennoch kann ich spüren, dass niemand so genau etwas mit mir anzufangen weiß.

Ich bin Lorenzos Bündel. Das deutsche Mädchen mit der fragwürdigen Vergangenheit, das sich einem alten Mann an den Hals geschmissen hat. Natürlich ist das Quatsch. Denn nüchtern betrachtet kann ich mir nicht vorstellen, dass irgendwer so von mir denkt. Das ändert aber nichts daran, dass sie mich nicht einordnen können. Und auch, dass ich nicht Tassilos Freundin bin, erleichtert den Umstand nicht gerade.

Ich sehe Menschen am Straßenrand stehen, die offen weinen und auf Tassilo und andere Verwandte zustürmen und ihnen die Hände schütteln. Es liegt eine Stimmung in der Luft, die erdrückend und zugleich voller Hoffnung ist. Die Stadt ist in Trauer um einen ihrer Söhne, und doch bringt sie die Gemeinschaftlichkeit zum Ausdruck, dass niemand seinen letzten Weg alleine bewältigen muss. Auch wenn ich alldem eigentlich nichts abgewinnen kann, hat es in der Tat etwas Tröstliches.

Als wir schließlich am Friedhof ankommen, habe ich das Gefühl, einen Steingarten zu betreten. Die Prozession schreitet die engen Grabgassen entlang, vorbei an den steinernen Gräbern mit direktem Blick auf das azurblaue Meer, das sich uns in sanften Wellen entgegenwirft.

Es ist eine schöne Lage, die man für den Friedhof gewählt hat. Als hätten die Erbauer bedacht, dass die unendliche Weite der See Trost spenden kann, indem sie den Besuchern die eigene Vergänglichkeit vor Augen führt.

Mir fällt auf, dass man die Toten nicht in der Erde verscharrt. Sämtliche Steingräber befinden sich überirdisch. Außerdem zeigen alle Gräber Fotos der Verstorbenen. Das gefällt mir.

Allmählich kommt die schleichende Prozession zum Stehen und versammelt sich um ein festlich geschmücktes Grabhaus, vor dem ein massiv wirkender Sarg aus dunklem Eichenholz steht, dessen goldene Beschläge in der Sonne glänzen.

Trotz der sommerlichen Hitze überzieht es meine Arme mit einer frostigen Gänsehaut. In dieser Kiste befinden sich die sterblichen Überreste Lorenzos.

Jemand tritt an meine Seite. Ich blicke auf und sehe Adriano, den Mann von Lorenzos Schwester. Er trägt eine dunkle Sonnenbrille und betrachtet die Szenerie ausdruckslos. Als er mich bemerkt, lächelt er liebevoll und nickt dann nach vorn. »Das ist die Familiengruft der Mazzinis«, erklärt er mir. »Lorenzo wird dort zu seiner Frau gelegt.«

Ich nicke ihm dankbar zu. Dankbar dafür, dass er sich die Zeit nimmt, um mich nicht gänzlich alleine stehen zu lassen.

»Der *Parroco* … also, der Pfarrer, müsste jeden Moment kommen.« Er wendet den Kopf in die Richtung, aus der wir gekommen sind. Mit einem Stofftuch tupft er sich über die Stirn. »Zumindest hoffe ich das für ihn. Denn viel länger halte ich es in der Bullenhitze nicht aus.«

Ich folge seinem Blick und sehe tatsächlich jemanden mit schnellen kleinen Schritten den Weg entlanglaufen. Aber es ist definitiv kein Geistlicher, der sich uns nähert. Als auch Adriano die Person erblickt, zieht er hörbar die Luft ein. »Oh, wenn das keine Überraschung ist …«

Es ist eine Frau, und ihre flotte Erscheinung ist definitiv eine nähere Betrachtung wert. Sie trägt ein figurbetontes pechschwarzes Kostüm, dazu Pumps mit derart hohen Absätzen, dass ich nicht einmal wagen würde, nur darin zu stehen. Als sie an mir vorbeikommt, zieht sie eine fruchtig-einlullende Duftwolke nach sich, die sich in meinen Nebenhöhlen festsetzt.

Unter der riesigen Sonnenbrille ist kaum etwas von ihrem Gesicht zu erkennen.

»Wer ist das?«, frage ich Adriano. Doch ich ahne die Antwort bereits. Obwohl ich diese rassig wirkende Südländerin noch nie zuvor gesehen habe, erkenne ich die lockigen Haare und die zarten Gesichtszüge um die Mundwinkel.

»Das ist Alessandra Giordano.«

Völlig perplex schaue ich zu, wie sie zielstrebig auf Tassilo und Valentino zuhält.

Ich kann nicht glauben, dass sie da ist – zumal Tassilo sie mit keiner Silbe erwähnt hat. Sie hält in ihrer schnellen Bewegung inne und wirkt auf einmal sehr unsicher. Vorsichtig geht sie auf ihn zu, sagt etwas, das ich nicht verstehen kann, und umarmt Tassilo schließlich.

Zunächst bleibt er steif stehen, doch dann gehen seine Arme nach oben und erwidern die Umarmung.

Die Frau geht in die Hocke, nimmt Valentino ebenfalls in den Arm und drückt ihn einen Moment ganz fest an sich.

Ein schmerzhafter Stich durchzieht mein Inneres.

Sie richtet sich auf, schenkt Tassilo ein kurzes Lächeln und reiht sich in die anderen Trauernden ein.

Mein Pulsschlag beschleunigt sich. Mit aller Konsequenz wird mir die Tragweite dieser Situation bewusst.

Ich habe gerade Tassilos Exverlobte und Valentinos Mutter kennengelernt.

»Na endlich«, höre ich Adriano neben mir. »Der Parroco.«

Wieder kommt Bewegung in die Trauergemeinde, als sich die Köpfe dem Mann zuwenden, der in Begleitung von Messdienern auf uns zukommt.

Die Trauerfeier zieht sich, die Mittagssonne ist unerbittlich, und für mich ist es doppelt anstrengend, weil ich kein Wort verstehe. Immer wieder zieht es meine Blicke zu dieser Frau, die nun direkt hinter Tassilo und Valentino steht. Ihre Anwesenheit lässt sich durchaus einordnen. Nur, dass sie mich auf eine nicht greifbare Art beunruhigt.

Ein inbrünstiges Singen reißt mich aus den Gedanken. Der Pfarrer, oder vielmehr der Parroco, stimmt einen lateinisch klingenden Singsang an, der mir durch Mark und Bein geht. Dazu heben sich seine Arme ausdrucksvoll nach oben.

Adriano erklärt mir, dass der Aberglauben in der italienischen Kultur eine sehr große Rolle spiele und man bei Beerdigungen gern zur Theatralik neige.

»Tatsächlich bin auch ich ein wenig abergläubisch«, gesteht er mir. Er greift in sein Jackett und zieht einen silberglänzenden Füllfederhalter heraus. »Den hat Lorenzo mir mal zum Geburtstag geschenkt. Und nun schenke ich ihn ihm zurück, damit seine Seele die Erde erfolgreich verlassen kann.«

Ich senke den Blick, betrachte den Füller. Anscheinend bemerkt Adriano meine hochgezogene Stirn.

»Das musst du nicht verstehen.« Er lacht leise und verfrachtet den Gegenstand zurück in sein Jackett.

Als ich wieder aufschaue, ist die Frau hinter Tassilo verschwunden.

»Ich finde es eben eine schöne Tradition, dass man lieb gewonnenen Verstorbenen etwas mit auf den Weg gibt.«

Irgendwann hört der Geistliche auf zu sprechen, und ich reihe mich in die Schlange ein, um von Lorenzo für immer Abschied zu nehmen. Dann mache ich es wie die anderen, gehe auf Tassilo zu und drücke ihm mein Beileid aus, wobei wir es nur bei einer Umarmung belassen und uns aufmunternd zuzwinkern. Auf seinen Wangen zeichnen sich feuchte Rinnsale ab. Wie schwer das alles für ihn sein muss! Ich reiße mich von seinem Anblick los und knie mich zu Valentino hin, um ihn innig zu herzen. Er ist so tapfer und erträgt diesen schwarzen Nachmittag mit einer Engelsgeduld.

Der anschließende Leichenschmaus gestaltet sich zu einer Zerreißprobe. Ich sitze inmitten von Tassilos laut durcheinander plappernden Cousinen, die nach anfänglichen Bemühungen, sich auf Englisch zu unterhalten, schnell wieder zu ihrer Muttersprache zurückgekehrt sind. Zuerst habe ich noch versucht, interessiert zu wirken, und mitgelacht, wenn andere gelacht haben. Aber als mir das auf die Dauer zu anstrengend wurde, habe ich mich unauffällig entfernt. Jetzt sitze ich an einem einzelnen Tisch etwas abseits und betrachte die vor mir liegende Serviette, die durch mein nervöses Herumfalten nicht mehr als solche zu erkennen ist.

Meine Gesamtsituation verbessert sich nicht, als vor meinem Tisch ein Schatten auftaucht und ich Tassilo erblicke. Er ist nicht allein. Ein schwarzer Lockenkopf steht neben ihm. Mein Herzschlag verdoppelt sich.

»Hallo, Freya.« Ich höre die Nervosität mit jeder Silbe aus seiner Stimme tropfen. »Das ist Alessandra. Du weißt bestimmt, wer sie ist …«

Ja, ich weiß.

Eine schlanke Hand schiebt sich nach vorn, die ich zögerlich ergreife.

»Es freut mich unwahrscheinlich, dich endlich persönlich kennenzulernen«, schraubt sich eine gar nicht mal so unsympathisch klingende Stimme in meine Richtung. Etwas laut und überdreht, aber das scheint hier völlig normal zu sein.

Sie lächelt mich an und ich lächele zurück. Vielleicht eine Spur zu verkrampft.

»Tassilo hat mir schon so viel von dir erzählt.«

Sie spricht mit leichtem italienischem Akzent, den sie mit einem merkwürdigen Getriller auf den letzten Silben betont.

»Ach«, meine Brauen heben sich. »Hat er das?«

Bevor Tassilo antworten kann, wird er von einer seiner Tanten weggezerrt und zu deren Tisch geführt.

Wir beide schauen ihnen nach – und zumindest ich in einem leichten Anflug von Panik.

»Du wunderst dich bestimmt, dass ich hier bin.«

Ich sehe sie stumm an und bin wütend darüber, dass sie so unglaublich hübsch ist und dem Jungen so sehr ähnelt, den ich aufrichtig über alles liebe. Aber vor allem bin ich wütend auf mich selbst, denn diese Ähnlichkeit mit Valentino macht es doppelt schwer, ihr die kalte Schulter zu zeigen.

»Eigentlich wollte ich Lorenzo nur den letzten Respekt zollen … auf der Beerdigung«, spricht sie weiter. »Aber Tassilo hat mich hierher eingeladen, um gemeinsam mit seiner Familie zu feiern.«

Sie lässt den Blick durch den Raum schweifen und wirkt plötzlich genauso unschlüssig und fehl am Platz, wie ich mir vorkomme. Ein Umstand, der sie in meinen Augen jedoch in keiner Weise zu einer Verbündeten macht.

»So, so«, sage ich bloß und vermeide es, in ihre Richtung zu schauen. Dennoch spüre ich ihren Blick auf mir.

»Du musst schlecht von mir denken«, sagt sie schließlich. Mit ihrer unverblümten Offenheit schafft sie es tatsächlich, dass ich überrascht zurückzucke und sie nun doch ansehe.

Abwehrend hebe ich die Hände und schüttele den Kopf.

»Das geht mich überhaupt nichts an.«

»Doch«, sagt sie bestimmt. »Es geht dich etwas an. Schließlich bist du immer für meinen Sohn da, wie Tassilo mir erzählt hat.«

»Valentino hat es nicht verdient, alleingelassen zu werden.«

Damit zaubere ich ihr ein gequältes Lächeln ins Gesicht. »Glaubst du, das weiß ich nicht?«, fragt sie scharf. »Was möchtest du von mir hören? Dass ich den schlimmsten Fehler meines Lebens begangen habe und an nichts anderes denken kann? Morgens beim Aufwachen und abends, wenn ich im Bett liege?« In ihren Augen funkelt es, und ich kann sehen, dass sie damit kämpft, die Tränen zurückzuhalten.

Wieder gehen meine Hände nach oben. Himmel, was passiert hier gerade? Warum weint sich diese Frau ausgerechnet bei mir den Frust von der Seele.

»Alessandra, ich bin da wirklich der falsche Ansprechpartner. Ich weiß nicht, was euch damals auseinandergebracht hat, und begreife auch nicht, wie man sein eigenes Kind zurücklassen kann. Aber wie gesagt, das geht mich wirklich nichts an. Das ist eine Sache, die ihr unter euch ausmachen müsst.«

Sie senkt den Kopf, betrachtet gedankenverloren mein Serviettenkunstwerk. »Ich war noch nicht so weit, damals.« Ihre Stimme ist ein leises Flüstern, und ich habe nicht das Gefühl, dass ihre Worte mir gelten. »Ich war so jung und selbstsüchtig. Ganz anders als Tassilo.«

Sie reckt den Kopf. »Er ist der beste Vater, den ein Junge sich wünschen kann.«

Zumindest in diesem Punkt scheinen wir einer Meinung zu sein.

»*Scusi!*« Sie streckt ihr Kreuz, hebt das Kinn. »Ich weiß nicht, was über mich gekommen ist. Irgendwie hatte ich das Gefühl, mich dir erklären zu müssen, weil du dich so liebevoll um meinen Sohn kümmerst. Ich …« Sie bricht ab, streift sich in einer schwerfälligen Bewegung die Sonnenbrille über. »*Scusi!*«, sagt sie noch einmal.

Mit einer flüchtigen Verabschiedung entfernt sie sich von mir und geht ausgerechnet zu Tassilo, der sie postwendend in das Gespräch mit seinen Tanten einbezieht.

Da ist sie wieder, die eisige Faust, die sich um mein Herz schließt.

»Es muss die Hölle für dich sein, unter all diesen Leuten, deren Sprache du nicht verstehst.«

Adriano lässt sich schnaubend auf den freien Stuhl neben mir fallen.

»Ach, was«, erwidere ich höflich. Aber er hat recht, es ist die

Hölle. Vor allem ist es die Hölle zu sehen, wie diese Alessandra sich mit Tassilo unterhält. Auch wenn es unfair ist und ich kein Recht habe, darüber zu entscheiden. Dennoch schmerzt es mich, und ich habe das Gefühl, dass sie mir meinen Platz streitig macht.

»Du magst die beiden sehr«, stellt Adriano fest, der mich beobachtet. »Tassilo und den Jungen.«

Ich fühle mich ertappt und suche nach einer Ausrede. Doch dann senke ich den Kopf. »Sie bedeuten mir alles«, sage ich leise. »Mehr denn je, seit Lorenzo fort ist.«

»Warum zeigst du es ihm dann nicht?«

Ich neige den Kopf zur Seite und frage mich, ob Tassilo mit ihm über uns gesprochen hat.

Adriano mustert mich und nickt unbestimmt. Dann erhebt er sich und legt seine große Hand auf meine Schulter.

»Komm mit, lass mich dir wenigstens etwas zeigen.«

Kapitel 37

Adriano führt mich nach draußen und schreitet neben mir her die Straße entlang. Auf seiner Stirn haben sich feine Schweißperlen gebildet. Sein dunkles Jackett hat er am Zeigefinger über die Schulter gehängt. Ich erkenne kleine dunkle Kreise auf dem weißen Hemdstoff.

»Die Gegend hier ist ein Traum«, erklärt er mir keuchend. »Aber zu dieser Jahreszeit ist es schlichtweg nicht auszuhalten! Ich werde nie verstehen, wie ihr Deutschen im Hochsommer hier Urlaub machen könnt.«

Zwei ältere Frauen kreuzen unseren Weg. Adriano grüßt sie beide und beginnt eine kurze, aber gestenreiche Unterhaltung.

Ich frage mich, wie es wohl ist, an einem Ort wie diesem groß geworden zu sein. Direkt am Meer, in einer Gemeinde, in der jeder jeden zu kennen scheint. Und im Rücken einen aktiven Berg, der jeden Moment ausbrechen könnte. Vermutlich kostet man die friedlichen Momente umso intensiver aus, lernt das Leben selbst mehr zu genießen, da einem mit Blick auf den Berg ständig bewusst ist, wie schnell alles vorbei sein kann.

Noch immer lachend und wild gestikulierend führt er mich weiter durch die Altstadt und ihre kleinen Gassen.

In meinen hohen Schuhen gestaltet sich der Weg über das

Kopfsteinpflaster zum Eiertanz.

Zum Glück dauert er nicht lange. Nach ein paar hundert Metern biegen wir um den nächsten Block, an dessen Ecke Adriano abrupt stehen bleibt und mich erwartungsfroh anschaut.

»Bist du bereit?«

»Wofür bereit?«

»Für eine Zeitreise.«

Er dreht sich um und macht eine ausladende Handbewegung.

Mein Blick folgt seiner Geste, und nun erst bemerke ich, dass wir unmittelbar vor einem alten Ladenlokal stehen, über dessen großem Fenster in kräftigen roten Druckbuchstaben prangt: GELATERIA MAZZINI.

Sprachlos öffne ich den Mund, da ich zu verstehen glaube, was er mir zeigen möchte.

Adriano kramt seinen Schlüsselbund aus der Tasche, sucht kurz nach dem richtigen und steckt ihn schließlich in die Pforte. Ein Windspiel erklingt, als er die Tür nach innen aufschiebt und mir bedeutet einzutreten.

Beinahe ehrfürchtig begebe ich mich in das kleine Ladenlokal, das völlig ausgefüllt wird von einer riesigen Vitrine.

»Das hier ist seit Generationen das Herzstück der Mazzinis«, erklärt mir Adriano. »Vermutlich wird hier seit einem Jahrhundert das beste Pistazieneis Siziliens hergestellt. Ach, was rede ich: ganz Italiens! Wenn du wüsstest, von woher überall die Leute kommen, um unser Eis zu probieren.« Er gibt sich einem schallenden Lachen hin. »Ganz besonders im September, wenn es zum Erntefest, dem *Sagra del Pistacchio*, Tausende von Touristen aus aller Welt in die Straßen und Plätze von Bronte zieht.«

»Ich wusste gar nicht, dass es sie noch gibt.« Ich kann die Verwunderung in meiner Stimme nicht verbergen. »Ist es nun deine Eisdiele?«

»Sì, meine und Marias. Als Giuseppe starb, trat sie das Erbe an, und seitdem betreiben wir das kleine Café.« Er wiegelt ab. »Mittlerweile aber mehr zum Hobby … der alten Zeiten wegen. Lorenzo und ich waren gute Freunde, musst du wissen. Vielleicht die besten. Er war schon immer ein totaler Dickschädel, wollte nie in die Fußstapfen seines Vaters treten und es stattdessen auf eigene Faust versuchen. Fand der alte Mazzini natürlich überhaupt nicht gut.«

Adriano lehnt sich gegen die Theke und schiebt die Hände tief in die Hosentaschen, während er sich gedankenverloren umschaut.

»Es waren schwierige Zeiten damals. Das Land war vom Tourismus noch nicht so erschlossen, wie es heute der Fall ist. Die Gegend hier hat nicht allzu viel zu bieten für junge Leute, die eine Karriere außerhalb des Tourismus und der Pistazienplantagen anstreben. Schon gar nicht damals. Zu unserer Zeit. Lorenzo blieb die Mitarbeit in der Gelateria oder die harte Saisonarbeit auf den Pistazienfeldern. Beides keine verlockenden Optionen für einen freiheitsliebenden Ragazzo, wie er es war.«

Neugierig schlendere ich durch das kleine Ladenlokal, während ich Adriano zuhöre. Ich verstehe, was er vorhin mit Zeitreise meinte. Diese Eisdiele erweckt wirklich den Anschein, als hätte sich hier seit fünfzig Jahren nichts verändert. Pastellige Farben dominieren den Verkaufsraum, dessen Mittelpunkt diese riesige Theke darstellt. Zeitlos und nostalgisch schön zugleich.

»Also hatten wir in unserem jugendlichen Leichtsinn beschlossen, unser Glück in Deutschland zu versuchen. Allerdings habe ich schnell gemerkt, dass ich mein Glück nur dort würde finden können, wo auch Maria war.« Wieder stößt er ein inbrünstiges Lachen aus. »Wie du dir vorstellen kannst, war Lorenzo überhaupt nicht begeistert davon, dass ich mich ausgerechnet in seine kleine Schwester verliebt hatte und dann auch noch zurück nach Bronte wollte.«

Gebannt lausche ich Adriano. Er ist ein lebhafter Erzähler und schafft es, mir ein Bild des jungen Lorenzo zu vermitteln.

»Aber Lorenzo wollte in Deutschland bleiben und es dort

schaffen. Ganz auf sich allein gestellt, mit der verrückten Idee, eine italienische Espressobar ganz nach seinen Vorstellungen zu gründen. Und das in Deutschland, wo man in den Achtzigern sicherlich von vielem eine Ahnung hatte, aber ganz bestimmt nicht von gutem Espresso. Doch er hat sein Ding durchgezogen und sich ein Leben aufgebaut mit dem, was er liebte.« Seine Unterlippe schiebt sich nach vorn. »Hat mich schwer beeindruckt damals. Und seinen Vater auch – wenngleich er es ihm gegenüber niemals zugegeben hätte.«

Adriano erhebt sich und bedeutet mir, ihm zu folgen. Wir betreten einen ungleich größeren Hinterraum, der mich am ehesten an eine alte Backstube erinnert.

»Später, als Giuseppe nicht mehr konnte, haben Maria und ich die Tradition aufrechterhalten und die Gelateria fortgeführt. Und wie du siehst, bestehen wir immer noch. Qualität setzt sich eben durch, aber davon kannst du dich selbst überzeugen, wenn du das beste Pistazieneis der Welt gekostet hast.«

Er krempelt sich die Ärmel hoch.

»Das große Geheimnis ist jedoch die Waffel.« Stoisch zeigt er auf einen gusseisernen Gegenstand an der Wand, den ich augenblicklich wiedererkenne. Es ist das gleiche Waffeleisen, wie wir es neulich in der Garage gefunden haben.

»Nur noch zur Dekoration«, erklärt Adriano. »Mittlerweile bereiten wir die Waffeln etwas weniger nostalgisch zu. Aber komm, ich zeig dir, wie man es auf die traditionelle Weise macht.« Er nimmt das Eisen von der Wand und befreit es von seiner dünnen Staubschicht. Adriano bewegt sich flink und routiniert in der Backstube, öffnet zielgerichtet Schubladen und Schränke und befördert allerlei Utensilien zutage. Mehl, Pulver, Gewürze.

Schließlich greift er an einen Haken hinter der Tür und wirft mir eine weiße Kochschürze zu.

Ich sehe ihn fragend an, ernte jedoch nur ein weiteres Lachen.

»Frisch gebacken und lauwarm schmecken sie am besten.«

Während wir auf traditionelle Art und Weise die Waffeln zubereiten, erzählt mir Adriano viel aus Lorenzos Leben. Dass er ausgerechnet bei einem seiner Heimaturlaube die Liebe seines Lebens getroffen hat. Hier in Bronte, dem Ort, vor dem er zeit seines Lebens geflüchtet war.

»Dabei kannte er Vittoria schon, als sie noch im Sandkasten gespielt haben. Doch so ist es manchmal im Leben. Da hast du jahrelang einen Menschen um dich herum, man geht auf dieselbe Schule, verliert sich irgendwann aus den Augen. Und dann, irgendwann, beim unverhofften Wiedersehen, macht es Bumm und nichts ist mehr so, wie es einmal gewesen ist.« Er schmunzelt versonnen. »In der Zeit, in der er sich eine Existenz in Deutschland aufgebaut hat, ist aus der kleinen Vittoria eine bildhübsche Frau geworden, der alle jungen Männer aus Bronte den Hof machten. Doch sie wollte nur Lorenzo und war sogar bereit, ihr altes Leben zurückzulassen und das Glück bei ihm in Deutschland zu suchen. Wo sie es ja auch gefunden hat … nun, bis zu diesem Unfall.« Er senkt den Blick. Ein schweres Seufzen stiehlt sich aus seinem Mund.

»Seit diesem schrecklichen Tag war Lorenzo nicht mehr derselbe. War er ohnehin schon ein in sich gekehrter Mensch, so machte er mit dem Tod seiner Frau endgültig die Schotten dicht.«

Adriano schüttelt den Kopf. »Nie wieder hat er eine andere Frau in sein Leben gelassen. War nur noch für seinen Sohn da und das Café. Maria ist beinahe verrückt geworden aus Sorge um ihn. Aber ich kannte Lorenzo – vielleicht so gut wie kein anderer. Er war kein Mann, um den man sich Sorgen machen musste. Lorenzo hatte schon immer das Herz eines Löwen, stand stets zu seinem Wort, ist vor keiner Herausforderung zurückgewichen. Weshalb er von seinem Großvater stets *Cuor di Leone* genannt wurde.«

»Löwenherz?«

»*Esatto!*«

Ich verstehe absolut, was er meint, kann aber nicht verhindern, dass mir Tränen der Rührung in die Augen schießen. Adriano reicht mir sein Stofftaschentuch, damit ich meine Augen trocknen kann.

»Salzige Tränen verderben den Teig.« Er grinst und zwinkert mir verschwörerisch zu, während er sich hingebungsvoll der Backmasse widmet.

»Die einfachsten Dinge sind oft die leckersten. Butter, Zucker, Wasser Mehl – und das hier.«

Er hebt den Deckel eines Plastikeimers an und hält ihn mir hin. Ein würziger Duft schlägt mir entgegen. Im Inneren des Eimers befindet sich ein hellgrünes, grobkörniges Pulver.

»Pistaziengewürz«, erklärt Adriano lapidar. »Ohne das läuft in Bronte nichts. Egal, ob Wurst, Soßen, Brot, Kuchen, Eis oder Nutella. Wir machen das wirklich überall ran. Es gibt sogar Pistazienschnaps. Erinnere mich bitte daran, dass wir heute Abend ein Gläschen zusammen trinken.«

Erstaunt über seine Schnelligkeit schaue ich zu, wie er die einzelnen Zutaten ohne sie abzuwiegen miteinander vermischt und nach und nach ein überaus gut duftender Teig in einer dezent grünlichen Farbe entsteht.

»Finito. Jetzt müssen wir nichts weiter tun, als den Teig eine Weile ruhen zu lassen.« In einer fließenden Bewegung greift er nach dem Waffeleisen und schaltet es ein.

»Lorenzo hat lange hier gearbeitet. Als Kind und Jugendlicher, an der Seite seines Vaters und ein paar Jahre noch an der seines Großvaters. Kannst du dir das vorstellen? Drei Generationen der dickköpfigsten Menschen hinter dieser kleinen Theke?« Adriano lacht gellend auf. So laut, dass es in meinen Ohren klirrt. Aber ich kann mich seines Charmes nicht erwehren und stimme mit ein.

»Tja, und dann irgendwann findet Lorenzo seine wahre Leidenschaft, die nicht der Eiszubereitung gilt, sondern dem

Kaffee. Was glaubst du, was los war, als der alte Mazzini dahinterkam, wie viel Zeit sein Sohn mit der Zubereitung seiner Kaffeekreationen verschwendet hat, und wie viel Geld er gelassen hat, um sich die erlesensten Kaffeesorten unten am Hafen zu kaufen. Es ist gar nicht so leicht, in einer traditionsreichen Familie seinen eigenen Weg zu finden und diesen dann auch zu beschreiten.«

Adriano greift nach dem Eiswaffelroller und bestäubt ihn mit einer hauchdünnen Mehlschicht, während er mit akribischem Blick noch einmal den eben angerührten Teig inspiziert. »Eigentlich bräuchte er noch eine Weile, aber ich glaube, wir können heute mal fünf gerade sein lassen.«

Er drückt mir eine Schöpfkelle in die Hand. »Komm her, ich zeige dir, wie es geht.«

Exakt nach seinen Anweisungen backe ich die erste Eiswaffel meines Lebens und bringe sie mit dem Roller in die typische Kegelform. Ich bin erstaunt, wie leicht es geht, als ich kurz darauf meinen ersten Versuch in der Hand halte. Eine noch warme, nach frischen Pistazien duftende Waffel mit einem dezenten Grünschimmer. Sie hat jedoch nicht die klassische Riffelung, sondern zeigt das Blütenwappen der Mazzinis, eingebettet in einem verschnörkelten floralen Muster.

»Sie ist wunderschön!«

Adriano nickt zustimmend.

»Sì, auf jeden Fall ist sie etwas Einzigartiges. Wir nennen sie übrigens *Ribaltare albero di Natale*, was in etwa so viel bedeutet wie *Weihnachtsbaum, der auf dem Kopf steht.*« Adriano zeichnet Gänsefüßchen in die Luft. »War Giuseppes Idee.«

»So, und jetzt kommt das Beste.« Er nimmt mir die Waffel aus der Hand und begibt sich zur Tiefkühltruhe.

Nur wenig später probiere ich das köstlichste Eis meines Lebens und glaube, zumindest ein kleines bisschen von der Magie dieses Ortes zu verstehen.

»Danke, Adriano. Danke für alles.«

»*Va bene*, ist doch Ehrensache in der Familie.«

Ich kann nicht anders, als meine Arme um seinen stämmigen Körper zu schlingen. Er hält die Hände von mir weg, um mein Kleid nicht mit Mehl einzusauen. Dennoch habe ich für einen ganz kurzen Moment das Gefühl, es wäre Lorenzo, den ich umarme.

Schließlich löst sich Adriano unbeholfen von mir und klopft sich den Mehlstaub von den Händen. Vor Rührung wirkt er plötzlich etwas unbeholfen. »Jetzt sollten wir aber wieder zurück. Nicht, dass Maria sich noch Sorgen macht. Du musst wissen, darin ist sie außerordentlich gut.«

Kurz bevor wir die Backstube verlassen, hält er noch einmal inne und eilt zurück zum Arbeitstisch. Ich sehe, dass er etwas von dem Pistaziengewürz in ein kleines Einmachglas füllt.

»Prego.« Mit beinahe zurückhaltender Geste überreicht er mir das Gefäß. »Ein kleines Geschenk von mir. Sozusagen als Erinnerung an unsere gemeinsame Backstunde.«

Eine neuerliche Welle der Dankbarkeit für diesen Mann umspült mich, und ganz kurz erinnert mich sein grauer Haarkranz an einen staubigen Heiligenschein.

Auf dem Rückweg zur Gaststätte, in der der Leichenschmaus stattfindet, erzählt er mir weitere Anekdoten aus Lorenzos Jugend. Dabei ist nicht zu überhören, wie sehr ihm der frühe Tod seines besten Freundes zu schaffen macht. Lorenzo hinterlässt also nicht nur in mir eine Lücke, die nicht mehr gefüllt werden kann.

Als wir die Gaststätte betreten, kann ich es kaum erwarten, Tassilo und Valentino von meinem Backerlebnis mit Adriano zu erzählen. Doch ich sehe nur Valentino, der von seinen Großcousinen in Beschlag genommen und mit Kuchen gefüttert wird. Keine Spur von Tassilo – und auch Alessandra kann ich nirgends sehen …

Kapitel 38

Stillschweigend spazieren wir nebeneinander her durch eine endlose Reihe von Pistazienbäumen, deren Wipfel zarte Schatten auf uns werfen. Es war Tassilos Idee, mir die familieneigene Pistazienplantage zu zeigen, die sich direkt hinter dem Anwesen einen sanften Hügel hinaufschlängelt. Die noch kleinen Früchte schimmern in einem kräftigen Violett in den grünen Blätterkronen. Im Kontrast zu dem dunklen Lavaboden stellt es ein wunderschönes Farbenspiel da. Vor uns erstreckt sich der gigantische Ätna. Nicht bedrohlich, sondern erhaben und wunderschön zugleich.

Eigentlich eine traumhafte Kulisse, wäre da nicht dieses unsichtbare Hindernis, das sich zwischen Tassilo und mir aufgebaut hat.

Dabei hätten wir uns doch eigentlich so viel zu erzählen.

Immerhin haben wir uns in den letzten zwei Tagen kaum zu Gesicht bekommen, da er und Valentino vollkommen von ihren Verwandten und Bekannten in Beschlag genommen wurden. Außerdem weiß ich, dass sich Tassilo auch am Tag nach der Beerdigung mit Alessandra getroffen hat. Er hat es mir nicht erzählt, aber ich habe zufällig gesehen, wie sie ihn vor dem Tor abgeholt hat.

Es steht mir nicht zu, ihn für seine Heimlichtuerei zu verurteilen. Es ist ganz allein seine Sache, die mich nichts angeht. Doch es gefällt mir nicht.

Vor uns läuft Valentino und wirbelt mit einem Stock, den er hinter sich herzieht, schwarzen Staub auf.

Tassilo ist in sich gekehrt und hat die Hände tief in den Taschen seiner kurzen Hose vergraben. Dazu trägt er ausgelatschte Espadrilles und ein weites Langarmshirt mit V-Ausschnitt, die Ärmel nach oben gekrempelt. Für einen Mann hat er wirklich schöne Beine. Nicht zu muskulös, aber anmutig ästhetisch. Er sollte öfters kurze Hosen tragen.

Im Gegensatz zu meinen Beinen sind seine auch noch unverschämt braun. Die zotteligen Haare stehen ihm wirr vom Kopf ab, sein Blick verfängt sich in den Baumwipfeln. Wie ich ihn so anschaue, habe ich das konkrete Gefühl, dass er mit seiner gesamten Erscheinung einfach hier hingehört. Natürlich tut er das. Das hier ist sein Zuhause. Seine Heimat.

Es ist später Nachmittag und die Schatten fangen bereits an, länger zu werden.

»Es ist so friedlich hier.« Ich atme tief den harzigen Duft der buschigen Bäume ein, in deren Wipfeln die Pistazien reifen.

Tassilo schaut mich irritiert an. Ich habe ihn aus seinen Gedanken gerissen, so viel ist klar.

Er schenkt mir ein unbestimmtes Lächeln.

Er schlendert auf einen Baum zu, zieht einen Ast nach unten und präsentiert mir die unreifen Früchte aus der Nähe.

»Das grüne Gold Siziliens«, spricht er zu sich selbst. »Seit Generationen arbeitet meine Familie auf diesen Feldern und hat ihr Leben ganz den Pistazien verschrieben. Kannst du dir das vorstellen? Einfach alles auf eine einzige Sache auszurichten, um die sich alles dreht?«

Ich denke an die bevorstehende Meisterschaft und nicke unbestimmt.

»Ja, das kann ich mir sehr gut vorstellen.«

»Die Menschen hier teilen sogar ganze Jahre in gute und schlechte auf. Du musst wissen, dass diese Bäume meist nur alle zwei Jahre ertragreiche Früchte abwerfen. Dies sind die guten Jahre.«

Ich frage mich, ob er bewusst ein derart unverfängliches Gesprächsthema wählt. Denn selbst ich als Gefühlslegastheniker begreife, dass ihm etwas auf dem Herzen liegt. Dafür kenne ich diesen Mann einfach zu gut.

Aber da kommt nichts. Wieder verfällt er in brütendes Schweigen und lässt seinen Blick über die Gegend schweifen.

Obwohl ich spüre, dass etwas zwischen uns steht, versuche ich mich gut gelaunt zu geben. »Ich habe nachgedacht«, sage ich schließlich. »Ich glaube, ich weiß jetzt, wie ich meine Eigenkreation für die Meisterschaft gestalten kann. Adriano hat mich da unbewusst auf eine Idee gebracht. Aber ich muss mich beeilen, es ist ja nicht mehr allzu viel Zeit.«

»Mhm.«

Tatsächlich sind es nur noch fünf Tage bis zur Meisterschaft, und es fällt mir schwer, mich darauf zu fokussieren, weil ich das Gefühl habe, dass gerade alles um mich herum in einer Geschwindigkeit abläuft, der ich nicht folgen kann.

»Die Meisterschaft«, sinniert Tassilo neben mir und klingt dabei ganz weit weg.

Unbedarft greife ich nach seiner Hand. Sie fühlt sich angenehm weich an. »Sobald wir morgen wieder in Deutschland sind, werde ich alle Hände voll zu tun haben, um …«

»Freya …« Abrupt lässt er meine Hand los. »Da gibt es etwas, das ich dir sagen muss.«

Mein Magen zieht sich zusammen.

Wir verlangsamen automatisch den Schritt. Ich höre an seinem Tonfall, dass es mir nicht gefallen wird, was er zu sagen hat. Und dann lässt er die Katze aus dem Sack.

»Wir werden vorerst nicht mit zurückkommen.«

Ich bleibe stehen, starre ihn an.

»Was?«

Sein Kehlkopf beginnt zu hüpfen, als er angestrengt schluckt.

»Es gibt da einige Dinge, die ich klären muss. Dinge, die ich schon zu lange vor mir hergeschoben habe.«

»Dinge?«, frage ich tonlos.

Er nickt heftig.

»Babbo hat viele Besitzverhältnisse im Unklaren gelassen. Damit muss ich mich als sein direkter Erbe nun auseinandersetzen.«

»Verstehe.«

»Das bedeutet leider, dass ich bei der Meisterschaft nicht dabei sein kann.«

Ich fixiere ihn mit meinem Blick, doch Tassilo schafft es nicht, mir in die Augen zu schauen.

»Ich hoffe, du verstehst das.«

»Natürlich«, entfährt es mir viel zu schnell. »Klar doch.«

Nun bin ich es, die sich in dumpfem Schweigen ergeht, während ich meine Beine dazu zwingen muss weiterzugehen.

Tassilo tut es mir gleich.

»Ich muss Dinge klären«, betont er wieder, und diesmal klingt es, als würde er das für sich noch einmal laut klarstellen wollen.

Er möchte wieder nach meiner Hand greifen, doch ich zucke zurück.

»Auch Dinge mit Alessandra?« Ich wollte diese Frage nicht stellen, sie kam wie von ganz allein aus mir heraus.

Tassilo wirft mir einen Blick zu, den ich nicht deuten kann. Doch dann nickt er. »Natürlich. Sie ist die Mutter meines Sohnes. Auch diesen Umstand kann ich nicht länger vor mir herschieben.«

»Ihr versteht euch wieder ziemlich gut?«

Tassilo lässt sich Zeit mit seiner Antwort. Als wolle er ganz genau abwägen, was er nun sagt. »Es wurden viele Fehler begangen. Von ihrer Seite. Aber auch von meiner Seite. Wir waren so jung damals. Vielleicht verfügen wir beide nun über die nötige Reife, um verstehen zu können, was das Beste ist für …«

»… Valentino«, komme ich ihm zuvor.

Als er wieder nickt, zerspringt etwas in mir. Ich weiß nicht, was es war, aber es ist unwiderruflich kaputt.

Wir gehen weiter diesen beschaulichen, sanft ansteigenden Weg entlang, streifen Baum um Baum und sagen nichts. Sie ist kaum mehr zu ertragen, diese Spannung, die sich zwischen uns beiden aufgebaut hat.

Es tut so unendlich weh, ihn so dicht neben mir zu wissen und doch das Gefühl zu haben, dass er gar nicht weiter fort sein könnte als in diesem Augenblick.

»Ich …« Er macht den Mund auf, schließt ihn wieder. Er braucht zwei weitere Anläufe, bis er endlich einen sinnvollen Satz zustande bringt.

»Egal, was passieren wird.« In seinen Augen lese ich eine beängstigende Ernsthaftigkeit. »Ich möchte, dass du ein Teil dieser Familie bleibst. Unserer Familie.«

Was passieren wird …

Der Klang seiner Worte lähmt meine Gedanken. Ich versuche mich an einem Lächeln, doch ich spüre mich selbst nicht mehr genug, um zu wissen, ob es mir gelingt.

Valentino kommt auf uns zugerannt, um uns einen dunklen Steinbrocken unter die Nase zu halten. »Ist das erkaltetes Magma?«, will er in seiner kindlichen Neugier wissen.

Schnell gehe ich auf Valentino zu, dankbar für die willkommene Ablenkung, bevor mich meine Gefühle übermannt hätten. Tassilo kniet sich neben uns, inspiziert den Stein mit fachmännischer Miene. »*No*«, sagt er schließlich, »das ist getrockneter

Ziegenmist.« Woraufhin Valentino den Stein angewidert fallen lässt und schreiend wegläuft.

Tassilo lacht gelöst, und auch ich zwinge mich dazu. Obwohl mir zum Heulen zumute ist.

Wir gehen weiter, und Tassilo erzählt mir mehr über die Pistazienplantage, die Erntetechnik. Doch ich kann ihm nicht mehr zuhören. In meinem Kopf drehen sich die Gedanken um das, was er mir gesagt hat. Auf einmal habe ich das untrügliche Gefühl, dass ich kurz davor bin, hier in Sizilien etwas unweigerlich zu verlieren.

Kapitel 39

Mit dem Trolley in der Hand stehe ich vor der Garage und betrachte die leicht getönte dreigeteilte Glasfront, durch die das Sonnenlicht hineinsickert und Lorenzos ehemalige Werkstatt freundlich ausleuchtet. Die Handwerker haben ganze Arbeit geleistet. Die große Doppelgarage ist kaum mehr als solche wiederzuerkennen. Ich setze meine Füße auf das dunkle Laminat und lasse meinen Blick über alles Neue schweifen, über die frisch gestrichenen pfirsichfarbenen Wände, deren Farbgeruch intensiv in der Luft hängt.

Ich weiß nicht, was ich in diesem Moment empfinde. Einerseits bin ich sprachlos, weil hier etwas aus dem Nichts geschaffen wurde, das durchaus eine Chance haben kann. Andererseits ist da der brennende Schmerz, weil ich mir so unendlich alleingelassen vorkomme. Hier stehe ich, an einem Ort, der alles für mich sein könnte, an dem ich aber womöglich gar nichts mehr zu suchen habe.

Schwermütig lasse ich den Trolleygriff aus meinen Händen gleiten und drehe mich einmal um mich selbst.

Es ist wirklich hübsch geworden. Beinahe die gesamte Breite des Raumes wird von der holzverkleideten Theke eingenommen. Davor schlichte, aber bequem anmutende Sitzmöglichkeiten mit kleinen runden Tischen. Ich ziehe mir einen

Stuhl heran und setze mich verkehrt herum drauf, stütze das Kinn auf das kühle Holz der Rückenlehne.

Es ist nicht perfekt und noch lange nicht fertig. Aber es ist etwas Einzigartiges, das mit jeder Pore Lorenzos Geist einfängt. *Lorenzos.* Wieder und wieder lasse ich mir den Namen des Garagen-Cafés durch den Kopf gehen. Er könnte nicht passender sein.

Ihm hätte es ebenfalls gefallen. Womöglich nicht der Name, sicherlich aber die Idee dahinter.

Doch da ist kein Lorenzo mehr. Momentan ist niemand mehr da. Nur ich und diese alte Espressomaschine hinter der Theke, die aus der Zeit gefallen zu sein scheint.

Ich habe zwei Möglichkeiten: Entweder kann ich in Selbstmitleid zergehen und mich ganz einer lähmenden Lethargie hingeben, die mich von innen heraus aufzufressen droht. Oder aber ich bekomme endlich meinen Hintern hoch und beende das, was ich gemeinsam mit Lorenzo begonnen habe. Meine Ausbildung als Barista.

Sizilien hat mir in jeder Hinsicht die Augen geöffnet. Nie stand es klarer vor mir. Vor allem, was meine Eigenkreation angeht. Mir bleiben noch 72 Stunden, um die Idee in meinem Kopf umzusetzen. Ganz auf mich allein gestellt. Zum ersten Mal …

Entschlossen erhebe ich mich vom Stuhl und wühle mich durch die in der Ecke gestapelten Kartons. Ich stelle alles, was ich für die Meisterschaft benötige, auf der Theke ab. Während ich meine Utensilien so anordne, wie ich es für sinnvoll halte, schalte ich die Espressomaschine ein und lasse sie warmlaufen.

Schon bald gibt es auf der Theke keinen freien Quadratzentimeter mehr.

Kurz fühle ich mich wie erschlagen, weil ich nicht weiß, womit ich beginnen soll. Es kommt mir vor, als stünde ich vor einem Berg an Herausforderungen. Doch jede Bezwingung beginnt mit dem ersten Schritt. Und ich bin gewillt, ihn zu setzen.

Kapitel 40

Ich bin mit meinen Kräften völlig am Ende. Mein Nacken schmerzt, als würde er jeden Moment auseinanderbrechen. Meine Finger sind übersät mit Brandblasen, die Zunge in meinem Mund fühlt sich doppelt so dick an, der Gaumen ist staubtrocken. Ich habe heute viel gelernt. Zum Beispiel, dass ich es mit der Hitze längst nicht so draufhabe wie Lorenzo.

Und dass an mir definitiv keine Bäckerin verloren gegangen ist.

Dennoch bin ich zufrieden. Nicht glücklich, aber halbwegs mit mir im Reinen. Ich habe mein Bestes gegeben, um für den morgigen Tag vorbereitet zu sein.

Nun liege ich kraftlos auf meinem Bett, betrachte den Glanz des Mondscheins, der sich in der über mir baumelnden toten Glühbirne spiegelt, als das Telefon klingelt.

Meine Lebensgeister erwachen mit einem Schlag zum Leben, als ich Tassilos Stimme aus dem Hörer vernehme.

»Hi. Schön, du schläfst noch nicht. Ich wollte dir bloß alles Gute für morgen wünschen. Und ich möchte, dass du weißt, dass wir in Gedanken bei dir sind und dir die Daumen drücken. Es tut mir so leid, dass ich nicht bei dir sein kann.«

»Danke, Tassilo. Das ist wirklich lieb von dir, ich weiß gar nicht, was ich sagen soll.«

Tassilo anscheinend auch nicht. Denn am anderen Ende der Leitung herrscht plötzlich Schweigen. Ich höre ihn angestrengt atmen, aber mehr kommt von ihm nicht.

»Alles in Ordnung?«, frage ich schließlich.

»Ja«, sagt er nach einer Weile.

Ich spüre, dass ihm etwas auf der Seele brennt.

»Es ist nur so, dass …«

»Ja?«

»Ach, nichts. Zumindest nichts, womit ich dich belasten möchte.«

Wenn es dich betrifft, kann es keine Belastung sein.

Wieder droht das Gespräch zu versiegen. All das Unausgesprochene baut sich wie eine Wand zwischen uns auf. Doch bevor es soweit kommt, mache ich den ersten Schritt:

»Und wie läuft es mit der Klärung der Dinge?« Vermutlich schaffe ich es nicht einmal im Ansatz, unverfänglich zu klingen.

»Es ist so kompliziert, Freya.«

»Das ist das Leben immer.«

Ich schließe die Augen, versuche ein leidvolles Seufzen zu unterdrücken und stelle schließlich die Frage, die mir so sehr im Magen liegt. »Hast du vor, dort zu bleiben, Tassilo? Für immer?«

Er lässt sich Zeit mit einer Antwort. Mit jeder stillen Sekunde reißt es mich tiefer in den Abgrund.

»Weißt du, was ich mache, fällt auch auf Valentino zurück. Ich kann nicht trennen zwischen mir und meinem Sohn. Der Junge braucht eine Familie. Und hier gibt es einen ganzen Taubenschlag davon. Ich glaube endlich zu verstehen, was Lorenzo mir damals sagen wollte. Dass ich mich auf das fokussieren soll, was wirklich zählt. Und das ist schließlich die Familie, findest du nicht?«

Ich zucke zusammen. Seine Worte haben die Wirkung von Nadelstichen, die tief in die Haut fahren.

»Da fragst du die Falsche«, gestehe ich. »Mit diesem Thema kenne ich mich leider nicht allzu gut aus.«

»Mir ist in den letzten Tagen etwas klar geworden, Freya. Ich muss Valentino eine Zukunft bieten. Und alleine schaffe ich das nicht. Himmel, ich bekomme mein Leben ja selbst kaum geregelt. Verstehst du?«

»Natürlich.« Ich erschrecke mich vor dem erstickten Klang meiner Stimme. Schnell halte ich den Hörer von mir weg, damit er nicht hört, wie ich vergeblich versuche, meine Tränen zu unterdrücken.

»Warum ist nur alles so kompliziert?« Er gibt ein müdes Schnauben von sich. »Ach, Freya, wenn du bloß wüsstest, wie sehr ich dich …«

Und wenn du wüsstest, wie wichtig du mir bist …

In meinem Kopf bilden sich Sätze, Gefühle, die ausgesprochen werden möchten, endlich ausgesprochen werden müssen. Der Adressat ist direkt an meinem Ohr. Ich will sagen, was ich für ihn empfinde, dass er womöglich der Mann meines Lebens sein könnte. Dass ich mir nur eine Zukunft an seiner Seite vorstellen kann.

Aber gleichermaßen weiß ich, dass ich nicht die beste Wahl für ihn und seinen Sohn bin. Ich bin es nicht, die den Platz an seiner Seite beanspruchen darf. Dieses Vorrecht hat Valentinos leibliche Mutter. Und wenn er sich für sie entscheidet …

»Bist du noch dran, Freya?«

Ich vermeine das Zirpen von Zikaden durch den Hörer zu vernehmen.

»Ja.«

»Du hast mich gefragt, ob ich mir vorstellen könnte, in Sizilien zu bleiben.«

»Ja.«

Wieder macht er eine viel zu lange Pause, die das Unheilvolle förmlich vorausschickt.

»Sie hat mir einen Job angeboten«, kommt es wie aus dem Nichts.

Das Monster in mir drin beginnt mit seinen mahlenden Kaubewegungen.

»In der Firma ihres Vaters«, wird Tassilo konkreter. »Weißt du, er betreibt einen Obstgroßhandel bei Taormina, und ich könnte in der Vertragsabteilung anfangen.«

Ein hartes Räuspern dringt an mein Ohr.

»Es wäre ein gut bezahlter, solider Job, und es wäre eine Möglichkeit für Valentino, die andere Seite seiner Familie besser kennenzulernen. Seine Tante, seinen Onkel. Ich darf sie ihm doch nicht vorenthalten. Verstehst du?«

Gar nichts verstehe ich! »Natürlich, das klingt toll!« Ich weiß nicht, wie viel gespielte Gelassenheit ich mit meiner Stimme vortäuschen kann, während die Bestie namens Eifersucht ihre spitzen Klauen in mein Herz bohrt.

»Ja«, bestätigt auch Tassilo. »Ich werde mich morgen mit ihrem Vater treffen, und wir werden darüber sprechen. Ich weiß nicht, wie ich mich entscheiden werde, Freya. Ich …«

»Hast du wieder Gefühle für sie?«, werfe ich ihm entgegen. »Oder … noch?«

»Ich …« Ich höre ihn herumdrucksen, nach Worten suchen. »Ich weiß es nicht«, sagt er schließlich. »Ich meine, Himmel, ich weiß gar nichts mehr!« Seine Stimme wird lauter und schriller. »Es ist auch für mich alles so … verdammt verwirrend.«

»Okay«, sage ich leise.

»Aber ich möchte, dass du weißt, dass du dir um nichts Sorgen machen musst. Unser Garagen-Café wird davon nicht betroffen sein. Du wirst an der Meisterschaft teilnehmen und im Anschluss unser Café führen. Ich weiß, dass du ein Händchen dafür hast und dort etwas Großartiges erschaffen kannst. Vor allem weiß ich, dass es Lorenzo genau so gewollt hätte. Haben wir uns verstanden?«

Ich presse ein tränenerSticktes »Sicher« hervor. Tatsächlich schaffe ich es nicht, ein Aufschluchzen zu unterdrücken.

»Ist alles in Ordnung mit dir?«

Ich bin froh, dass er mein vehementes Kopfschütteln nicht durch den Hörer sehen kann, wie ich mir selbst hektisch Luft zufächele, um meine Tränen zu trocknen, wie ich leise die Nase hochziehe.

Schließlich hole ich tief Luft und nehme all meinen Mut zusammen.

»Tassilo.« Vor Aufregung rast mein Herz, meine Stimme klingt brüchig und zitternd. Doch ich schweige nicht. Ich sage das, was ich denke – so sehr es auch schmerzt. »Triff die richtige Entscheidung. Valentino braucht dich, und du brauchst deine Familie. Machen wir uns beide nichts vor. Deine Zukunft liegt genau dort, wo du gerade bist. Halte dich nicht an Dingen fest, die dir dabei im Weg stehen. So ist es für alle das Beste.«

Meine Unterlippe bebt, während sich immer mehr Flüssigkeit hinter meinen Augenlidern ansammelt.

»Gib Valentino einen Kuss von mir.«

Ehe meine Stimme gänzlich wegbricht, lege ich auf.

Mit zitternden Knien steige ich aus dem Bett, gehe zum Fenster und blicke in die Nacht. Die Straßenlampe vor dem Haus ist ausgefallen, sodass ich in der schwarzen Scheibe mein weinendes Gesicht sehen kann. Dahinter nur noch die dunkle Nacht.

Doch sie ist nichts gegen die Schwärze in meiner Seele.

Kapitel 41

Tausende von Ameisen krabbeln durch meine Venen und beißen sich einen Weg direkt zu meinem Herzen. Mir ist so schlecht, dass ich mich an Ort und Stelle übergeben könnte.

Seit den frühen Morgenstunden bin ich wach und rotiere, um alle Vorbereitungen für den wohl wichtigsten Tag meines Lebens zu treffen. Dabei mag mir kaum noch etwas gelingen. So sehr ich auch versuche, mich auf die Zubereitung der Kreationen zu besinnen, immer wieder schwirrt Tassilo in meinem Kopf herum, gepaart mit dem Gefühl der verpassten Chance, die sich in unserer dunkelsten Stunde für den Bruchteil einer Sekunde aufgetan hatte. Doch wir haben sie nicht genutzt, wir haben den kostbaren Moment verstreichen lassen, und nun hat wieder die Vernunft die Oberhand. Vielleicht soll es so sein. Womöglich ist es so am besten.

Mit gemischten Gefühlen betrachte ich die Theke, die nur darauf wartet, von jemandem besetzt zu werden.

Allerdings werde nicht ich diese Person sein. Ich habe eine Entscheidung getroffen. Sie ist schmerzhaft, aber sie fühlt sich richtig an. Ich werde dem letzten Wunsch meines Mentors nachkommen und gleich in seinem Namen bei der Meisterschaft antreten. Und ich werde alles geben.

Egal, wie ich abschneiden werde. Danach wird ein neues Leben für mich beginnen. Vielleicht in einer anderen Stadt. Bloß fort von diesem Ort, an dem ich meine Gefühle verloren habe.

Tassilo hatte mit allem recht. Valentino braucht eine Familie. Nun, da Lorenzo nicht mehr da ist, mehr denn je. Und wer könnte ihm eine bessere Familie sein als sein Vater und seine leibliche Mutter.

Ich bewundere ihn für seine Geradlinigkeit. Dafür, dass er seine eigenen Wünsche und Bedürfnisse hintanstellt, um seinem Sohn das Bestmögliche zu bieten. So wie es einst Lorenzo für ihn getan hat. Für mich ist in seiner Welt kein Platz. Vielleicht kann ich aus diesem Entschluss lernen. Dass ich ebenfalls meinen eigenen Weg finden muss. Nicht als Anhängsel der Mazzinis, sondern als eigenständige Persönlichkeit. Als Freya Sturm.

Nach der Meisterschaft werde ich diesem Ort den Rücken kehren und einen Neuanfang wagen. Auch wenn mich allein der Gedanke daran innerlich zerreißt, so weiß ich doch, dass es die richtige Entscheidung ist. Die einzig mögliche.

Noch einmal gehe ich alle Utensilien durch, die ich für mein Programm benötige. Meine Liste in Gedanken der Reihe nach abhakend, ziehe ich das teigbeschmutzte Shirt aus und knöpfe die bereitgelegte schwarze Bluse auf, als etwas hart gegen die Fensterfront klopft.

»Es ist geschlossen«, rufe ich und blicke kurz auf.

Ich erschrecke zu Tode, als ich zwei Hände erkenne, die sich auf das Glas drücken und ein Gesicht umrahmen. Es ist das von Eric – und er schaut direkt in meine Richtung.

Wir starren uns durch die Scheibe an. Dann grinst er debil, woraufhin ich mir erst schützend die Hände vor den BH halte und dann in Windeseile die Bluse überziehe.

Im nächsten Moment tritt Eric ein, und ich verfluche mich leise dafür, dass ich vergessen habe, hinter mir abzuschließen.

»Es ist geschlossen«, fahre ich ihn streng an, während ich mich hastig an der Knopfleiste zu schaffen mache.

»Keine Angst«, begrüßt er mich süffisant. »Da ist nichts, was ich nicht schon gesehen hätte.« Er selbst hat sich einen dunklen Wollpulli lässig über die Schultern gelegt und die Ärmel locker vor der Brust zusammengebunden. Darunter trägt er ein perfekt gebügeltes hellblaues Hemd, die Ärmel hochgekrempelt, sodass seine braun gebrannten, sehnigen Unterarme inklusive Luxusuhr deutlich hervorstechen. Er sieht gut aus. Wie immer. Doch da ist kein Reiz mehr, den ich bei seinem Anblick empfinde.

Ich blinzele ihn an. Eine unausgesprochene Warnung.

Eric versteht sie.

Er grinst, jedoch unsicherer, als ich es von ihm gewohnt bin.

»Was willst du hier?«

»Ich dachte mir, dass ich dich hier finde.« Er blickt sich um und stößt ein anerkennendes Pfeifen aus. »Ihr habt ja echt was daraus gemacht. Ich meine, es ist immer noch eine Garage, aber ich muss zugeben, es hat was.«

»Noch mal: Was willst du?«

Er lehnt sich gegen die Theke und bedenkt mich mit tiefgründigen Blicken: »Mit dir reden.«

»Schlechter Zeitpunkt.«

»Anscheinend ist es immer ein schlechter Zeitpunkt. Ans Telefon gehst du in letzter Zeit auch nicht.«

»Ich war unterwegs. Außerdem wüsste ich nicht, was wir beide uns noch zu sagen hätten.«

»Das mag sein, aber *ich* habe dir etwas zu sagen.«

Ich halte in der Bewegung inne, schaue ihn forschend an. Das Überhebliche ist gänzlich aus seinen Zügen verschwunden. Er senkt den Blick.

»Ich habe von Lorenzos Tod erfahren, es tut mir so schrecklich leid. Ich weiß, was er dir bedeutet hat. Hätte ich es vorher gewusst, hätte ich mich nicht so dämlich verhalten.«

»Okay. Danke, dass du das sagst.«

Eric wirkt erleichtert. Anscheinend hat es ihm wirklich auf der Seele gelegen.

»Außerdem ist mir bewusst geworden, dass ich mich dir gegenüber nicht gerade wie ein Gentleman verhalten habe«, beginnt er zaghaft. Er hält kurz inne, als ich laut auflache.

»Ich weiß nicht, was da auf einmal zwischen uns passiert ist. Aber irgendwie habe ich die Kontrolle über alles verloren und mich dann wahrscheinlich aufgeführt wie ein …«

»Arschloch?«, helfe ich ihm auf die Sprünge.

»Ja.« Sein Gesicht zuckt in dem Versuch, zu lächeln. »Vielleicht war ich ein Arsch. Aber daran bist du nicht ganz unschuldig, Freya.«

»Bitte?!«

Mit einem tiefen Schnauben rückt er näher an mich heran, blickt aber ins Unbestimmte. »Diese Situation ist auch für mich neu«, beginnt er schließlich. »Du hast recht. Ich wollte mit dir ins Bett. Ich meine … hey, du bist echt scharf, und du hast einen wirklich heißen Body – wovon ich mich eben wieder überzeugen konnte. Also wirklich, dein Busen ist so was von …«

»Eric!«

»Sorry. Ich meine, dass mich die Nacht mit dir einfach geflasht hat. Und dann wache ich auf und du bist nicht da.«

Er reckt den Kopf und wendet sich mir zu. »Ich meine, was soll ich denn da denken. Hab ich es vielleicht nicht gebracht? Weißt du, wie ich mich da gefühlt habe?«

»Benutzt«, tippe ich ins Blaue hinein.

»Nein! Ich meine, doch! Irgendwie. Und dann warst es schließlich du, die mir die kalte Schulter gezeigt hat. Du hast mein Ego verletzt.«

»Dann hast du mich also rausgeschmissen, weil ich deinen

männlichen Stolz verletzt habe?«

Ich betrachte ihn ausdruckslos. »Das hatte damit überhaupt nichts zu tun. Also, nicht nur, meine ich. Hand aufs Herz. Als Mitarbeiterin bist du nicht unbedingt kompatibel, und mit deiner Art eckst du ziemlich offensiv an.« Er mustert mich forschend, als wolle er ausloten, wie weit er mit seiner Manöverkritik bei mir gehen kann, ohne dass ich ihm die Augen auskratze. Doch ich bleibe ruhig. Noch …

»Ja, du verstehst viel von Kaffee und bist wirklich gut in dem, was du tust. Aber du bist alles andere als ein Team-Player und ein absoluter Dickschädel, der sich nichts sagen lässt.«

Meine Arme verschränken sich, gleichzeitig schiebt sich meine Unterlippe nach vorn. »So bin ich nun mal.«

»Ja«, erwidert Eric bestimmt. »Und das ist es, was ich so an dir … mag.«

Er neigt seinen Kopf ein wenig, und ich frage mich, ob er diese Pause bewusst gewählt hat. Ob er womöglich etwas anderes sagen wollte?

»Das haben wir gemeinsam. Ich bin nämlich auch ein ganz schöner Dickkopf. Aber ich bin lernfähig. Zunächst einmal möchte ich dir sagen, dass ich die Anzeige zurückgezogen habe. Das war eine dämliche Kurzschlussreaktion, für die ich mich entschuldige. Auch wenn das gar nicht ging, was du abgezogen hast.«

»Entschuldigung angenommen.«

»Doch das ist nicht der einzige Grund, warum ich hier bin.«

Meine Brauen gehen steil nach oben. »So?«

»Ich möchte, dass du zurückkommst, zu …«

Wieder legt er diese bedeutungsschwangere Pause ein.

»… zu *San Café*. Mitarbeiter wie dich können wir immer gebrauchen. Ich möchte, dass du weißt, dass dir die Türen immer offenstehen.«

Er zwinkert mir zu, und diesmal verstehe selbst ich die

Doppeldeutigkeit. »Aber ich kann verstehen, wenn nicht. Ich meine, wenn du und dieser Tassilo …«

»Mit ihm ist es nicht so, wie du vielleicht denkst.« Ich schüttele energisch den Kopf und glaube, einen Anflug von Erleichterung in seinen Zügen zu erkennen. Auf jeden Fall wird sein anzügliches Grinsen noch breiter.

»Was meinst du, sollen wir uns nicht in aller Ruhe zusammensetzen und noch einmal über alles sprechen? Quasi bei null anfangen?«

Ich betrachte lange seine intensiven blauen Augen, in denen ich mich einst verloren habe, und merke, dass ich noch immer nicht völlig immun bin gegen seine Ausstrahlung.

»Ja, vielleicht. Aber nicht jetzt, denn du hast ein denkbar schlechtes Timing für deinen Besuch gewählt.«

Bedächtig nickt er mir zu. »Die Barista-Meisterschaft, ich weiß. Es scheint ja kein anderes Thema mehr in dieser Stadt zu geben.«

Ich sehe ihn überrascht an, doch er wirft einen flüchtigen Blick auf seine teure Armbanduhr, die mich unweigerlich an unser erstes Treffen erinnert. Schon damals stand unsere Begegnung unter einem fragwürdigen Stern.

Dann geht sein Blick zu den Boxen auf der Theke.

»Und das ganze Zeug möchtest du zu Fuß dorthin tragen?«

»Ich werde mir ein Taxi rufen.«

»Taxi? Warum einen Mercedes fahren, wenn du einen Porsche haben kannst?«

Da ist es wieder, dieses spitzbübische Grinsen, mit dem er mich ins Bett bekommen hat. Er greift nach einer Klappbox. »Na los, ich fahr dich.«

Kapitel 42

Ein erdig schwerer Kaffeeduft durchströmt die Halle. Das Stimmengewirr von hunderten von Menschen setzt sich in meinen Gehörgängen fest. Dazu das Aufkreischen von Mühlen, deren Mahlwerke sich in die getrockneten Kaffeebohnen fressen, Maschinen, die zischend ihren Dampf ablassen. Ein Soundtrack, der mein Herz schneller schlagen lässt. Da ich spät dran bin, bleibt mir keine Zeit mehr, mir die Aussteller anzuschauen, die ihre neuen Röstverfahren vorstellen. Oder mich mit Kaffeeimporteuren zu unterhalten, die die exotischsten Bohnen aus fernen Ländern im Gepäck haben.

Mir bleibt gerade noch so viel Zeit, meine Siebensachen abzuladen. Die ersten Wettbewerbe sind bereits in vollem Gange. Gerade läuft die Finalrunde des Brewers Cup. Dabei geht es um die beste Zubereitung von Brühkaffee. Der Anblick der bauchigen Glaskannen und Chromfilter erinnert mich jedoch eher an den Physik- und Chemie-Unterricht als an die Zubereitung von Kaffee. Aber gerade das ist es, was ich so sehr liebe. Die vielen Facetten, die die unterschiedlichsten Menschen zueinanderfinden lassen. Vereint in der Liebe zum Kaffee.

Sehr gern würde ich mich näher mit den verschiedenen Brühmethoden befassen, doch ich bin zu nervös und hibbelig, als dass ich mich auf die Darbietung der Finalisten konzentrieren könnte.

Mit wachsender Unruhe beobachte ich das Treiben und versuche mich auf die Stimme des Moderators zu konzentrieren, der dem Publikum die Darbietung zu erklären versucht. Ich kann ihm nicht einmal im Ansatz folgen, weil meine Gedanken immer wieder abdriften. Allein die Vorstellung, gleich ebenfalls auf dieser Bühne zu stehen und eine halbe Stunde lang perfekt funktionieren zu müssen, lässt das Blut mit Hochdruck durch meine Adern schießen. In meinem leichten Panikanflug wünsche ich mir, dass die Zeit sich ins Unendliche ausdehnt, so zähflüssig wird wie auf einem Gemälde von Salvador Dalí.

Aber den Gefallen tut sie mir nicht. Im Gegenteil. Sie rennt, sie gleitet mir geradezu durch die Finger. Und ehe ich michs versehe, ist die letzte Darbietung des Brewers Cup zu Ende und die Bühne wird vorbereitet für die Meisterschaft der Baristas.

Alle Teilnehmer werden aufs Podium gebeten.

Zum ersten Mal nehme ich meine direkten Kontrahenten wahr. Schon ihr Erscheinungsbild flößt mir ordentlich Respekt ein. Die meisten wirken ein ganzes Stück älter als ich. Erfahrener und souveräner. Neben mir steht eine bildhübsche superblonde Mittdreißigerin mit wilden Piercings in Nase, Lippe und Augenbrauen, die mich aufmunternd angrinst. Vermutlich, weil sie meine Unsicherheit bemerkt. Sie, ein kurzhaariges Tattoogirl mit ausrasiertem Nacken und ich sind offenbar die einzigen Frauen in der Riege der geschätzten ein Dutzend Teilnehmer.

Nachdem wir kurz begrüßt worden sind, dürfen wir die Bühne auch schon wieder verlassen. Dann geht es los. Eine Startnummer wird aufgerufen und der erste Barista stürmt unter lautem Beifall die Bühne.

Während ich die Augen stur geradeaus richte und zwar hinschaue aber nichts mitbekomme, sind meine Nerven zum Zerreißen gespannt. Da wird mir urplötzlich bewusst, dass dies der Moment ist, auf den ich so lange hingearbeitet habe. Jetzt aber wünsche ich mich weit fort von hier.

Der Mann auf der Bühne macht seinen Job gut. Mit ruhiger, sympathischer Stimme begrüßt er das Publikum und die Jury und begibt sich ans Werk, als hätte er sein Leben lang nichts anderes gemacht.

Diese selbstverständliche Professionalität schüchtert mich noch mehr ein.

Ohne dass ich viel davon mitbekomme, entert der nächste Barista die Bühne, um im scheinbar nächsten Moment Platz für den nächsten zu machen. So geht es Vorstellung um Vorstellung.

Mit stetig steigender Panik werde ich mir bewusst, dass jeden Augenblick meine Startnummer verkündet werden kann und ich auf das Podium gebeten werde. Der Barista vor mir, ein nicht mehr ganz so junger Mann mit hippem Vollbart und großer Brille mit dicken, runden Gläsern, lässt sich unter tosendem Applaus von der Bühne geleiten. Er grinst zufrieden und glücklich, als er an mir vorbeikommt. Anscheinend hat er seine Sache gut gemacht. Auch ich klatsche ihm zu, obwohl ich wirklich überhaupt nichts von seiner Darbietung mitbekommen habe.

Ich werfe einen Blick hinter mich und verkrampfe. Die Halle ist brechend voll. Ich sehe kaum einen Sitzplatz, der nicht besetzt ist – was meine Nervosität auf ein Höchstmaß anwachsen lässt. Dann ist der Moment gekommen. Die Startnummer sieben wird aufgerufen. Das bin ich.

Als ich die Bühne betrete, ebbt die Lautstärke schlagartig ab. Ich sehe nach unten in die Publikumsmenge und erkenne zunächst gar nichts, da mir die grellen Scheinwerfer ins Gesicht strahlen. Zudem bin ich so nervös, dass mir mein Kreislauf einen Streich spielt und ich nur ein eingeschränktes Sichtfeld wahrnehme.

»Freya Sturm aus München«, höre ich den gut aussehenden Mann neben mir, der ein riesiges Mikrofon in der Hand hält. Seine Stimme dröhnt durch die große Halle. Ich versuche mich an einem Lächeln, das sich wahrscheinlich nicht nur verkrampft anfühlt, sondern auch so aussieht. Mit wachsender Ungeduld warte ich darauf, dass er meine Vorstellungsrunde abschließt und ich endlich loslegen darf. Ich schiele nach links, wo sich der Tisch der vierköpfigen Jury befindet, drei Männer, eine Frau. An der Maschine stehen zwei weitere Juroren, die gleich jede noch so kleine Handbewegung von mir unter die Lupe nehmen werden. Dann gibt es noch den Hauptjuror. Von ihren Bewertungen wird alles abhängen. Diesmal schaffe ich es nicht, den Kloß in meinem Hals herunterzuschlucken.

Die Juroren beurteilen die substanzielle Qualität der Tasseninhalte. Hier werde ich Punkte sammeln oder einbüßen. Auf technischer Seite werden Handhabung der Maschine, des Mahlwerks sowie flüssiges Arbeiten bewertet. Es gibt Baristas, die sich auf die Technik verlassen. Sie haben Messgeräte für die genaue Gradzahl der Milch, elektronische Waagen für das Espressopulver und was es sonst noch so gibt. Und dann gibt es Baristas wie mich, die alles aus der Intuition heraus machen und auf ihr Gefühl vertrauen. Wie Lorenzo es mir in der letzten Nacht seines Lebens noch einmal eindrücklich gezeigt hat.

Doch unter dem Strich zählt nur, ob der Espresso schmeckt. Ich kann bloß hoffen, dass mich meine Eingebung heute nicht im Stich lässt.

Man hat mir ein Headset verpasst, damit ich dem Publikum und der Jury erklären kann, was ich da mache. Über die vollen Stühle hinweg erkenne ich sogar Stehreihen. Ich gelte als Außenseiterin in diesem Wettbewerb, was das Interesse des Publikums an meinem Auftritt nur noch größer werden lässt. Mir bleiben fünfzehn Minuten, um meinen Arbeitsplatz, die Maschine und das Mahlwerk vorzubereiten, damit aus meinem

Espresso flüssiges Gold wird. Weitere fünfzehn Minuten stehen mir dann zur Verfügung, um jeweils vier perfekte Espressos, vier Cappuccinos und vier Eigenkreationen zu zaubern. Sie müssen absolut identisch sein. Jeder Ausreißer wird mit dem Abzug wertvoller Punkte bestraft.

In meinem Rücken prangt eine riesige Digitaluhr, die auf Dreißig steht und mit dem Startschuss ihre Zeit gnadenlos gegen mich rückwärts zählen wird. Jede Sekunde, die ich überziehe, kostet mich bittere Strafpunkte.

»Bist du bereit, Freya?«

Nein, schreie ich innerlich, dennoch nicke ich knapp.

Dann nehme ich einen tiefen Atemzug durch die Nase, pumpe meine Lungen auf und bereite mich auf die stressigste halbe Stunde meines Lebens vor.

Ein Gong ertönt, und ich sehe die Zeit auf der Digitalanzeige rückwärtslaufen.

Neunundzwanzig Minuten und achtundfünfzig Sekunden …

Neunundzwanzig Minuten und siebenundfünfzig Sekunden …

Auf der großen Leinwand darunter sehe ich mich, woraufhin ich erschrocken herumfahre und in das Objektiv einer Kamera sehe, die mir fortan wie ein Schatten folgt und jede meiner Gesten überlebensgroß auf diese Leinwand projiziert.

Ein heißkalter Schauer läuft mir über den Rücken.

Panik.

Uferlose Panik.

Einatmen.

Ausatmen.

Endlich legt sich ein Schalter in mir um und ich beginne mit meiner Performance. Unter höchster Anstrengung hebe ich die Hand und sage: »Time.«

Dann wende ich mich den Juroren zu und beginne: »Liebe

Jury, verehrtes Publikum, ich hoffe, es geht Ihnen gut, an diesem wundervollen Junitag. Mein Name ist Freya Sturm und ich möchte Sie heute mit auf eine Reise nehmen, die ihren Ursprung in Panama hat und uns bis zu den Schatten des Ätnas führt. Ich werde Ihnen heute meine Philosophie von Espresso vorstellen. Und diese heißt, aus etwas Natürlichem etwas außergewöhnlich Natürliches zu machen.«

Ich spüre, wie sich meine Gesichtszüge lockern und mein verkrampftes Lächeln entspannter wird. Während ich spreche und mich allmählich daran gewöhne, dass mein Stimmecho über die Lautsprecher durch die ganze Halle getragen wird, schenke ich den Juroren nach und nach Wasser aus einer bereitstehenden Glaskaraffe ein, damit sie nach jedem Durchgang ihre Geschmacksknospen neutralisieren können.

»Beginnen werde ich mit dem Espresso. Die Sorte, die ich Ihnen heute servieren werde, habe ich *Cuor di Leone* getauft: Löwenherz. Denn das ist es, was der Espresso für mich darstellt. Das Herz meiner Kaffeetrilogie.«

Ich stelle das Mahlwerk ein und beginne den Mahlvorgang. Es fällt mir schwer, das Zittern im Zaum zu halten, da ich noch immer viel zu kribbelig bin. Unwillkürlich stoße ich einen leisen Fluch aus, als ich zu spät erkenne, dass die Einstellung nicht perfekt getroffen ist. Worauf habe ich mich hier nur eingelassen?

Die Jury sitzt viel zu dicht vor mir an einem langen Tisch. Jeder von ihnen bewaffnet mit einem Klemmbrett und einem Stift. Sie machen sich Notizen, doch aus ihren Gesichtern ist nicht abzulesen, ob es wohlwollendes oder vernichtendes Gekritzel ist, das sie für mich übrighaben.

Ich versuche mich davon nicht aus dem Konzept bringen zu lassen und so natürlich wie möglich aufzutreten.

»Ich mag es, dass jeder Kaffee individuell behandelt werden muss«, spreche ich weiter. »Wie Menschen. Bei meinem Kaffee versuche ich, so wenig Bitterkeit und so viel Süße wie möglich aus den Bohnen zu holen.«

Die beiden Juroren hinter mir umschwänzeln mich, wie ich es von Lorenzo kenne, beobachten mich aus allen Perspektiven, mit welcher Technik ich tampere, die Maschine reinige, den Siebträger einspanne. Jedes noch so kleine Detail wird bewertet und analysiert. Die Erinnerung an meinen Mentor lässt meinen Mund trocken werden. Kurz drohen mich meine Gefühle zu übermannen. Gerade in diesem Augenblick vermisse ich ihn so sehr, dass ich am liebsten laut aufschreien würde. Den Schmerz hinausbrüllen. Aber ich tue es nicht und konzentriere mich voll und ganz auf meine Aufgabe. Ohne zu zählen beachte ich die braune Flüssigkeit, die sanft und gleichmäßig aus der Maschine tritt und sich langsam in die Tassen ergießt. Ich versuche, den perfekten Zeitpunkt zu fühlen.

»Wenn Sie diesen Espresso verkosten, achten Sie bitte auf den leicht nussigen Grundton.«

Meine vier Espressos sind fertig. Mit einem leichten Zittern serviere ich mein Werk der Jury.

Das Publikum klatscht Beifall, als der Inhalt meiner kleinen Tasse von der Kamera eingefangen und auf die Leinwand projiziert wird. Skeptisch betrachte ich die feine Konsistenz der haselnussbraunen Crema. Der Anblick erfüllt mich mit einer verhaltenen Zufriedenheit. In den letzten Tagen hatte ich teilweise weitaus schlechtere Ergebnisse zustande gebracht.

Einer der Männer teilt mit einem Löffel die Crema, betrachtet kurz das Ergebnis und nimmt dann den ersten Schluck. Er lässt meinen Espresso im Munde zergehen, als wäre es ein edler Wein. Um seine Augen zeichnet sich ein deutlicher Fächer aus wohlwollenden Falten ab und ich stoße einen stillen Seufzer der Erleichterung aus.

Während die Juroren meinen Espresso verkosten und sich immer wieder Notizen auf ihren Unterlagen machen, konzentriere ich mich auf die nächste Disziplin.

»Ich werde nun mit meinem Cappuccino beginnen. Hierfür habe ich die Grammatur leicht erhöht, um ein noch volleres und cremigeres Ergebnis in die Tasse zu zaubern.«

Man nickt mir halbherzig zu, da man noch immer mit der Verkostung meines Espressos beschäftigt ist.

Die einstudierten Handgriffe gehen quasi von allein. *Vergiss nicht zu sprechen,* ermahne ich mich selbst, denn schließlich geht es hier auch darum, mich als perfekte Gastgeberin in meinem imaginären Café zu präsentieren.

»Für meinen Cappuccino verwende ich eine lokale Milch aus Straubing. Sie unterstreicht das Aroma der Wildbeere und schafft im Zusammenspiel mit der Kaffeebohne eine sämig-schokoladige Kakaonote.«

Ich funktioniere wie eine routinierte, gut geölte Maschine. Säubern. Trocknen. Mahlen. Tampern. Kondenswasser ablaufen lassen. Siebträger einspannen. Jeder Griff geht mir perfekt von der Hand. Ich blende die beiden Herren völlig aus, die um mich herumtanzen und mit ihren regungslosen Mienen immer wieder Notizen auf ihre Klemmbretter kritzeln.

Ich gieße Milch in das Metallkännchen und halte das Dampfschwert hinein. Besonnen schließe ich die Augen und konzentriere mich voll und ganz auf den Klang der Milch. Es ist eine eigene Melodie, die nur ich hören kann. Sie klingt wunderschön und schafft es, dass ich zu meiner inneren Mitte finde. Die Hitze unter meiner Handfläche schwillt an, steigert sich ins Unerträgliche. *Noch nicht,* ermahne ich mich. *Noch nicht.*

Im Handumdrehen habe ich vier Tassen vor mir, mit denen ich an den Tisch der Jury trete. Tasse um Tasse gebe ich den Milchschaum in leicht schwenkenden Bewegungen hinzu und zeichne meine Kreation in die erste Tasse. Keinen Drachen. Auch wenn ich ihn mittlerweile bis zur Perfektion beherrsche.

Meine Hände zittern, als ich die Tassen serviere. Die Milchzeichnungen schwimmen nervös im Espresso. Doch es gelingt mir, sie zu überreichen, ohne dass das Muster verläuft.

Der Kameramann tritt neben mich und inspiziert den Tasseninhalt. Als mein Milchschaum-Kuckuck auf der Leinwand erscheint, geht ein beinahe ehrfürchtiges Raunen durch den Saal. Eine Zustimmungsbekundung, zu dem sich die Jury nicht hinreißen lässt.

Mein Hals fühlt sich wie zugeschnürt an.

Stumm nehmen die Jurymitglieder einen Löffel zur Hand, tauchen ihn in die Tasse ein und führen ihn bis zur Mitte, um die Konsistenz des Milchschaums zu begutachten. Ich sollte etwas zu meinem Cappuccino sagen. Aber ich kann nicht. Stattdessen werfe ich einen Blick nach hinten und sehe, dass mir gerade noch sechs Minuten für meine Eigenkreation bleiben. Das wird knapp. Erneut umspült mich eine Welle der Panik und ich verfalle in Hektik.

»Ich möchte nun mit meinem Signature Drink beginnen.« Die Worte krächzen tonlos aus mir heraus. Ich eile von einer Seite zur anderen und überlege fieberhaft, womit ich beginnen soll. Der Kameramann hat Probleme, mir zu folgen. Schließlich bleibe ich abrupt stehen, woraufhin der Mann beinahe in mich hineinläuft. Ich zwinge mich dazu, ruhig durchzuatmen, und schließe die Augen. Auf einmal sehe ich Lorenzo vor mir. Klar und deutlich, als wäre er wirklich hier bei mir! Ich weiß natürlich, dass es nicht so ist, aber mit jedem Atemzug werde ich ruhiger und spüre, wie die innere Anspannung von mir abfällt.

Mein imaginärer Lorenzo grinst mich an und nickt mir aufmunternd zu.

Ein gedankenverlorenes Schmunzeln zeichnet sich auch auf meinen Lippen ab.

Entschlossen schlage ich die Augen auf und habe nicht die Jury, sondern das Publikum fest im Fokus.

»Liebes Publikum, bei meiner Eigenkreation habe ich mich von meinem Lehrmeister inspirieren lassen, der leider nicht mehr unter uns weilt. Er stammt aus dem sizilianischen Bronte. Die Stadt ist bekannt für ihre Pistazien. Grüne Diamanten, wie die Einheimischen sie liebevoll nennen. Meine ganze Performance ist darauf ausgelegt, diese wundervolle Steinfrucht mit dem Aroma des Kaffees aus der Hochebene Panamas zu verbinden. Ich weiß nicht, ob auf den Plantagen Panamas wirklich der beste Kaffee der Welt produziert wird, aber ich weiß, dass ich mein Handwerk vom besten Lehrmeister der Welt erlernen durfte.«

Ich halte kurz inne, um den dicken Kloß hinunterzuschlucken, der sich mit den plötzlich aufkommenden Erinnerungen in meinem Hals bildet.

»Als eine Hommage an meinen Lehrmeister – vor allem aber, weil diese beiden Geschmacksnoten perfekt miteinander harmonieren.«

Ich wende mich der Jury zu: »Um Ihnen das zu beweisen, präsentiere ich Ihnen nun meinen Signature Drink, den *Dolce Diamante Verde.* Eine Kreation, die die Leichtigkeit des Südens mit allen Sinnen zu transportieren vermag. Hoffnung. Liebe. Tradition. All dies versuche ich in meinem Getränk einzufangen.«

Noch ein letzter Blick auf die Digitalanzeige, die unaufhaltsam nach unten zählt. Um mich selbst abzulenken, fange ich an, meinen Zuschauern von Lorenzo zu erzählen.

»Die Tradition meines Lehrmeisters hat mich auf diese Idee gebracht. Er stammt aus einer Familie, die sich seit Jahrhunderten dem Anbau von Pistazienbäumen verschrieben hat. Neben dem Export hat diese Familie ihre eigene Kunstform geschaffen und, so sagt man, das beste Pistazien-Eis ganz Italiens hergestellt. Aber nicht das Eis war der ausschlaggebende Punkt für diesen Erfolg. Es war die Waffel.«

Ein pistaziensüßes Aroma steigt auf, als das Eiswaffeleisen sein Muster in die erste Waffel brennt. »Neben den üblichen Zutaten wie Butter, Eier, Milch und Mehl haben die Mazzinis eine besondere Würzmischung aus ihren Bianca-Pistazien hinzugegeben, die entgegen ihrem Namen nicht weiß, sondern intensiv grün sind, was die Waffel ebenso typisch grün einfärbt und ihr ein unverwechselbares Aroma verleiht.«

Vorsichtig lege ich die Waffel, in die sich das Wappen der Mazzinis gebrannt hat, auf den gekühlten Teller und forme sie mit dem Roller. Als ich mit dem Ergebnis zufrieden bin, lege ich sie zum Aushärten auf die Seite und widme mich den nächsten Waffeln. Während diese nach und nach ausgebacken werden, mahle ich meine Espressomischung.

Ich arbeite mit einer kleinen Menge Trockeneis, um die Waffeln schnellstmöglich abzukühlen, was einen dramatischen – wenngleich unbeabsichtigten – Nebeleffekt mit sich bringt. Immer wieder klatscht es jubelnd auf, wenn ich einen Arbeitsschritt vollende, das Ergebnis hochhalte und es sogleich von der Kamera eingefangen wird.

Auf der Kochplatte schmilzt die bereitgestellte Schokolade vor sich hin, deren intensives Kakaoaroma bis zur Juryreihe aufsteigt.

»Meine Kreation ist ein Espresso Macchiato auf Pistazienschaum-Basis. Dieser besteht aus selbst gemachter Pistazienmilch, die ich mit einer Gewürzmischung aus ungesalzenen Pistazienkernen verfeinert habe. Deshalb die grüne Färbung des Schaums.«

Nun schiebt sich vor meine offenen Augen das Bild des stets Pistazien kauenden Lorenzo.

Ich schaffe es nicht mehr, etwas über meine Kreation zu erzählen, da mich nun endgültig die Emotionen übermannen. Es kommt mir vor, als wären es nicht die Juroren, die um mich herumschwänzeln, sondern er selbst. Wie damals. Als alles noch gut und richtig war.

Auf einmal fühle ich mich an die unzähligen Male zurückerinnert, bei denen er mir sein Verständnis von Kaffee im *Tranquillo* dargelegt hat. Wie er mich aus dem Strudel des Lebens gezogen hat, in dem ich zu ertrinken drohte, mir seine Richtung vorgab, die auch zu meinem Lebensinhalt wurde.

All dies kommt mir so unendlich weit weg vor. Ein anderes Leben auf einem anderen Planeten. Alles hat sich seitdem verändert. Und nun stehe ich hier oben, ohne ihn, und spüre ihn doch so tief, als wäre er bei mir. Und vielleicht ist er es ja sogar. Bei mir …

Definitiv trage ich ihn in meinem Herzen.

Immer mehr verschwimmt mein Blick, und ich spüre die Tränen aufsteigen.

Nicht jetzt!

Mühsam räuspere ich mich und bitte um Entschuldigung. Aber ich habe meine Gefühle einfach nicht mehr unter Kontrolle. Ich kann nicht weiter dagegen ankämpfen, dass mir eine einzelne Träne aus dem Auge kullert.

Schnell wende ich mich ab und widme mich der geschmolzenen Schokolade. Aus dem Handgelenk zeichne ich ein wildes Klecksmuster in die Waffel und härte sie mit der Kälte des Trockeneises aus.

Dann lasse ich vier einfache Espressos durchlaufen und rühre die Pistazienmilch schaumig, bis sie die gewünschte Konsistenz erreicht hat. Ein angenehm nussig-würziger Geruch steigt mir in die Nase.

Nun bin ich soweit. Es kann losgehen.

Noch eine halbe Minute. Ich kann nur hoffen, dass die Waffeln entsprechend ausgehärtet sind und die Schokolade getrocknet ist. Aber ich habe keine Zeit mehr, ich muss es darauf ankommen lassen.

Nach und nach lasse ich den cremigen Espresso in die Waffeln laufen und löffle vorsichtig den Pistazienschaum darauf.

Es stehen nun vier Waffeln im Hörnchenhalter vor mir, denen ich mit Pistazienstreuseln den letzten Schliff verpasse.

Noch einmal hole ich tief Luft und überreiche der Jury meine finale Kreation: »Um der Hitze des Espressos entgegenzuwirken, habe ich die Waffel mit einer extradicken Schicht aus zartbitterer Schokolade ausgegossen. Sie dürfen sich also gern Zeit beim Genießen lassen.«

Meine Hände zittern.

Als ich die letzte Eiswaffel mit dem pistazienaromatisierten Espresso Macchiato dem ersten Juror aushändige und von irgendwo ein Gong erklingt, brandet tosender Beifall auf. Ich drehe mich um und sehe, dass meine Zeit abgelaufen ist.

Sämtliche Körperspannung fällt schlagartig von mir ab.

Ich habe es tatsächlich geschafft und innerhalb der vorgegebenen fünfzehn Minuten zwölf ineinander stimmige Kreationen aufgetischt. Nun bleibt mir nur noch zu hoffen, dass sie auch gut genug geworden sind. Ich selbst habe kein Gefühl mehr dafür, wie es gelaufen ist. Ich habe nur noch funktioniert und mein akribisch einstudiertes Programm abgespult. Meine Darbietung, die Handgriffe. Alles lief auf Autopilot. Fragt sich nur, ob ich zuvor den richtigen Kurs eingegeben habe. Zumindest weiß ich, dass ich bei den ersten Espressos das Mahlwerk einen Zahn zu grob eingestellt hatte. Aber daran lässt sich nun nichts mehr ändern.

Der Moderator tritt auf mich zu, bedankt sich bei mir und führt mich unter frenetischem Beifall von der Bühne. Meine Performance ist zu Ende.

Kapitel 43

Seit einer halben Stunde, die sich wie ein ganzes Jahr anfühlt, stehen wir Teilnehmer auf dem Podium und warten auf die Verkündung des Ergebnisses. Das heißt, die anderen stehen, ich tippele nervös von einem Bein auf das andere, als müsse ich ganz dringend aufs Klo. Dieses Warten ist für mich die reinste Folter.

Soweit ich das einschätzen kann, waren wir alle gut und haben es verdient zu gewinnen. Aber Deutscher Meister kann nur einer werden. Oder eine, wie ich inbrünstig hoffe.

Endlich tritt die Jury hervor, um dem Moderator das Blatt mit den Ergebnissen zu überreichen. Er stellt sich mit dem Rücken zu uns vor das Publikum, faltet den Zettel auseinander und legt eine dramatisch-lange Pause ein, die sogar den letzten Winkel der übervollen Halle erreicht.

»Meine Damen und Herren, die Jury ist zu ihrem Urteil gekommen. Jetzt stehen sie fest, die besten drei Baristas Deutschlands.«

In meinem Kopf höre ich das Blut rauschen. Nervös blicke ich mich um, sehe die anderen Teilnehmer lächeln. Sie wirken ebenso angespannt, wie ich mich fühle. Wir alle haben so unglaublich lange und intensiv auf diesen Moment hintrainiert. Es ist unfair, dass es nur einer schaffen kann.

Der Moderator dreht sich zu uns, treibt die Spannung mit seiner Rede ins Unermessliche: »... geht der dritte Platz an ...«

In meinem Kopf hetzen die Gedanken derart rasant umher, dass ich den Namen nicht mitbekomme, doch auf einmal stößt jemand direkt neben mir einen lauten Jubelschrei aus und springt förmlich nach vorn. Frenetischer Applaus brandet auf.

Ebenfalls klatschend schaue ich zu, wie er beglückwünscht wird und eine Urkunde erhält.

Ich fühle mich wie ein Zuschauer in einem Kinofilm, in dem ich selbst mitgewirkt habe. Einem Film, vor dessen Ende ich auf einmal eine beispiellose Angst bekomme.

»Und der zweite Platz geht an ...«

Meine Ohren gehen zu, da ist nur noch das Rauschen meines Blutes. Nichts dringt mehr zu mir durch. Weder der Name, den der Moderator ausruft, noch wer da genau auf ihn zugestürmt kommt, um die Auszeichnung in Empfang zu nehmen. Ich stehe einfach nur noch mit verschlossenen Augen in der Reihe der Teilnehmer und habe mich ganz tief in mich selbst zurückgezogen. Denn auf einmal wird mir bewusst, dass hier auf dieser Bühne das zu Ende gehen wird, wofür ich all die Monate unter Lorenzos Fittichen trainiert habe. Doch wofür? Nun, da er nicht mehr da ist ...

Lorenzo ist tot.

Hier und jetzt, mitten auf dieser Bühne, bricht alles über mir zusammen. Als würde ich genau in diesem Augenblick all das realisieren, was in letzter Zeit passiert ist. Ein denkbar schlechter Zeitpunkt. In meinem Kopf dreht sich alles. Die vielen wundervollen Momente mit ihm sind wieder präsent – ja, geradezu greifbar. Seine milde Strenge, der typische Pistazienatem, die liebevolle Art, mit der er mich Cuculo genannt hat.

»… mit einer herzergreifenden Kreation, die in Originalität und Perfektionismus ihresgleichen sucht …«

Eine Stimme aus weiter Ferne vermischt sich mit meinen Gedanken. Noch immer halte ich die Augen geschlossen, möchte nicht, dass Lorenzos Gesicht aus meinem Kopf verschwindet. Weil ich auf einmal von einer grenzenlosen Angst gejagt werde. Ich will nicht vergessen, wie er ausgesehen hat, klammere mich an die Erinnerung an ihn. Ich habe solch eine abgrundtiefe Furcht davor, dass er bald nichts weiter mehr sein wird als eine schemenhafte Gestalt in einer undeutlichen Erinnerung. Wie meine Mutter, deren Gesicht ich nicht über meine Kindheit hinaus retten konnte. Das einfach weg ist. Ausgelöscht aus meinem Gedächtnis.

Für immer.

Ein irgendwie vertrauter Laut reißt mich aus dem morbiden Gedankenstrudel.

Irritiert öffne ich die Augen und merke, dass ein blendend heller Schein direkt auf mich zeigt.

Auf einmal ist es ganz still um mich herum. Augenpaare richten sich auf mich. Ich blicke mich in alle Richtungen um, weiß nicht, was von mir verlangt wird. Das Blut rauscht in meinen Ohren, vor meinen Augen funkeln Sterne auf. Werde ich ohnmächtig? Dann höre ich die Stimme des Moderators noch einmal. Dumpf und hallend und ganz weit weg. Diesmal aber verstehe ich die Worte, die er spricht. Nein, er ruft sie. Oder vielmehr ihn. Meinen Namen.

»Freya Sturm!«

Ein applaudierender Tsunami bäumt sich vor mir auf. Menschen stürmen auf mich zu und umarmen mich. Man drückt mir eine Urkunde, eine Medaille und eine übergroße goldene Trophäe in Form einer Kaffeemühle in die Hand, die ich kaum halten kann.

»Herzlichen Glückwunsch, Freya. Ab heute bist du amtierende Deutsche Barista-Meisterin und hast dich damit automatisch für die Weltmeisterschaft qualifiziert, wo du unsere Nation im Namen aller Baristas vertreten wirst.«

Die Lautsprecherboxen spielen eine Fanfare auf, die in ein fulminantes Dancefloor-Stück mündet. Von oben regnet glitzernder Konfetti-Regen auf mich herab. So viel, dass es mir die Sicht raubt. Ich kann nicht reagieren. Ich stehe einfach nur da und spüre, wie sich alles um mich herum dreht, mir das Leben in diesen Sekunden sprichwörtlich um die Ohren fliegt.

Auf einmal packt mich ein Gefühl, das mich voll und ganz überfordert. Eine geradezu greifbare Traurigkeit hat sich hinterrücks an mich herangeschlichen und kickt mir auf denkbar hinterlistigste Art ein Standbein weg. Es ist, als würde ich mich selbst hier oben stehen sehen. Hier auf der riesigen Bühne, ganz allein.

Allein.

Plötzlich fühle ich mich unendlich einsam. Mein Kopf senkt sich hinunter zu dieser übergroßen Trophäe, die deplatziert und fehl in meiner Hand wirkt. Was hat all dies hier für eine Bedeutung, wenn ich es mit niemandem teilen kann?

»Wie fühlt es sich an, die beste Barista Deutschlands zu sein? Wie geht es Ihnen jetzt, als Gewinnerin?« Der Moderator hält mir ein Mikrofon unter die Nase und ich verstehe weder, was er von mir erwartet noch, was ich da hineinsprechen soll.

Ich sehe an ihm vorbei und blicke direkt in die Menschenmenge, die erwartungsvoll zu mir aufschaut.

Mit zitternder Unterlippe zwinge ich meine Emotionen zurück, versuche mich zusammenzureißen.

Lorenzo fehlt mir in diesem Augenblick so sehr, dass ich innerlich zusammenschrumpfe. In der Stunde meines Triumphs drohe ich in ein riesiges Loch zu fallen.

Auf einmal brechen sich meine Gefühle Bahn. Ich beginne

hemmungslos zu weinen, woraufhin der Applaus noch weiter anschwillt.

Ich muss hier raus, ertrage die vielen Menschen um mich herum nicht mehr, die überhaupt nichts verstehen von dem, was gerade in mir vorgeht. Ich habe nichts gewonnen, sondern alles verloren.

Alles.

Ich lasse alles an mir abprallen. Die Glückwünsche, die Handschläge und die Umarmungen, will bloß noch rennen. So lange, bis meine Beine den Dienst quittieren. Aber es gibt kein Durchkommen. Ich bin kurz davor, alles kurz und klein zu schreien, als plötzlich etwas im Publikum meine Aufmerksamkeit erregt. Oder vielmehr jemand, der sich mühevoll durch die Zuschauer kämpft und so klein ist, dass er beinahe in der Menschenmenge untergeht.

»Freya! Freya!!« Mit flinken Schritten schält sich ein kleiner Schatten hinter Dutzenden von Beinen hervor, stürmt die Treppe herauf und rennt auf mich zu.

Es lässt sich einfach nicht verarbeiten, wen ich da vor mir sehe. Ein Teil von mir ist fest davon überzeugt, wieder einer Illusion zu erliegen – einem hinterhältigen Streich meiner Gedanken.

»Valentino!?« Es klingt mehr nach einer Frage als nach einer Feststellung.

Ich rutsche auf die Knie, strecke meine Arme aus, muss ihn fühlen, um mich davon überzeugen zu können, dass er wirklich da ist.

Er ist echt.

»Freya, du erdrückst mich!«

Der so geliebte Pfirsichduft seiner Haare umspült mich, trägt mich fort von hier.

»Hast du gewonnen?«, höre ich ihn dumpf an meiner Schulter. »Hast du ihnen gezeigt, dass du die Beste bist?«

Er befreit sich aus meiner Umklammerung und schaut mir tief in die Augen.

»Oh, nein«, kommt es aus ihm raus, als er mein tränenverschmiertes Gesicht sieht. »Du hast nicht gewonnen.« Seine kleine Hand nähert sich meinem Gesicht und er wischt mir eine Träne weg. »Nicht traurig sein, Tante Freya. Dafür hast du doch uns.« Er lächelt mich so durchdringend an, dass ich erneut in Tränen ausbreche – und dabei lache. Ich muss klingen wie eine Wahnsinnige. Doch Valentino schreckt nicht vor mir zurück.

»Wir gehen nicht mehr von dir weg.«

»Valentino! Valentino?«, höre ich jemanden aus dem Publikum rufen.

Der Junge schaut in die Menge und dann zu mir. Schließlich schüttelt er übertrieben theatralisch den Kopf. »Der ist immer so langsam!«

Schlagartig wird mein Mund trocken, als ich Tassilo unmittelbar vor uns stehen sehe. Er wirkt abgehetzt und wütend. Doch als er seinen Jungen erblickt, entspannen sich seine Züge. Noch einmal verändert sich sein Ausdruck, als er mich sieht. Langsam erhebe ich mich und helfe Valentino auf. Unsicher steige ich die Treppe hinab und bewege mich auf ihn zu.

Tassilo fährt sich verlegen über den Nacken und lächelt mich verschmitzt an.

Als wir vielleicht einen Meter voneinander entfernt stehenbleiben, muss auch ich grinsen. Ich hebe die Arme, um ihm meine Trophäe zu zeigen. Dann höre ich mich selbst so etwas Dämliches wie »Ich habe gewonnen!« sagen. »Ich habe für Lorenzo gewonnen!«

Sein Lächeln wird breiter und traurig zugleich. »Ich habe nie daran gezweifelt.«

Dann wird es auch mir zum ersten Mal bewusst. Ich habe gesiegt. Ich habe diese Meisterschaft gewonnen. So, wie es Lorenzo vorausgesagt hat.

Und obwohl es der Moment ist, dem ich so lange entgegengefiebert habe, ist in diesem Augenblick nichts unbedeutender. Wie Tassilo so vor mir steht, weiß ich auf einmal mit absoluter Klarheit, dass es das ist, was zählt. Das und nichts anderes.

Ich sehe es in seinen Augen aufblitzen.

»Warum bist du hier?«, frage ich so leise, dass er es eigentlich kaum hören kann. Er nimmt mir die Trophäe aus der Hand und stellt sie auf den Boden.

Dann tritt er ganz nah an mich heran, so nah, dass ich nur noch seine tiefbraunen, stets melancholisch-traurig anmutenden Augen sehe.

»Weil ich hier hingehöre. Basta!«

»Aber Alessandra … deine Familie … das Jobangebot …« Ich stottere die Worte holpernd aus mir heraus.

Das Grinsen weicht aus seinem Gesicht. Mit einem Mal sieht er mich mit einer Ernsthaftigkeit an, die mir durch und durch geht.

»Freya Sturm. Ich möchte nie wieder auch nur einen Moment ohne dich sein. Und ich werde nirgendwo auf der Welt glücklich sein können, wenn du nicht bei mir bist. Das ist mir in den letzten Tagen klar geworden. Verrückt, nicht? Dabei wusste ich es tief in meinem Herzen doch schon immer.«

Seine Worte dringen kaum noch zu mir durch. Ich bin gefangen im Glanz seiner wunderschönen Augen, die in diesem Moment nichts anderes mehr wahrzunehmen scheinen als mich. »Weißt du, warum?«

Ich schüttele den Kopf, ganz langsam.

»Weil ich dich liebe. Vermutlich schon vom ersten Tag an.«

Ich möchte etwas erwidern, doch mein Mund ist wie ausgetrocknet. Dafür klappt die Sache mit den Tränen noch ganz gut.

»Ich dich auch, Tante Freya!« Valentino steht genau zwischen uns und beobachtet uns, als wäre es ein spannendes Tennisspiel.

Tassilo grinst, während meine Unterlippe weiterhin unkontrolliert vor sich hin zittert.

»Wir brauchen dich, hörst du? Wir sind doch eine Familie.«

Nun steigen die Tränen auch in seinen Augen auf.

Auf einmal gibt es für uns beide kein Halten mehr. Ungeachtet dessen, dass wir uns unter hunderten von Menschen befinden, werfe ich mich in die Arme des Mannes, der mir alles bedeutet. Er fängt mich spielend auf, wirbelt mich einmal um seine Achse und schließt seine Arme fest um mich.

Tassilo drückt und lässt mich nicht mehr los. Hoffentlich nie wieder! Mit sanftem Druck zieht er mein Gesicht dicht zu sich heran.

Dann küsst er mich. Endlich! Und es fühlt sich an wie der erste Kuss überhaupt.

18489934R00180

Printed in Poland
by Amazon Fulfillment
Poland Sp. z o.o., Wrocław